Spuren der Seelen

Buch

Begleiten wir sechs Menschen auf einer Reise von der Gegenwart in die Vergangenheit und wieder in die Gegenwart zurück. Eine Spurensuche in sechs Episoden nach wahren Begebenheiten.

Autorin

Tanja Heinze, 1975 in Wuppertal geboren, lebt und arbeitet in dieser Stadt bis heute. Sie studierte Philosophie an der Bergischen Universität Wuppertal.

TANJA HEINZE

Spuren der Seelen

Mit Illustrationen von Jacqueline V. Droullier

Bibliografische Information der Deutschen Nationalbibliothek
Die Deutsche Nationalbibliothek verzeichnet diese Publikation in der
Deutschen Nationalbibliografie; detaillierte bibliografische Daten sind
im Internet über http://dnb.dnb.de abrufbar.

Umwelthinweis:
Alle bedruckten Materialien dieses Taschenbuchs sind chlorfrei und
umweltschonend.

Erste Auflage September 2020
© 2020 Tanja Heinze
Satz, Umschlaggestaltung, Herstellung und Verlag:
BoD – Books on Demand
ISBN 978-3-7519-8881-0

Coverdesign: Kay Fretwurst
Umschlagfoto: Marius De Bruyckere
Umschlaggestaltung: Tanja Heinze und BoD
Lektorat: Dr. Norbert Brieden

Inhalt

Kapitel 1: Die grüne Terrasse – Lupine

Quarantäne

Fassungslos beendet Lupine Ahrens das Telefonat. Soeben hat ihr Mann ihr mitgeteilt, dass er in Kontakt mit einem positiv auf das Coronavirus getesteten Vorarbeiter gekommen sei. Obwohl in Deutschland bereits seit einer guten Woche der Ausnahmezustand herrscht, alle Einrichtungen des öffentlichen Lebens geschlossen sind und die Angst vor Covid-19 das Leben der Menschen bestimmt, weiß Eduards Chefin nicht, wie sie auf die Situation reagieren soll. Eduard arbeitet als Kraftfahrer im Nahverkehr in einem Wuppertaler Familienbetrieb, beliefert Baustellen und wird dringend für eine weitere Fahrt benötigt. Die Fünfundfünfzigjährige zögert keine Sekunde und gibt mit zitternden Fingern die Telefonnummer ihrer Hausärztin ein. Wenige Augenblicke später hat sie die Anweisung, sich mit dem Gesundheitsamt in Verbindung zu setzen. Sie hat Glück, denn es dauert nicht lange, bis sie mit einer zuständigen Mitarbeiterin verbunden wird. Einige bange Minuten später weiß sie, was ihr und Eduard bevorsteht. Die Zeit der Freiheit ist für mindestens zwei Wochen vorbei. Sie und ihr Mann stehen ab diesem Moment unter häuslicher Quarantäne. Unverzüglich informiert sie Eduard, der sich wegen der Krankmeldung sorgt, die er für spätestens morgen benötigt. Lupine gelingt es rasch, ihn zu beruhigen. Ihre Hausärztin wird die Krankschreibung per Post an seine Chefin schicken. Um sich zu entspannen, verlässt sie das Wohnzimmer, betritt die im rustikalen Landhausstil eingerichtete Küche und setzt Teewasser auf. In Gedanken geht sie die Vorräte der Speisekammer durch. Jetzt ist sie ihrem Mann dafür dankbar, dass er bereits kurz nach Bekanntwerden der ersten Covid-19-Infektionen in Deutschland vor einer Pandemie gewarnt und einen Großeinkauf getätigt hat. Für eine Weile werden die Lebensmittel reichen. Ansonsten wird sie ihren Schwager bitten, die notwendigen Dinge zu besorgen. Das Geräusch von über den Laminatboden tapsenden Pfoten reißt sie aus ihren Überlegungen, und ein Lächeln schleicht sich auf ihr Gesicht. Sie wendet sich vom Herd ab und beugt sich zu ihrem Hund mit dem schwarzen Fell hinunter. »Na, Rudy, wir können froh sein, dass zu unserem Haus ein großes Grundstück gehört. Auslauf wirst du in den kommenden Wochen jedenfalls genug haben. Wir werden das Gefangensein überstehen. Die Quarantänezeit geht auch vorüber.« Den großen, zum Wohngebäude umfunktionierten Bauernhof in Velbert hat ihr Mann schuldenfrei geerbt. Der Wasserkessel pfeift, und sie nimmt ihn vom Herd und gießt das Wasser in zwei Tassen. Ein schwarzer Tee kann sowohl ihr als auch ihrem Mann nicht schaden. Die Tassen in den Händen haltend, verlässt sie die Küche und kehrt zurück ins Wohnzimmer. Sie setzt sich auf das schwarze Ledersofa, blickt durch die Schiebetür aus Glas auf den überdachten Außenbereich und denkt nach. An früher. An ein Haus in einer anderen Stadt, an eine andere Wohnung …

Magische Orte

»Hier ist es, Nadine«, sagte Lupine aufgeregt zu ihrer Bekannten, die sich freundlicherweise angeboten hatte, sie nach Wuppertal zu fahren, genauer gesagt zur Völklinger Straße drei. Lupines Handinnenflächen wurden vor Aufregung feucht, als sie auf den mehrstöckigen Altbau blickte. In diesem Gebäude hatte sie ihre ersten sechs Lebensjahre verbracht. Gut behütet, geliebt. Sie war ein munteres, neugieriges Kind gewesen, das zwar gerne draußen mit ihren Freundinnen gespielt, aber mindestens ebenso gerne ihrer Fantasie im Inneren des Hauses freien Lauf gelassen hatte.

»Schau mal, hier steht sogar ein Familienname, den ich von früher in Erinnerung habe.« Sie deutete auf das Namensschild der Wohnung im ersten Stock.

»Wie kommt es, dass es dich nach diesen vielen Jahren wieder hier hinzieht?« Die Bekannte blickte sie fragend an.

»Es gibt Tage, an denen überkommt mich große Sehnsucht nach den Orten meiner Vergangenheit.« Vorsichtig drückte Lupine gegen die einen Spalt offenstehende Tür. Sie trat über die Schwelle, hielt inne und schnupperte. »Es riecht hier wie früher«, flüsterte sie.

»Ich nehme vor allem den Duft frischer Wandfarbe wahr«, stellte ihre Bekannte sachlich fest. »Hier wird anscheinend renoviert. Nicht nur die Haustür, sondern auch die Wohnungstüren im Parterre stehen trotz dieser Eiseskälte auf.«

»Weißt du was, wir gehen rauf.« Wie elektrisiert nahm Lupine die ausgetretenen Holzstufen, eine nach der anderen, an den verschlossenen Türen auf den halben Treppen vorbei, hinter denen sich die Toiletten verbargen. Im Dachgeschoss angekommen, konnte sie ihr Glück kaum fassen. Ihr Herz raste, derweil sie durch die sperrangelweit aufstehende Tür einen Blick ins Wohnungsinnere und auf die weißgekleideten Handwerker, die auf dem Boden knieten und alte Zeitungen vor den Wänden ausbreiteten, warf. Sie räusperte sich mehrmals, um die Aufmerksamkeit der Arbeiter zu erlangen.

»Erschrecken Sie sich nicht«, sagte sie hastig. »Ich habe hier vor neunundvierzig Jahren gelebt.«

Die beiden Handwerker blickten irritiert von ihrer Arbeit auf, sprachlos, überrascht.

»Bitte, ich werde Sie nicht stören«, redete Lupine atemlos weiter. »Ich möchte nur einmal durch die Wohnung gehen, alles ansehen, bitte …«

»Von mir aus«, erwiderte der ältere der zwei. »Aber bitte fassen Sie nichts an. Sie sehen ja, dass wir gerade die Grundfarbe auf den Wänden neu auftragen.«

»Natürlich, ich werde mich vorsehen.« Lupine ergriff den Arm ihrer Bekannten, und gemeinsam betraten sie die Wohnung.

»Das in Wuhan in China ausgebrochene neuartige Lungenvirus Sars-Cov-2 verbreitet Angst und Schrecken in der Bevölkerung«, hörte sie einen Moderator von Radio Wuppertal sagen. Die Handwerker hatten das Radio laufen, um sich bei der Arbeit von Musik berieseln zu lassen.

»Schrecklich«, meinte ihre Bekannte und hielt in der Bewegung inne. »Zum Glück ist China weit weg.«

»Komm weiter.« Lupine zog sie zum Flur. »Ganz früher, in den allerersten Jahren, waren das zwei Wohnungen«, erklärte sie, während sie durch den etwa sieben Meter langen Flur schritten. Sie öffnete die Tür zur Küche, und Tränen schlichen sich in ihre Augen. »An dieser Stelle stand unser Kohleofen. Komm weiter …« Sie ließ Nadines Arm los und beschleunigte ihre Schritte. »Dort, in Richtung des Speichers, siehst du die kleine Abstellkammer? Sie war mein Geheimversteck.« Lupine konnte die Tränenflut nicht zurückhalten, als sie den Lieblingsort ihrer frühen Kindheit entdeckte.

Quarantäne

Das Geräusch der sich öffnenden Wohnzimmertür reißt sie abrupt aus ihren Erinnerungen. Als sie ihren Mann erblickt, muss sie unwillkürlich lächeln. Eduards Haar ist ergraut, und er hat einen deutlichen Bauchansatz, doch ansonsten sieht er noch so aus wie bei ihrer ersten

Begegnung. Sogar von seinem Schnurrbart hat er sich in all den Jahren nicht getrennt. Er kommt auf sie zu, beugt sich nieder und drückt ihr einen Kuss auf die Lippen. »Zwangsurlaub«, sagt er grinsend und lässt sich neben ihr auf das Sofa fallen. Rudy springt von seinem Hundebett auf und läuft, aufgeregt mit seiner Rute wedelnd, zu ihm hin. Mit einer Hand krault er Rudys Kopf, mit der anderen greift er nach dem mittlerweile leicht abgekühlten Tee. »Der tut jetzt gut«, stellt er dankbar fest. »Meine Chefin ist stinksauer, weil ich nach Hause gefahren bin. Sie meinte, ich hätte doch gewiss ausreichend Abstand zu dem Vorarbeiter gehalten. Aber natürlich konnte sie sich der Anordnung des Gesundheitsamtes nicht entgegenstellen.«

»Und, hast du ausreichend Abstand gehalten?«, möchte Lupine wissen, während ihr Blick auf das Hochzeitsfoto von ihnen beiden fällt, das an der gegenüberliegenden Wohnzimmerwand angebracht ist. Auch sie hat sich seit der Hochzeit wenig verändert. Nur ihre Wangen sind voller geworden und die blonden Locken inzwischen gefärbt.

»Ich bin mir nicht sicher.« Eduard zuckt mit den Schultern und zieht die Augenbrauen hoch. »Ich meine, mich zu erinnern, dass wir uns beim Ausladen berührt haben. Das ist schon knappe zwei Wochen her. Seitdem hatte ich etliche weitere Fahrten, so genau weiß ich es nicht mehr. Jedenfalls liegt der Herr Pozelski mit hohem Fieber und Atembeschwerden im Krankenhaus. Allerdings nicht auf der Intensivstation.«

Ein unbehagliches Gefühl breitet sich in Lupines Innerem aus. Sie erhebt sich und geht zur Tür. »Gleich ist

Abendbrotzeit. Soll ich schnell Kartoffeln schälen, oder genügen dir heute Brote? Ich habe um diese Zeit nicht mit dir gerechnet.«

»Alles gut, Schatz. Brote sind völlig in Ordnung«, erwidert Eduard entspannt. »Ich bin schließlich selbst erstaunt, dass ich zu dieser Stunde bereits zu Hause auf dem Sofa sitze. Vor zwanzig Uhr wäre ich normalerweise nicht hier gewesen.«

Das Läuten des Festnetztelefons lässt Lupine zusammenzucken. Erschrocken nimmt sie den Hörer von der Ladestation neben der Durchgangstür.

»Ahrens«, sagt sie mit unsicherer Stimme. Anschließend lauscht sie mit weit aufgerissenen Augen der Frauenstimme am anderen Ende der Telefonleitung. »Okay, danke für die Informationen. Ich werde die E-Mail später ausdrucken. Auf Wiederhören.«

»War das jemand vom Gesundheitsamt?«, fragt Eduard.

»Wir haben eine E-Mail mit Verhaltensvorschriften bekommen«, gibt sie beklommen Auskunft. »Die Dame hat mir schon mitgeteilt, was wir machen müssen. Zweimal am Tag Temperatur messen, gegebenenfalls Symptome notieren, und vor allem müssen wir Abstand voneinander halten. Keine Umarmungen mehr, keine Küsschen.«

»Getrennt von Tisch und Bett, wie das so schön heißt«, murmelt Eduard. »Also müssen wir die Brote in verschiedenen Zimmern verputzen.« Er grinst und zwinkert ihr zu.

»Wir sollten uns zumindest bemühen, den Anweisungen Folge zu leisten«, meint Lupine ernst, während sie wie zur Salzsäule erstarrt im Türrahmen steht. »Die Frage ist, wer schläft im Bett und wer auf dem Sofa?«

»Selbstverständlich überlasse ich dir das Schlafzimmer«, entgegnet Eduard zuvorkommend.

»Gut, dann gehört dir die untere Etage und mir die obere«, überlegt Lupine. »Aber in die Küche muss ich trotzdem, und die ist unten. Wie soll das nur funktionieren? Ich habe echt Angst. Hoffentlich hast du dich nicht angesteckt.« Sie seufzt. »Weißt du, woran ich soeben denken musste, als ich auf dich gewartet habe? An meinen Ausflug mit meiner Bekannten nach Wuppertal zur Völklinger Straße. Das ist gerade einmal zwei Monate her. Richtig kalt war es an dem Tag im Januar. Grau und düster. Trotzdem waren die Menschen gelöst und unbeschwert, zeigten sich zumeist unbeeindruckt von dem Geschehen in China. Und jetzt, schau dir das Wetter an …« Sie zeigt mit der Hand auf die Glastür. »Schönste Abendsonne. Seit Beginn des Lockdowns hatten wir ausschließlich zauberhafte Frühlingstage. Es ist, als habe sich die Natur entschieden zu demonstrieren, wie unwichtig wir Menschen für sie sind. Nichts hält sie davon ab zu erblühen, auch kein kleines Virus, das die sogenannte Krone der Schöpfung auf die Knie zwingt.« Sie kehrt ihrem Mann den Rücken. »Ich schmiere die Brote, anschließend setze ich mich nach draußen.«

Eduard schaltet den Fernseher ein, und sie hört die Moderatoren des WDR mit einem Arzt über den Sinn und Zweck von Gesichtsmasken diskutieren. Eduard und sie könnten in dieser Situation welche gebrauchen, um sich voreinander zu schützen, doch sie besitzen keine.

Wenig später verlässt sie mit dem Brot in der Hand das Haus. Um zur grünen Terrasse, wie sie ihren Garten liebevoll nennt, zu gelangen, muss sie das Gebäude umrunden. Sie hat den Blick auf den Boden gerichtet, das ungute Gefühl in ihr breitet sich weiter aus. Covid-19 in China, Covid-19 in Europa, Covid-19 in Deutschland, in Nordrhein-Westfalen, in Wuppertal, in Velbert – hier. Das Virus ist bei ihr angekommen. Eine regelmäßige Kirchgängerin ist sie nicht, obwohl sie protestantisch erzogen wurde, doch jetzt flüstert sie ein Gebet, bittet, von einer Ansteckung verschont zu werden.

»Frau Ahrens?«

Erschrocken zuckt sie zusammen. Sie fühlt sich wie ein kleines Kind, das bei etwas Verbotenem ertappt wird, indem sie das Haus verlassen hat. Im Abstand von mehreren Metern entdeckt sie ein Auto vom Ordnungsamt. Ein Mann mit Schirmmütze und Dienstkleidung, maskiert, mit Handschuhen, steigt aus und hält einen Briefumschlag in der Hand.

»Ich … ich …«, stammelt sie, »ich gehe nur kurz ums Haus, zum Garten, das ist der einzige Weg, dorthin zu gelangen.« Sie spürt, wie ihr die Röte ins Gesicht steigt.

»Alles in Ordnung, Frau Ahrens«, sagt der Mann vom Ordnungsamt beruhigend. »Ich bringe Ihnen einen Erlass vorbei, den Sie persönlich in Empfang nehmen müssen, und bin froh, Sie draußen anzutreffen. Darf ich Ihnen das Dokument hier zwischen die Blumen legen?« Er wedelt mit dem Umschlag in Richtung der Blumenkästen unweit der Straße.

»Natürlich«, erwidert Lupine erleichtert. Sie wartet, bis der Beamte davongefahren ist, geht die paar Meter zu den Blumen und nimmt ihre Post in Empfang.

Kurze Zeit später sitzt sie auf dem Gartenstuhl und beißt in ihr Brot. Doch sie hat keinen rechten Appetit und legt es beiseite. Sie öffnet den Umschlag und faltet das Papier auseinander. *Anordnung von Beobachtung und häuslicher Absonderung auf Grundlage des Infektionsschutzgesetzes*, liest sie erschüttert und kommt sich vor wie eine Schwerstverbrecherin. Das Schreiben klärt sie darüber auf, dass sie das Recht hat, gegen diesen Bescheid binnen eines Monats Klage zu erheben. Lupine lässt den Brief in ihren Schoß fallen. Einschränkungen der persönlichen Freiheit, Widerspruch, Klage … Sie hat etwas Ähnliches schon einmal erlebt, zu einer anderen Zeit, an einem anderen Ort …

Magische Hände

Überglücklich setzte Lupine ihre Unterschrift unter den Ausbildungsvertrag mit der Stadt Wuppertal, die sie während der kommenden drei Jahre mit hundert Mark im Jahr unterstützen würde. Für diesen verschwindend geringen Betrag hatte sie sich soeben verpflichtet, nach der Ausbildung nicht zu einer privaten Einrichtung zu wechseln. Siebzehn Jahre war sie jung, hatte den Hauptschulabschluss mit Bravour absolviert. Vor drei Jahren hatte sie im Rahmen eines Schulpraktikums einige Wochen im Altenheim an der Oberen Lichtenplatzer Straße gearbeitet, im Olipla, wie es von allen liebevoll genannt wurde. Damals war ihre Leidenschaft für die Pflege entflammt. Sie konnte sich keinen anderen Beruf vorstellen, denn sie wollte Menschen helfen und bei deren Gesundung mitwirken. Gerne hätte sie den Beruf der Krankenschwester erlernt, doch dafür fehlten ihr die schulischen Voraussetzungen. Die Ausbildung zur examinierten Altenpflegerin war für sie eine gute Alternative. Dem Olipla war sie nach Beendigung des Praktikums als Aushilfe treu geblieben: Zweimal in der Woche hatte sie dort ihre Nachmittage verbracht, intensive Gespräche mit den Senioren geführt, die zum Teil in kleinen Wohneinheiten lebten und relativ selbstständig waren. Lupine hatte dort etwas zu essen und zu trinken bekommen und ihre Hausaufgaben machen dürfen. Sie war überglücklich, dass die Stadt Wuppertal ihr für das einjährige Vorpraktikum das Olipla mit den bekannten Bewohnern zugeteilt hatte.

»Herzlichen Glückwunsch, Lupinchen.« Ihr Vater strahlte übers ganze Gesicht. »Wir haben zu diesem besonderen Ereignis eine Überraschung für dich.«

»Eine Überraschung?« Erwartungsvoll wandte Lupine ihren Blick vom Vertrag ab und den stolzen Eltern zu. Vom Vater hatte sie die blonden Haare geerbt, der Mutter war sie wie aus dem Gesicht geschnitten.

»Die Wohnung hier in der Friedrich-Engels-Allee ist zu klein für uns und eine junge Frau«, erklärte ihr Vater und grinste verschmitzt.

»Wir haben dir ein Appartement nur etwa dreihundert Meter von hier entfernt in der Farbmühle zehn angemietet«, fügte ihre Mutter hinzu und strich sich die dunklen Locken hinter die Ohren.

»Ich werde die kompletten Renovierungsarbeiten für dich übernehmen, sodass du dich in Ruhe auf deine Ausbildung konzentrieren kannst«, bemerkte ihr Vater.

»Ihr habt beide magische Hände«, stellte ihre Mutter lächelnd fest. »Dein Vater mit seinem handwerklichen Geschick und du mit deiner Liebe, die du auf die alten Menschen überträgst.«

»Jetzt beginnt die Zeit deiner Unabhängigkeit und Freiheit«, fügte ihr Vater augenzwinkernd hinzu.

Quarantäne

»Freiheit«, murmelt Lupine, aufgeschreckt durch Rudy, der in einem Heidentempo auf sie zurast. Weiter hinten sieht sie Eduard um die Ecke biegen, gemächlich und in eine dicke Jacke gehüllt. Plötzlich wird ihr bewusst, dass es frisch geworden ist und eine Gänsehaut ihre Arme überzieht. In Gedanken hat sie sich frei gefühlt, ist sie noch einmal in die Wohnung in der Farbmühle zehn eingezogen, hat sie Ausflüge mit Freundinnen gemacht und in Tanzlokalen gefeiert. In ihrer Erinnerung hat sie die alten Menschen verwöhnt und in der Schule Anatomie und Psychologie studiert.

»Lupine? Magst du nicht reinkommen?« Eduard bleibt etwas abseits von ihr stehen. Sie nickt zustimmend, erhebt sich und beobachtet Rudy, der sich schnüffelnd seinen Weg durch den Garten bahnt.

*

Die Tage vergehen, und Lupine verbringt die meiste Zeit allein mit Rudy auf der grünen Terrasse. Eduards Platz ist vor dem Fernseher. Täglich setzt Lupine einen Haken unter das aktuelle Datum auf ihrem Kalender. Jeder vergehende Tag ohne Erkältungssymptome verstärkt ihre Hoffnung, von der Erkrankung verschont zu bleiben. Doch dann kommt der Sonntag.

Lupine wird dadurch wach, dass sie heftig niesen muss. In der Nacht hat sie schlecht geschlafen, jedoch nicht, weil sie sich krank fühlte, sondern weil sie die Erinnerungen an früher nicht losließen. Alles, was lange Zeit in ihrem Inneren geschlummert hat, bricht sich Bahn während der Tage der Isolation.

Sie greift nach der Packung Taschentücher auf dem Nachttisch und zieht eins heraus. Nachdem sie ihre Nase geschnäuzt hat, begutachtet sie sorgenvoll die Farbe des Sekrets. Eine Gelb- oder Grünfärbung bedeutet, dass Bakterien im Spiel sind, doch leider ist es hell und klar und somit ein Anzeichen für eine virale Infektion. Beunruhigt misst sie wie an jedem Morgen ihre Körpertemperatur. Die Anzeige zeigt siebenunddreißig Grad, leicht erhöhte Temperatur. Ihrem persönlichen Empfinden nach ist es jedoch Fieber, weil sie für gewöhnlich leichte Untertemperatur hat. Sie vergleicht im Kopf ihre Beschwerden mit denen, die Anzeichen auf eine Infektion mit Covid-19 sind. Mit aller Macht versucht sie, die aufsteigende Panik zu unterdrücken. Häufig beginnt die Lungenerkrankung mit Rachenbeschwerden, hohem Fieber und schnellem Herzschlag. Sie hat den Gedanken noch nicht ganz zu Ende gedacht, als der bekannte Feind in ihrem Inneren die Regie übernimmt. Ihr Herz beginnt zu rasen, schneller und schneller. Obwohl ihr schwindelig wird, springt sie auf, muss sie sich bewegen. Sie stolpert aus dem Schlafzimmer, hält sich am Treppengeländer fest und nimmt die Stufen nach unten. »Eduard«, krächzt sie. »Ich muss hier raus, ich muss hier raus.« Wie durch einen Nebelschleier sieht sie ihren Mann, noch im Schlafanzug, aus dem Wohnzimmer eilen. Sie greift sich mit der Hand an die Kehle und reißt den Mund auf. »Ich bekomme keine Luft, mein Herz …«

»Ruhig, Lupinchen, ruhig.« Sie spürt Eduards Hand auf ihrer Schulter. »Ganz ruhig. Du hast eine Panikattacke. Gleich wird alles wieder besser. Denke daran, was deine Therapeutin gesagt hat. Tief ausatmen, dann erst einatmen, aus, ein, aus, ein …« Trotz ihres Angstzustandes rührt es sie, dass Eduard sie mit dem Kosenamen anspricht, den ihr Vater für sie erfunden hat. Sie lässt sich von ihm in die Küche führen und setzt sich bebend auf einen Stuhl. Zum Glück steht eine Wasserflasche griffbereit auf dem Tisch, und Eduard füllt ihr ein Glas, das sie in kleinen Schlucken austrinkt. Während Lupine langsam ihr seelisches und körperliches Gleichgewicht zurückgewinnt und ihr Puls sich wieder normalisiert, bekommt Eduard einen heftigen Niesanfall. Lupine reicht ihm ein Papiertaschentuch und steht auf, obwohl sie noch etwas wackelig auf den Beinen ist. Sie nimmt einen Laib Brot aus dem Küchenschrank und schneidet ihn an. Frische Brötchen von ihrem Lieblingsbäcker wird es in den kommenden Tagen nicht geben. Derweil Eduard im Wohnzimmer verschwindet, um seine Körpertemperatur zu messen, gibt sie Kaffeepulver in den Filter und stellt die Maschine an. Sie hat es sich zur Angewohnheit gemacht, bereits abends das Wasser einzufüllen, damit morgens alles schnell geht. Obwohl dieser Tage Zeit für ein ausgiebiges Frühstück ist, weicht sie von diesem Ritual nicht ab.

»Ich habe erhöhte Temperatur«, berichtet Eduard kurze Zeit später, als sie sich am Küchentisch gegenübersitzen und ihr Frühstück zu sich nehmen. Zwar schlafen sie seit Beginn ihrer Quarantäne in getrennten Zimmern, aber sie lassen es sich nicht nehmen, die Mahlzeiten gemeinsam einzunehmen.

»Was machen wir jetzt?«, fragt Lupine besorgt. Sie entwickelt so gut wie nie Fieber, wenn sie an einem Infekt leidet. Die erhöhte Temperatur macht ihr Angst.

»Das wird eine harmlose Erkältung sein«, erwidert Eduard schulterzuckend. »Schnupfen gehört nicht zu den Kernsymptomen dieser Virusinfektion. Mach dich nicht verrückt.«

*

Drei Tage später liegt Eduard wie erschlagen auf seinem provisorischen Lager im Wohnzimmer. Er fühlt sich schwach und antriebslos. Doch mehr als leicht erhöhte Temperatur hat er nicht, und Atembeschwerden verspürt er ebenfalls keine.

*

Donnerstag wird Lupine klar, dass Eduard und sie an derselben Krankheit leiden und dass es keine gewöhnliche Erkältung ist. Sie liegt im Schlafzimmer im Ehebett und nimmt ein paar Schlucke Pfefferminztee, der wie Wasser schmeckt. Sie hat vollständig ihren Geruchs- und

Geschmackssinn verloren, und die Kraftlosigkeit, die sie quält, ist ihr gänzlich neu. Sie überlegt, ob sie sich aufraffen und zur Toilette gehen soll, doch die Schwere ihres Körpers hält sie im Bett gefangen. Schließlich fallen ihr die Augen zu …

Bittere Wahrheiten

Es war kaum noch auszuhalten. So hatte sich Lupine ihr Anerkennungsjahr nicht vorgestellt. Nachdem sie im ersten Ausbildungsjahr voller Hingabe ihrer Arbeit im vertrauten Olipla nachgegangen war, hatte sie im zweiten Jahr die Berufsschule in der Lukasstraße besucht, gelernt und schlussendlich die theoretische und praktische Prüfung mit einem guten Durchschnitt bestanden. Jetzt, kurz vor Beendigung ihrer Ausbildung und nach monatelanger Arbeit in einem anderen Wuppertaler Altenheim im Stadtteil Elberfeld, war sie sich nicht mehr sicher, ob sie den richtigen Beruf gewählt hatte. Im Olipla hatte sie ihre Arbeit geliebt, hier hasste Lupine sie. Kaum ein Heimbewohner war auf den Beinen oder wurde im Rollstuhl herumgefahren. In dieser Institution stand im Jahr 1984 nicht die Ressourcen-Förderung der alten Menschen im Vordergrund, sondern deren Ruhigstellung. Die Senioren waren größtenteils dement, und wenn sie es beim Einzug ins Heim noch nicht gewesen waren, wurden sie es dort innerhalb kürzester Zeit. Die Menschen waren in Vier- bis Achtbettzimmern untergebracht und lagen in Betten, die das Pflegepersonal als *Toilettenbetten* bezeichnete. Dieser Name kam durch eine dreigeteilte Matratze zustande, deren Mittelteil aus einem Wasserkissen bestand, das ein Loch hatte, unter dem die Bettpfanne platziert war. Inkontinenzmaterial wie Einlagen und Schutzunterlagen gab es nicht, und die Toilettenbetten sparten wertvolle Zeit, die das Personal ansonsten in der Waschküche hätte verbringen müssen. Lupine war zwar bereits examinierte Altenpflegerin, dennoch wurde sie von den Schwestern als gelernte Kraft auf Bewährung behandelt. In längst vergangener Zeit war das Elberfelder Heim als Siechenheim bekannt, ein Name, den Lupine teilweise auch heute noch zutreffend fand. Zu Beginn ihres Anerkennungsjahres hatte sie sich nach Kräften bemüht, ihre Augen vor den menschenunwürdigen Zuständen zu verschließen. Mit zusammengebissenen Zähnen war sie ihrer Arbeit nachgegangen, hatte sie das Beste aus der Situation gemacht. Ihre Aufgabe war es, die Menschen im Bett am Leben zu erhalten, wie sie es im Stillen nannte. Sie reichte ihnen das Essen an, teilweise mit Nachdruck, wechselte die Bettpfannen, kümmerte sich um frische Bettwäsche und nutzte flüchtige Augenblicke, um den Kranken sacht über die Stirn zu streichen. Bei ihrer Arbeit hatte sie immer ein liebes Wort für ihre Bewohner übrig.

Am heutigen Tag stand ihr etwas Entsetzliches bevor, der Leichentransport. Tatsächlich starben häufig mehrere Menschen kurz hintereinander. Diese wurden auf übereinandergestapelten Bahren mit einem Transportwagen in den Leichenkeller im Untergeschoß gekarrt.

»Bist du soweit?« Schwester Monika, die stellvertretende Pflegedienstleiterin mit dem spitzen Kinn und dem bitteren Zug um den Mund, deutete auf den Wagen.

Lupine nickte betreten, und gemeinsam mit einer weiteren Schwester im Anerkennungsjahr schob sie ihn zur Aufzugstür. Sie drückte den Türöffner und trat mit den Toten ihre letzte Reise an. Diese führte sie durch die langen, schwach beleuchteten Gänge des Kellergewölbes. Wie immer herrschte hier unten eine unheimliche Stille, und auch die beiden Mädchen sprachen kein Wort. Sie beeilten sich, den Kühlraum zu betreten und die Leichen in die Kühlschubladen zu schieben.

»Würdelos«, flüsterte Lupine. »Wie ich das Gewölbe und den Umgang mit den Toten hasse.«

»Sag das nicht zu laut und vor allem nicht auf Station«, ermahnte sie Hannelore. Lupine mochte das Mädchen mit den mausbraunen, dünnen Haaren. Sie hatte sie zwar bisher nicht überreden können, mit ihr am Abend etwas zu unternehmen, aber sie arbeitete gerne mit dem schüchternen Mädchen zusammen. »Solche Äußerungen können dich in ernsthafte Schwierigkeiten bringen.«

»Weißt du, was ich besonders grausam finde?« Lupine schloss die letzte Schublade und umfasste mit den Fingern den Griff des leeren Leichenwagens.

»Sag es mir, ich verrate dich nicht, das verspreche ich dir.« Hannelore stellte sich an Lupines Seite, und mit vereinten Kräften schoben sie das Transportmittel zurück in Richtung des Aufzugs.

»Einmal musste ich in der Waschabteilung aushelfen, weil es dort zwei krankheitsbedingte Ausfälle gab«, berichtete Lupine bereitwillig. Das Erlebte belastete sie schwer, und sie war erleichtert, sich alles von der Seele reden zu können. Mit ihren Eltern sprach sie nicht darüber, weil sie ihnen keine Sorgen bereiten wollte.

»Echt? Ich war bisher noch nie in der Waschabteilung eingeteilt«, erwiderte Hannelore und zog die buschigen Augenbrauen hoch.

»Das kommt noch, warte es nur ab«, fuhr Lupine fort, während sie den nun deutlich leichteren Wagen weiterschoben. »Wie du weißt, schicken wir jeden Mittwoch die Heimbewohner zum Waschen in den Keller. Dazu stecken wir sie in die Aufzüge und lassen sie allein nach unten fahren. Mir war schon immer unwohl dabei, einen Bettlägerigen oder einen dementen Menschen allein mit dem Aufzug fahren zu lassen, aber was ich in der Waschabteilung gesehen habe, setzt dem Fass die Krone auf. Die alten Menschen kommen an, schreien sich teilweise die Seele aus dem Leib, sind völlig verunsichert von der einsamen Fahrt. Und dann … dann werden sie gewaschen. Im Rekordtempo. Rein in die Wanne, Wasser drüber, einseifen, abspritzen. Es ist unmenschlich. Dass das noch kein Mensch dem Generalanzeiger gesteckt hat, ist ein Wunder.«

Quarantäne

»Um Himmels willen, du glühst ja.« Lupine nimmt die Hand von Eduards knallroter Stirn. Ängstlich wartet sie auf den Piepton, der das Ende der Temperaturmessung ankündigt. Als sie ihn endlich hört, entfernt sie das Thermometer aus Eduards Achselhöhle. »Ach du …«, entsetzt bricht sie ab. Auch wenn es schon spät an diesem Sonntagabend ist, rennt sie zum Telefon und wählt die Nummer des ärztlichen Notdienstes. Augenblicklich wird sie zum Gesundheitsamt weitergeleitet und erhält die Anweisung, am morgigen Tag unverzüglich ihre Hausärztin aufzusuchen.

*

»Raus mit Ihnen, Frau Ahrens. Verlassen Sie sofort die Praxis«, ruft die Arzthelferin panisch und rückt Kopfhaube und Mundschutz zurecht. »Wir haben Ihre Mobilnummer. Frau Doktor wird sich gleich telefonisch bei Ihnen melden.« Hektisch wendet Lupine der Helferin den Rücken zu und verlässt die Hausarztpraxis. Es ist kurz nach acht, und, obwohl es der erste Tag nach einem Wochenende ist, hat sie weder inner- noch außerhalb der Praxis Patienten entdeckt. Deswegen braucht sie auf den Anruf ihrer Hausärztin nicht lange zu warten. Sie lauscht ihren Worten und nickt mehrmals. »Okay, machen wir es so«, sagt sie und geht etliche Schritte zurück. Kurz darauf öffnet sich das Praxisfenster, und sie sieht behandschuhte Hände, die ein Paket auf die Fensterbank legen. Nachdem sich das Fenster wieder geschlossen hat, tritt sie vor und nimmt die zwei Corona-Tests an sich. So schnell sie es vermag, und das ist zu ihrer Überraschung fix, geht sie nach Hause. Sie fühlt sich zwar schlapp, Fieber hingegen hat sie immer noch nicht. Für sie ist der Verlust des Geschmackssinnes am schlimmsten.

Daheim angekommen, entnimmt sie dem Paket die zwei Teststäbchen, und Eduard und sie machen bei sich selbst den Abstrich. Im Gegensatz zu dem Routine-Abstrich in den Krankenhäusern zur Ausschließung einer Infektion mit dem multiresistenten Keim, der im Wangenbereich vorgenommen wird, müssen sie die langen Stäbchen zusätzlich im Rachen platzieren und tief in beide Nasenlöcher stecken. Keine halbe Stunde später steht Lupine bereits wieder vor der Hausarztpraxis und legt die Teststäbchen in ihrer Verpackung auf die Fensterbank. Jetzt gilt es abzuwarten …

Bittere Wahrheiten

Gut gelaunt klopfte Lupine an die Tür des Sekretariats im Wuppertaler Rathaus. Sie freute sich auf das bevorstehende Ende ihres Anerkennungsjahres und die vielen Möglichkeiten, die sich ihr anschließend bieten würden. Natürlich würde sie sich bei Olipla bewerben und endlich nicht mehr das Elend an ihrem momentanen Einsatzort ertragen müssen.

»Herein«, hörte sie eine Frauenstimme sagen. Obwohl sie bereits des Öfteren hier gewesen war, konnte sie der Stimme kein Gesicht zuordnen.

»Guten Tag, ich bin Lupine Bauer«, stellte sie sich artig vor, nachdem sie eingetreten war. »Ich möchte die Bescheinigung abholen, die meine Schule bei Ihnen angefordert hat und die ich für mein Abschlusszeugnis benötige. Eigentlich habe ich einen Termin mit Frau Engel.«

Die Sekretärin warf ihr einen mitleidigen Blick zu und seufzte. »Frau Engel ist krank, aber sie könnte Ihnen auch nicht helfen. Wir dürfen Ihnen die Bescheinigung leider nicht aushändigen.«

Lupine fiel aus allen Wolken. »Was ist los? Bisher haben die Formalitäten immer reibungslos geklappt. Die

Schwestern sind mit meiner Arbeit zufrieden. Das sagen sie zumindest immer.«

»Es hat nichts mit deiner Beurteilung seitens der Schwestern zu tun, dass mir die Hände gebunden sind«, erklärte die Sekretärin. »Die Herren sitzen gerade in einer Konferenz und fällen das Urteil über dich. Wenn du so freundlich wärst, dich zum Raum elf zu begeben und dort an die Tür zu klopfen, wäre uns beiden geholfen.«

»Wer berät sich über mich und weshalb?«, wollte Lupine entsetzt wissen. Sie war sich keiner Schuld bewusst.

»Das wirst du früh genug erfahren. Nun geh schnell«, wimmelte die Sekretärin sie ab und widmete sich wieder der vor ihr auf dem Schreibtisch liegenden Akte.

Eine Viertelstunde später stand sie vor fünf ernst dreinschauenden Männern in grauen Anzügen, die an ihren Schreibtischen saßen. Zunächst sagte niemand etwas, keiner forderte sie auf, Platz zu nehmen.

»Guten Tag«, krächzte Lupine schließlich. »Ich würde gerne meine Bescheinigung für die Schule ab…«

»Was hast du dir dabei gedacht, Mädchen?«, fiel ihr einer der Männer ins Wort. »Ist dir bewusst, mit wem du in diesem Augenblick sprichst?«

»Nein.« Sie schüttelte verunsichert den Kopf. »Was soll ich mir wobei gedacht haben?«

»Ich gehöre dem Stadtrat an, und die Herren an meiner Seite sind Heimleiter aus verschiedenen städtischen Altenheimen. Erinnerst du dich nicht mehr, was du zu Hannelore Gruber gesagt hast, als du mit ihr im Leichenkeller warst?«, bohrte der Mann vom Stadtrat weiter.

In Lupines Kopf schrillten sämtliche Alarmglocken.

Oh ja, sie erinnerte sich nur zu gut an ihr Gespräch mit Hannelore vor einer Woche.

»Stimmt es nicht, dass du zu ihr gesagt hast, die Menschen würden dort, wo du dein Anerkennungsjahr absolvierst, wie Vieh behandelt, eingeseift und abgespritzt? Stimmt es nicht, dass du die Toilettenbetten kritisierst und den Pflegern unterstellst, aus Gründen der Zeitersparnis das Wundlegen der Bewohner mutwillig in Kauf zu nehmen? Erinnerst du dich nicht mehr daran, wie du zu Hannelore gesagt hast, dass die Zustände in dem Heim menschenunwürdig seien und jemand das irgendwann dem Generalanzeiger melden sollte?« Das Gesicht des Mannes war mittlerweile vor Wut rot angelaufen. »Möchtest du diese Lügengeschichten verbreiten?«

Lupine bemühte sich verzweifelt, den Kloß in ihrem Hals herunterzuschlucken. »Natürlich nicht, das hatte ich niemals vor. Kennen Sie die Zustände in den Altenheimen überhaupt? Pflege kann auch anders funktionieren, als Menschen wie seelenlose Objekte zu behandeln. Im Olipla funktioniert es schließlich bestens.«

»Schweig«, brüllte jetzt einer der anderen Männer, der Lupine vage bekannt vorkam. Er musste der Heimleiter der grauenhaften Einrichtung sein.

»Ich habe nicht vor, damit an die Öffentlichkeit zu gehen. Glauben Sie mir doch. Ich bin nur eine junge Frau, die sich gerne um alte und pflegebedürftige Menschen kümmert. Seien Sie gnädig mit mir, bitte ...«, flehte sie.

»Unsere Entscheidung steht fest«, fuhr der Heimleiter ungerührt fort. »Wir wollen nicht unmenschlich sein. Weil sich der Heimleiter deines hochgelobten Oliplas für dich eingesetzt hat, darfst du die letzten Wochen deines Anerkennungsjahres hinter dich bringen und somit deine Ausbildung abschließen. Aber eine Anstellung wirst du in keinem städtischen Wuppertaler Altenheim bekommen. Hier«, er warf ihr die gewünschte Bescheinigung vor die Füße, »nimm das und verschwinde.«

Quarantäne

Lupine sitzt mit einer Tasse Kaffee in der Hand auf ihrer grünen Terrasse, und ihr laufen die Tränen in Strömen über die Wangen. Gerade ist sie von der Vergangenheit zurück in die Gegenwart gekehrt. Mit geschlossenen Augen und gewärmt von den Sonnenstrahlen hat sie sich ihren Erinnerungen hingegeben. Das Gefühl, das sie damals nach der Konfrontation mit dem Stadtrat und den Heimleitern hatte, entspricht dem blanken Entsetzen am heutigen Vormittag. Um halb zehn haben Eduard und sie die niederschmetternde Diagnose erhalten: Sie sind beide an Covid-19 erkrankt. Sollten sie die Virusinfektion wohlbehalten überstehen, sind sie voraussichtlich für die kommenden zwei Jahre gegen Covid-19 immun. Zumindest, wenn das Virus nicht mutiert. Sie haben die Anweisung, die Krankheit auszusitzen. Um die Kopfschmerzen zu lindern und das Fieber zu senken, wurde ihnen Paracetamol empfohlen, eine rein symptomatische Behandlung. Ein Mittel, das den Verlauf der Krankheit positiv beeinflusst, steht aktuell nicht zur Verfügung. Im Falle extrem hohen Fiebers oder schwerer Atemprobleme müssen sie unverzüglich den Rettungswagen rufen. Bei Fragen dürfen sie sich jederzeit an das Gesundheitsamt wenden.

Eduard liegt mit Schüttelfrost im Ehebett, das sie sich ab heute wieder teilen. Es besteht kein Grund mehr, sich voreinander zu schützen.

Lupines Magen knurrt, und ihr wird bewusst, dass sie seit dem Frühstück nichts mehr gegessen hat. Es ist eine Ironie des Schicksals, dass sie Appetit hat und nichts schmeckt, während Eduards Geruchs- und Geschmackssinn intakt ist, er aber kaum einen Bissen herunterbekommt. Seit Sonntag leben sie von Tütensuppe mit Nudeln. Die Nervenschädigung ist das schlimmste Symptom für sie, und sie hofft, dass sie die Mahlzeiten bald wieder genießen kann. Lupine kennt solche Symptome von starken Erkältungen, die mit angeschwollenen Nasenschleimhäuten einhergehen. Bei Erkältungen und der Influenza ist im Gegensatz zur Covid-19-Infektion nicht der Nerv betroffen, und die Beschwerden klingen mit dem Abschwellen der Nasenschleimhaut rasch wieder ab. Ihre Nase ist hingegen vollkommen frei, denn der Schnupfen ist wie von Zauberhand verschwunden. Sie hat am Mittag versucht, ihrem Schwager am Telefon ihre Beschwerden zu beschreiben. Dafür musste sie die richtigen Worte erst suchen. Lupine fühlt sich, als wäre ihr sämtliche Lebenskraft abgezapft und ihr Dasein auf das Sitzen auf der grünen Terrasse reduziert. Gestern tröpfelte sie sich Zitronensaft in den Mund, in der Hoffnung, die Säure der Frucht schmecken zu können. Doch nicht einmal das war ihr vergönnt. Ein wenig plagt sie das schlechte Gewissen, weil sie sich darüber beschwert. Eduard hat es viel böser erwischt. Er vermag kaum aus eigener Kraft die Toilette zu erreichen. Außerdem hustet er sich die Seele aus dem Leib. Es ist ein trockener, ermüdender Husten. Lupine hat lediglich leichten Husten und konstant erhöhte Temperatur.

Rudy liegt zufrieden neben ihrem Korbsessel und genießt die Sonnenstrahlen. Mittlerweile hat er sich an die neue Situation gewöhnt und kratzt nicht mehr an der Haustür, um seinen Spaziergang einzufordern. Seinen Bewegungsdrang stillt er, indem er für sich allein durch den Garten flitzt.

Lupine ist gefangen im Paradies, fühlt sich so machtlos wie damals, als sie innerhalb kürzester Zeit zu einer Ausgestoßenen wurde …

Bittere Wahrheiten

Mit den gesammelten schriftlichen Absagen in der Hand rannte Lupine zur Unterbarmer Evangelischen Hauptkirche. Als sie keuchend die Kirchentür öffnete, war die Neunzehnjährige völlig außer Atem. Während sie das ihr seit der Kindheit vertraute neuromanische Kirchenbauwerk betrat, war sie von Hoffnung erfüllt. Sie hatte einen Termin mit Pastor Hübner, einem freundlichen älteren Geistlichen, der sie konfirmiert hatte und ihr ein Vertrauter war. Damals, als sie ihm mitgeteilt hatte, dass sie die Ausbildung zur Altenpflegerin beginnen würde, war er begeistert gewesen. Er hatte ihr versichert, dass, solle sie in Not geraten, er ihr eine Anstellung in einem der evangelischen Altenheime vermitteln würde.

»Pastor Hübner, Gott sei Dank, Sie haben Zeit für mich«, rief sie aufgeregt. Sie hatte ihre blonden Locken zum Zopf gebunden und ein schlichtes Sweatshirt zum knielangen Faltenrock gewählt.

»Leider nicht viel«, wehrte der Geistliche schroff ab, und Lupine zuckte zusammen.

»Sehen Sie hier«, sie hielt ihm die fünf Absagen hin, »alle städtischen Altenheime haben mich abgelehnt.«

»Das tut mir leid für dich«, erwiderte Pastor Hübner und zuckte bedauernd mit den Achseln.

»Sie haben versprochen, mir in der Not zu helfen, erinnern Sie sich nicht mehr daran?« Fragend zog sie die Augenbrauen hoch. »Können Sie mich einem evangelischen Altenheim vorschlagen?«

»Es gibt keine freien Plätze«, entgegnete Pastor Hübner unwirsch und warf einen bedeutungsvollen Blick auf seine Armbanduhr. »Übrigens, auch bei den katholischen Wuppertaler Einrichtungen brauchst du nicht nachzufragen. Es gibt überall mehr als genug Personal. Und jetzt bitte ich dich zu gehen. Ich habe in wenigen Minuten einen wichtigen Termin.«

Am Boden zerstört und ohne weitere Antwort verließ Lupine die Kirche. Ihre Enttäuschung und Wut waren unbeschreiblich. Von anderen Absolventinnen der Ausbildung, ehemaligen Mitschülerinnen der Altenpflegeschule in der Lukasstraße, wusste sie, dass es viele ausgeschriebene freie Stellen in Wuppertal gab.

*

Sie hatte sich mit ihren Eltern im Nordpark verabredet, der auf einem fast ebenen Hochrücken im direkten Einzugsgebiet zwischen den Wuppertaler Stadtteilen Barmen und Wichlinghausen liegt. Die Sonne hatte sich hinter einer dichten Wolkendecke versteckt, der Park präsentierte sich ebenso grau wie Lupines Stimmung.

»Es ist die bittere Wahrheit«, sagte sie, derweil sie durch den Wald schlenderten. Es war halb zehn am Vormittag, nur vereinzelte Hundehalter waren mit ihren vierbeinigen Freunden unterwegs.

»Unfassbar, Lupinchen«, bemerkte ihr Vater und runzelte sorgenvoll die Stirn. »Die Stadt behandelt dich wie eine Aussätzige. Was hast du bloß verbrochen? Niemand geht liebevoller mit den alten Menschen um als du. Jetzt hast du endlich dein Ziel erreicht und wirst trotzdem zur Ausgestoßenen.«

»Na ja, immerhin liegt Langenfeld nicht allzu weit von Wuppertal entfernt«, machte sich ihre Mutter bemerkbar und fuhr sich durch die dunklen Locken.

Lupine versuchte, die aufsteigenden Tränen zu unterdrücken. Es war unfassbar hart für sie, liebte sie Wuppertal doch aus ganzem Herzen. Sie musste alles zurücklassen, was ihr die Welt bedeutete: ihre Wohnung, ihre Eltern, ihre Freunde.

»Es kommt noch schlimmer«, fuhr sie traurig fort. »In dem Langenfelder Altenheim konnte ich leider nur eine halbe Stelle bekommen. Ich muss mir die Vollzeitstelle mit einer Kollegin teilen. Das bedeutet, ich werde zwei Wochen inklusive der Wochenenden arbeiten, die anderen zwei Wochen habe ich frei«, fuhr sie traurig fort. »Ich habe keine Wahl und nichts Besseres gefunden. Damit komme ich natürlich nicht über die Runden. Zum Glück konnte ich einen Aushilfsplatz in einer Fabrik finden, die Haushaltswaren herstellt und verschickt. Dort werde ich meine altenheimfreien Wochen verbringen.«

»Aber wie willst du es anstellen, pünktlich zum Frühdienst zu erscheinen? Du hast weder den Führerschein noch ein Auto. Bei aller Liebe, wir haben die Mittel nicht, um dir das zu finanzieren«, stellte ihr Vater fest. Er hatte unwillkürlich seine Schritte beschleunigt, und die Frauen mussten sich anstrengen, um mithalten zu können.

»Hans, bitte etwas langsamer«, japste Lupines Mutter.

»Deswegen habe ich euch hierher bestellt«, entgegnete Lupine und nahm ihren ganzen Mut zusammen. Sie konnte ihren Eltern die Hiobsbotschaft nicht länger verschweigen. »Ich werde Wuppertal verlassen und nach Langenfeld ziehen.«

»Soweit ist es gekommen, unser geliebtes Lupinchen wird aus Wuppertal vertrieben«, entgegnete ihr Vater bitter, und ihre Mutter verbarg fassungslos das Gesicht hinter ihren Händen.

Quarantäne

Die Wochen der Isolation ziehen ins Land. Außer ihrem Schwager, der die Einkäufe für sie erledigt und diese einen guten Meter von der Türschwelle entfernt abstellt, und hin und wieder dem Postboten hat sie keinen Menschen zu Gesicht bekommen. Oft denkt sie an ihre geliebten Eltern, die leider viel zu früh gestorben sind. Sie ist ihnen dankbar für alles, für ihre Unterstützung in den ersten schweren Jahren nach ihrer Flucht aus Wuppertal. Eduard geht es langsam wieder etwas besser, und er verlässt immer häufiger das Bett. Lupine hofft, dass es ihnen nicht wie vielen anderen mit Covid-19 infizierten Menschen geht. Das Tückische an dieser Krankheit ist, dass sich Patienten oftmals auf dem Weg der Besserung befinden, sich bereits in Sicherheit wiegen und dann von einem Tag auf den anderen intensivmedizinisch betreut werden müssen.

»Was ist los?«, Eduard legt sein Brot auf dem Teller ab und blickt sie besorgt an.

»Ich habe Angst«, erwidert sie leise. »Angst davor, nie wieder richtig schmecken zu können, Angst davor, dass das Virus weitere bleibende Schäden bei uns hinterlässt. Es gibt als genesen Erklärte, die langfristig unter Lungen- und Nervenschäden und sogar der Schlafkrankheit leiden. Mehr als siebzig Prozent der Betroffenen sind von den Spätfolgen betroffen. Und die größte Angst habe ich davor, dass das Biest uns plötzlich und unerwartet richtig niederwirft. Nicht nur in unser Bett, sondern ans Beatmungsgerät.«

»Du bist doch sonst ein positiv denkender Mensch«, entgegnet Eduard. »Ich bin davon überzeugt, dass wir das Schlimmste überstanden haben.«

Lupine seufzt und schenkt sich ein Glas Orangensaft ein. »Übernimmst du den Abwasch? Ich muss raus aus dem Haus und an die frische Luft. Ohne meine grüne Terrasse würde ich diese Zeit nicht überstehen.«

»Geh nur.« Eduard schluckt den letzten Bissen seines Brotes runter und schnappt sich die Teller.

Sie steht auf, greift nach ihrer über der Stuhllehne hängenden Strickjacke und macht sich auf den Weg nach draußen …

Bis dass der Tod euch scheidet

Vor zwei Jahren war Lupine von Langenfeld nach Velbert gezogen und hatte die Vollzeitstelle bei einem ambulanten Pflegedienst angetreten. Obwohl die Arbeit sehr anstrengend war und sie sowohl am Vormittag als auch am Abend mit ihrem Dienstwagen von Haus zu Haus fahren musste, war sie glücklich. Die zusätzliche Tätigkeit in der Langenfelder Fabrik hatte sie sehr belastet, war jedoch nach ihrer Flucht aus Wuppertal der einzige Weg zum Überleben gewesen.

Harte vierzehn Arbeitstage lagen hinter ihr, und sie freute sich über die Einladung von ihrer Arbeitskollegin Paula. Es konnte nicht schaden, den strahlend schönen Sonntagnachmittag im Garten von deren Eltern zu verbringen. Der April des Jahres 1994 präsentierte sich nicht wechselhaft, sondern sommerlich mild. Paulas Vater hatte zu günstigen Konditionen eine Parzelle auf dem riesigen Grundstück seines Neffen gepachtet. Lupine war sehr neugierig auf das Gelände und das dazugehörige Gebäude. Paula hatte im Vorfeld in den höchsten Tönen davon geschwärmt.

Ein Blick auf ihre Armbanduhr verriet Lupine, dass es an der Zeit war, sich auf den Weg zu machen. Große Lust, sich herauszuputzen, verspürte sie nicht. Ihre Arbeitskollegin kannte sie ungeschminkt, die Haare locker zum Zopf gebunden, schlicht in Boxershorts gekleidet und mit bequemen Birkenstock Sandalen an den Füßen. Wozu also einen großen Aufwand betreiben? Vorfreudig schnappte sie sich den Autoschlüssel und verließ ihre kleine Wohnung. Seit Wochen ärgerte sie sich über das Gerüst, das zwecks Sanierungsarbeiten an der Hauswand angebracht war, ihre Fenster zu großen Teilen bedeckte und das Licht aussperrte. Sie hätte zu gern einen Garten oder zumindest einen Balkon, doch das Gehalt, das sie für ihre Pflegetätigkeit erhielt, ermöglichte ihr keine großen Sprünge.

Viel Zeit benötigte sie nicht, bis sie das beeindruckende, zweistöckige Gebäude erreichte, das ein zum Wohngebäude umgebauter Bauernhof war. Sie stieg aus dem Wagen, umrundete das Haus und betrat staunend die riesige Grünfläche. Bunte Tulpen, Anemonen und Narzissen schmückten die Blumenbeete, Schmetterlinge tanzten ihren Liebesreigen, Vögel zwitscherten, und Hummeln umschwirrten die Blumen. Lupine fühlte sich wie im Paradies angekommen. »Was für eine schöne grüne Terrasse«, murmelte sie fasziniert vor sich hin. Den abgetrennten Bereich der Eltern ihrer Kollegin entdeckte sie am hinteren Ende des Grundstücks. Gut gelaunt überquerte sie die Rasenfläche, hob die Hand zum Gruß und trat durch das offenstehende Gartentörchen. Anschließend blieb sie wie angewurzelt stehen. Neben Paula saß der attraktivste Mann, den sie seit Langem zu Gesicht bekommen hatte. Er war schlank, dunkelhaarig und trug einen Schnurrbart. Als er in ihre Richtung schaute und sie anlächelte, hatte sie das Gefühl von tanzenden Schmetterlingen in ihrem Bauch.

»Hey«, rief Paula und fuhr sich durch die kurzen, fast schwarzen Haare, »wie schön, dass du gekommen bist. Die Waffeln sind gleich fertig.« Sie sprang auf, verschwand im Gartenhäuschen und ließ sie mit dem Mann allein.

Betreten schaute Lupine an sich herunter. Jetzt bereute sie es, ihrem Äußeren nicht mehr Aufmerksamkeit geschenkt zu haben. Schließlich beschloss sie, gute Miene zum bösen Spiel zu machen. Sie setzte sich ihm gegenüber auf einen Gartenstuhl und griff zur Kaffeekanne.

»Hier ist der Garten Eden«, sagte sie und versuchte ihre Verlegenheit zu überspielen. »Ich bin übrigens Lupine Bauer, eine Arbeitskollegin von Paula.«

»Das hat mir meine Cousine bereits erzählt«, entgegnete der hübsche Mann augenzwinkernd. »Mein Name ist Eduard Ahrens. Mir gehören das Gebäude und das Grundstück. Ich habe es von meinen Eltern geerbt. Diese Parzelle stelle ich meinem Onkel gerne zur Verfügung. Ich freue mich über etwas Gesellschaft.«

»Voilà, hier sind meine Meisterwerke.« Paula trat aus dem Gartenhäuschen heraus und hielt ein Tablett in den Händen. Eine beachtliche Anzahl von Waffeln wartete darauf, verspeist zu werden. Dazu bot Paula frisch geschlagene Sahne und verlockend duftende heiße Kirschen an. »Lasst es euch schmecken.«

Das ließen sich Lupine und Eduard nicht zweimal sagen. Innerhalb kürzester Zeit war der Waffelberg zu einem Häuflein geschrumpft. Eine Weile plauderten sie über das schöne Wetter, die Arbeit und andere Belanglosigkeiten.

»Ich muss leider los.« Zu Lupines Bedauern wischte sich Eduard mit der Serviette über den Mund und stand auf. »Ich habe etwas Wichtiges zu erledigen.« Er winkte ihnen zum Gruß und schlenderte davon.

Als es Abend wurde und Paula Anstalten machte, das Treffen zu beenden, nahm Lupine ihren ganzen Mut zusammen. »Hör mal, ist dein Cousin eigentlich verheiratet?«

»Eduard?« Paula zog verwundert die Augenbrauen hoch. »Er lebt von seiner Frau getrennt, wieso? Gefällt er dir?« Sie grinste verschmitzt, erhob sich und begann, den Tisch abzuräumen.

*

Zwei Wochen später konnte Lupine ihr Glück kaum fassen. Es war drei Uhr am frühen Morgen, und Eduard hatte sich soeben mit einem Wangenkuss von ihr verabschiedet. Paula hatte ihm ihre Telefonnummer gegeben, und er hatte sich tatsächlich bei ihr gemeldet und sie in das Tanzlokal *Alte Liebe* in Essen ausgeführt. Dort hatten sie einen wunderschönen gemeinsamen Abend verbracht. Lupine fragte sich, ob sie wohl schlafen können würde und legte sich mit klopfendem Herzen ins Bett, um ihren Träumen freien Lauf zu lassen.

Am nächsten Tag wurde sie um kurz vor zehn vom Läuten der Türschelle überrascht. Lupine wollte soeben Wasser in die Kaffeemaschine füllen und sich ein spätes Frühstück zubereiten, hielt aufgeregt in der Bewegung inne, flitzte zur Wohnungstür und nahm die Stufen nach unten. Ihr Herz schlug vor Aufregung Purzelbäume, als sie Eduard mit einem Blumenstrauß und einer Brötchentüte in den Händen vor der Haustür stehen sah. In dieser Sekunde durchflutete sie eine innere Gewissheit: Eduard war der Mann, auf den sie all die Zeit gewartet hatte. Und damit sollte sie recht behalten.

Freiheit

»Lupine?«, reißt sie die Stimme ihres Mannes aus ihren Gedanken. Sie reibt sich die Augen, steht auf und überquert den Rasen. »Lupine«, hört sie ihn erneut rufen, und sie beschleunigt ihre Schritte.

Als sie das Wohnzimmer betritt, ist der Fernseher ausgeschaltet, und Eduard reicht ihr den Telefonhörer an. »Das Gesundheitsamt.« Sie nimmt ihm den Hörer aus der Hand und schaltet den Lautsprecher ein.

»Guten Morgen, Frau Ahrens«, hallt eine Männerstimme durch den Raum. »Ich habe eine gute Nachricht für Sie. Mit sofortiger Wirkung dürfen Sie das Haus wieder verlassen. Ihre Quarantäne ist aufgehoben. Das Ordnungsamt wird Sie noch schriftlich darüber informieren. Aber, Frau Ahrens, weil Sie noch unter einem Rest Husten und Geschmackslosigkeit leiden, besteht bei Ihnen außerhalb der eigenen vier Wände überall Maskenpflicht. Auf Wiederhören, genießen Sie Ihren ersten Tag in Freiheit.«

Lupine bleibt vor Überraschung der Mund offenstehen.

»Siehst du, Lupinchen«, sagt Eduard lächelnd und nimmt ihre Hand. »Wenn das Gesundheitsamt uns erlaubt, rauszugehen, kann es nur gut um unsere Gesundheit bestellt sein. Die haben ihre Erfahrungswerte. Deine Bedenken waren unbegründet.«

Lupine drückt ganz fest Eduards Hand. »Ich habe

mich gerade an unsere erste Begegnung erinnert. Seit diesem Tag haben wir fest zusammengehalten. Gemeinsam haben wir meine Fehlgeburten und die vielen Versuche, mittels künstlicher Befruchtung das Unmögliche möglich zu machen, durchgestanden. Jetzt haben wir auch diese Krise zusammen bewältigt.« Lupine lässt Eduards Hand los und wischt sich verstohlen eine Träne aus dem Augenwinkel. Sie weiß nicht, ob es eine Träne der Erleichterung oder der Trauer ist. »Erinnerst du dich noch an diesen schrecklichen Tag, als wir meine Mutter tot in ihrer Wohnung vorgefunden haben? Ohne dich wäre ich zusammengebrochen.«

»Natürlich. Gut, dass dein Bruder ihren Hund genommen hat. Grausam, der arme Kerl lag drei Tage trauernd und treu an ihrer Seite«, erwidert Eduard nachdenklich. »Aufgrund der Quarantäne beschäftigst du dich viel mit der Vergangenheit.«

Lupine nickt zustimmend. »Es ist, als würde die Welt den Atem anhalten. Aber die vier Wochen, in denen wir gemeinsam eingesperrt waren, haben auch eine gegenwärtige Bedeutung für mich. Wir haben uns kein einziges Mal gestritten und vor zwanzig Jahren die einzig richtige Entscheidung getroffen.« Sie hält inne, schweigt eine Weile und fährt schließlich fort: »Ich werde unseren Hochzeitstag nie vergessen und dass ich mit fünfunddreißig Jahren doch noch vor dem Traualtar stand. Aber weißt du was?« Sie beugt sich zur Garderobe und greift nach der Hundeleine. »Jetzt kehren wir zurück ins Leben. Rudy, komm, es geht raus in die Welt.« Sie öffnet die Haustür, und nacheinander treten sie ins gleißende Sonnenlicht. »Irgendwann sitzen wir wieder in unserem

Wohnwagen und erkunden Deutschland. Ich glaube ganz fest daran, irgendwann …«

*

Zwei Wochen geht Eduard bereits wieder seiner Arbeit nach. Lupine ist weiterhin krankgeschrieben und unternimmt ausgiebige Spaziergänge mit Rudy. Sie ist immer noch nachdenklich gestimmt und macht sich Sorgen um die Ernten der Bauern. Die Sonne scheint in dieser merkwürdigen Zeit fast ununterbrochen. Sie leidet immer noch sehr unter dem Verlust ihres Geruchs- und Geschmackssinnes. Es scheint, dass die Nervenschädigung langwieriger ist, als die Ärzte angenommen haben. Sie trainiert ihre Sinne durch Erinnerungen, probiert Saures, Süßes, Salziges, stellt sich den Geruch einer Orange vor.

Ihre Umwelt sieht sie aus neuen Augen, als sei sie neugeboren und betrachte alles zum ersten Mal: Das ausgetrocknete Gras auf den Wiesen, die von heute auf morgen ausgebrochene Baumblüte und das Gezwitscher der Vögel. Die Tür der Bäckerei an der Ecke, bei der sie morgens wieder Brötchen holen darf, ist geöffnet, und die Menschen stehen im Abstand von anderthalb Metern draußen in der Schlange und warten auf Einlass. Sie atmet tief ein und aus, ein und aus. Ein Hauch, eine winzige Ahnung vom Geruch des frisch gebackenen Brotes dringt an ihre Nase, ein Duft wie ein Licht am Ende des Tunnels.

Kapitel 2: Elfenzauber – Corinna

Ausgangssperre

Corinna Maier blickt auf ihren soeben gegengezeichnet
zurückgeschickten Arbeitsvertrag. Am ersten April ist
es endlich soweit. Lange hat sie den Tag herbeigesehnt,
an dem sie im Velberter Kindergarten ihre neue Stelle
antreten kann. Und jetzt das. Zusätzlich zum Arbeitsvertrag hat sie die Information erhalten, dass sie wegen
der Corona-Krise zunächst im Homeoffice Konzeptionsarbeit zu leisten habe und nach Ende des von der
Bundesregierung angeordneten Lockdowns statt der
ursprünglich geplanten dreißig Stunden pro Woche nur
drei bis vier Stunden am Tag arbeiten dürfe. Zwar würden, sollten die Einschränkungen im Mai gelockert werden, wieder mehr Kinder erwartet, dennoch sei immer
noch mit geringem Andrang zu rechnen. Derzeit werde

sie für die Betreuung der wenigen Kinder von Eltern aus systemrelevanten Berufen nicht benötigt.

Die Dreiundfünfzigjährige hat schlicht und ergreifend zu viel Zeit zum Grübeln und Nachdenken. Ihr Mann Karl leidet noch schlimmer als sie unter der erzwungenen Untätigkeit. Der gelernte Koch, der sonst abends im Golfhotel arbeitet, konnte sich in den vergangenen zwei Wochen gerade einmal drei Stunden im Rahmen der Aktion *Backwerk für LKW-Fahrer* beruflich betätigen. Diese Aktion sollte die Not der Lastkraftfahrer lindern, denn auf den Autobahnparkplätzen sind alle Raststätten geschlossen. Karl gehört aufgrund seines Typ 2 Diabetes und eines vor einigen Monaten erlittenen Schlaganfalls zu den Risikogruppen. Es fällt ihm schwer, seinen Tag sinnvoll zu strukturieren, denn sein einziges Hobby besteht darin, sich die im Fernsehen ausgestrahlten Sportveranstaltungen anzuschauen. Und die sind bis auf Weiteres abgesagt. Einzig die langen, einsamen Spaziergänge mit dem Familienhund Jack bringen ihn auf andere Gedanken.

Corinna seufzt und wirft einen Blick auf ihren Mann, der im Jogginganzug auf dem Sofa sitzt und ins Leere starrt. Sie fürchtet, er könne eine Depression entwickeln, und das wäre unerträglich für sie, weil sie in der Vergangenheit bittere Erfahrungen mit dieser Erkrankung gemacht hat.

»Karl«, spricht sie ihn an, um ihn aus der Lethargie zu holen, »schnapp dir Jack, und geh an die frische Luft. Die Sonne lacht vom Himmel und wartet auf euch zwei.«

Zu ihrer Erleichterung ringt sich Karl ein Lächeln ab und greift nach der Hundeleine. Wenig später hört sie das Geräusch der zuschlagenden Wohnungstür. Sie legt den Arbeitsvertrag beiseite und betrachtet die Fotocollage rechts an der Wohnzimmerwand. Ihre zwei Söhne Gabriel und Michael sind ihr im Herzen nah, und doch ist sie von ihnen getrennt. Michael ist bereits seit langer Zeit in Bayern in einer Forensik untergebracht. Mittlerweile hat er sich Stufe B erkämpft, das bedeutet, dass er ohne Begleitung eines Pflegers mit seiner Mutter das Gelände verlassen darf. Leider hat Covid-19 ihm einen Strich durch die Rechnung gemacht. Der Ministerpräsident von Bayern hat angeordnet, dass sich Einreisende aus anderen Bundesländern einer zweiwöchigen Quarantäne unterziehen müssen, bevor sie mit jemandem in Kontakt treten dürfen. Selbst wenn Corinna diese Tortur auf sich nähme, würde die hart erarbeitete Stufe B für Michael und sie ihre Bedeutung verlieren. Denn für die Forensik gilt ein neues Corona-Gesetz: Besucher der Forensik dürfen ihre Angehörigen nur in einem eigens für die Krise eingerichteten Zimmer treffen und werden durch eine Plexiglasscheibe von ihren Lieben getrennt. Corinna und Michael können nur per Telefon miteinander kommunizieren. Der Versuch einer Videotelefonie über Skype ist kläglich gescheitert.

Sie steht auf und geht vom Wohnzimmertisch zum Sofa, setzt sich auf den von ihrem Mann angewärmten Platz und nimmt eines der phantastischen Wesen in die Hand, die sie an vielen Abenden in Handarbeit erschuf. Die Elfe aus Filz mit den roten Flügeln, dem gleichfarbigen Kleid und der Spitzmütze sitzt auf einem kleinen Baumstamm und hat die Beine übereinandergeschlagen. Sie symbolisiert Corinnas Jugendzeit, in der sie fast auf die schiefe Bahn geraten wäre …

Kneipenluft

Corinna Noltes vierzehnter Geburtstag lag noch nicht lang zurück, als sie zum ersten Mal die von den Eltern seit Kurzem gepachtete Kneipe betrat. Zwar arbeitete ihr Vater vormittags in einer Fabrik, um Geld hinzuzuverdienen, doch ansonsten gingen die Noltes völlig in ihrem neuen Projekt auf. Auch Corinna wurde an die Arbeit gestellt. Nach der Schule und den erledigten Hausaufgaben nahm sie ihren Platz hinter dem Tresen ein, schenkte aus und bediente die Leute an den Tischen. Aufgrund der mangelnden Kontrolle seitens ihrer Eltern erledigte sie die Schularbeiten zunächst nachlässig, nach einiger Zeit verzichtete sie völlig darauf. Die Lehrer der Velberter Hauptschule ermahnten sie zu Beginn, doch irgendwann gaben sie ihre Bemühungen auf.

Wenn Corinna abends die Gaststätte betrat und das erste Bier zapfte, stieg ihr zunächst der herbe Geruch des Getränks in die Nase, die sie widerwillig rümpfte. Auch der Qualm der Raucher widerte sie an. Doch irgendwann, nach etlichen Wochen Kneipenluft, zweigte sie sich die ersten Schlucke ab, wenn sie Bier für einen Gast zapfte. Aus einigen Schlucken wurden recht schnell einige Gläser, und sie lernte die berauschende Wirkung des Alkohols zu schätzen. Angeheitert ging ihr die Arbeit deutlich leichter von der Hand, und ihre Eltern freuten sich, dass Corinna endlich Interesse an der Gaststätte zeigte. Weil alles nach Alkohol roch, nahmen sie die Fahne ihrer Tochter nicht wahr. Als ihr ein Gast an einem Tag zum wiederholten Mal eine Zigarette anbot, lehnte sie diese nicht mehr ab.

Die Wochen und Monate zogen ins Land, und es kam, wie es kommen musste. Ihre Schulnoten hatten sich drastisch verschlechtert, und sie verließ die Schule im Alter von sechzehn Jahren ohne Abschluss. Doch sie hatte Glück im Unglück. Gleich mit ihrer ersten Bewerbung bei einem Friseurbetrieb in der Nachbarstadt Wuppertal, genauer gesagt im Wuppertaler Wohnquartier Varresbeck, hatte sie Erfolg. Die Busfahrt von Velbert nach Wuppertal kostete zwar Zeit, aber sie musste nicht umsteigen und nur eine kleine Strecke zu Fuß zurücklegen. In der ersten Zeit fiel ihr die Arbeit erstaunlich leicht, und es machte ihr Spaß, den Damen und Herren die Haare zu waschen und sie zu verwöhnen. Ihre Abendstunden verbrachte sie weiter in der elterlichen Kneipe, doch trotz des hohen Alkoholkonsums gelang es ihr, am Morgen zeitig aufzustehen und pünktlich am Ausbildungsplatz zu erscheinen.

Der Sommer im Jahr 1982 zeigte sich sonnig bis in die Abendstunden hinein, und die Stimmung der Kneipenbesucher war gelöst. Corinna war als Kellnerin sehr beliebt, weil sie sich gerne zu den Gästen auf einen Plausch an den Tisch setzte. An einem Abend im August fiel ihr Augenmerk auf einen jungen, sonnengebräunten Mann mit dunklen Haaren, den sie noch nie zuvor in der Kneipe gesehen hatte. Sofort kamen sie miteinander ins Gespräch, und Mark flirtete offensiv mit ihr. Er sagte ihr, wie sehr ihm ihre blonden Locken, ihre grünen Augen und ihre üppigen Kurven gefielen. Es dauerte nur wenige Tage, bis Corinna sich bis über beide Ohren in den acht Jahre älteren Mann verliebte. Von da an ging alles ganz schnell. Nur wenige Wochen später verließ Corinna die elterliche Wohnung, nahm Abschied von ihrem kleinen Zimmer und zog zu ihrem Freund in das Haus, das er mit vier weiteren Geschwistern bewohnte. Seine Eltern hatte er sehr früh durch einen Autounfall verloren, und die fünf jungen Menschen führten eine Lebensgemeinschaft, in der sich jeder um jeden kümmerte. Mark stand bereits mit beiden Beinen im Leben, arbeitete als Hilfsarbeiter in einer Metallverarbeitungsfirma und war stolzer Besitzer eines Ford Granada. Damit Corinna weniger Zeit im Bus verbringen musste, wechselte das Paar für die Dauer von Corinnas Ausbildung seinen Wohnsitz und zog nach Wuppertal. Für Mark war es kein Problem, die Strecke zu seinem Arbeitsplatz mit dem Auto zurückzulegen. Corinnas Lebensumstände hatten sich gravierend verändert. Sie lehnte sich an Marks starke Schulter und reduzierte ihren Alkohol- und Zigarettenkonsum drastisch. Als sie im Jahr 1985 erfolgreich ihre dreijährige Ausbildung zu Ende brachte, drückte sie ihre letzte Zigarette aus. Außerdem hatte sie den Entschluss gefasst, Alkohol in jeder Form dauerhaft zu meiden.

Kabellose Verbindung

Der Klingelton ihres Smartphones reißt Corinna aus ihren Erinnerungen, und sie öffnet rasch die Augen. Ihr mobiles Telefon bewahrt sie immer in greifbarer Nähe auf, da sie ständig mit dem Anruf eines Mitarbeiters der Forensik rechnet. Diesmal jedoch hört sie die vertraute Stimme von Michael, als sie das Gespräch entgegennimmt.

»Hallo, mein Schatz«, begrüßt sie den Einundzwanzigjährigen. Vor ihrem inneren Auge sieht sie Michael am Patiententelefon stehen, das ein Pfleger für ihn aufgeschlossen hat. Er darf für gewöhnlich nur zu verabredeten Zeiten mit ihr telefonieren, doch in Anbetracht der Krisensituation haben sie die Regeln für ihn etwas gelockert. Wie lange das andauert, hängt von seinem Verhalten auf der Station ab. Corinna schaltet die Lautsprecherfunktion an und faltet ihre Hände im Schoß, ist neugierig auf den Grund seines überraschenden Anrufs.

»Hallo, Mama, wie geht es Jack?«, möchte Michael wissen, und sie ruft sich sein Bild in Erinnerung: schlank, kurze blonde Haare, grüne Augen. Abgesehen davon, dass sie nicht schlank ist, gleicht er ihr sehr.

»Gut. Er ist gerade mit Karl unterwegs«, gibt sie betont sachlich Auskunft.

»Mir geht es nicht gut.« Der Tonfall von Michaels Stimme versetzt sie in Alarmbereitschaft. Als Asperger-Autist verarbeitet er Informationen anders als die meisten Menschen. Das Asperger-Syndrom wird heutzutage nicht mehr als Krankheit bezeichnet, sondern als Andersartigkeit.

»Warum geht es dir nicht gut?« Corinna hat gelernt, möglichst klare Fragen zu stellen, präzise und unzweideutig zu antworten, weil ihr Sohn die Nuancen, die in der menschlichen Kommunikation mitschwingen, nicht versteht. Jede Antwort muss sie in Sekundenschnelle abwägen, das ist an manchen Tagen nicht einfach.

»Ich habe Kopfschmerzen, aber Peter gibt mir keine Tablette«, fährt Michael fort.

Oft klagt er über Kopfschmerzen oder andere Beschwerden, um die Aufmerksamkeit der Pfleger und Pflegerinnen zu erlangen. Ob er wirklich Krankheitssymptome aufweist oder nur simuliert, ist nicht leicht zu unterscheiden. Er leidet an einer äußerst seltenen Erbkrankheit, dem Brugada-Syndrom. Diagnostiziert wurde die Erkrankung 2016 durch einen Zufallsbefund. Die Störung in den Herzmuskelzellen kann zu Ohnmachtsanfällen und im schlimmsten Fall zum Herzstillstand durch Kammerflimmern führen. Michael müsste eigentlich mit einem unter die Haut gesetzten Langzeit-EKG untersucht werden, um die Häufigkeit der gefährlichen Momente beurteilen zu können. Sollten gefährliche Episoden aufgezeichnet werden, müsste er einen Defibrillator implantiert bekommen. Leider hat er beim Arztgespräch mitbekommen, wie er das Gerät selbst entfernen kann, deswegen ist diese Art der Untersuchung nicht möglich. Häufig gibt er vor, aufgrund seiner Herzrhythmusstörung in Ohnmacht gefallen zu sein, und es ist für die Pfleger in der Forensik schwierig bis unmöglich zu erkennen, wann er eine echte oder eine vorgespielte Episode hat. Zusätzlich erschwert das Syndrom die Behandlung von Michaels durch den Asperger-Autismus verursachten Probleme mit Psychopharmaka. Gewisse Medikamente können bei ihm lebensgefährliche Nebenwirkungen verursachen. Aus diesem Grund erhält er alternative Medikamente, die seinen Zustand weniger positiv begünstigen, als es andere könnten.

»Rufst du bitte im Schwesternzimmer an?«

Corinna hat diese Frage befürchtet, die sie in starke Gewissenskonflikte stürzt. Gibt sie Michael nach, stellt sie unterschwellig die Kompetenz der Betreuer in Frage, ignoriert sie seine Bitte, riskiert sie, das Vertrauen ihres Sohnes zu verlieren.

»Wie sind die Kopfschmerzen? Stechend oder pochend? Einseitig oder im Nacken? Ist dir schwindelig?« Sie hat die Fragen noch nicht zu Ende gesprochen, als sie sie schon bereut. Sie hat ihm zu viele Antwortmöglichkeiten geboten.

»Stechend«, erwidert Michael nach sekundenlanger Stille. »Ich habe Corona.«

Oft verschwinden seine Kopfschmerzen nur wenige Minuten nach der Tabletteneinnahme, obwohl das Medikament nach derart kurzer Zeit unmöglich wirken kann.

»Gut, ich rufe an. Wenn die Schmerzen durch eine Tablette abklingen, bist du nicht krank«, verspricht sie schlussendlich.

Michael unterbricht die Verbindung, und Corinna starrt auf das vor ihr liegende Smartphone. Die Corona-Krise macht eine zuvor schon herausfordernde Situation zum schier nicht zu bewältigenden Problem. Ihr Sohn gehört in mehrerlei Hinsicht zu den Risikopatienten.

Minuten später hat sie das Gespräch mit Peter hinter sich gebracht. Sie haben sich auf einen Kompromiss geeinigt und vereinbart, dass er ihrem Sohn ein Placebo verabreichen wird. Michael wird dies von ihrer Glaubwürdigkeit überzeugen, und, sollten die Schmerzen nicht verschwinden, soll er ein Medikament mit Wirkstoff erhalten. Sie liebt ihren Sohn über alles im Leben, denn Kinder waren ihr immer das Wichtigste auf der Welt.

Sie schaut auf die Sammlung ihrer zauberhaften Wesen und langt mit zitternden Fingern nach der weißen

Elfe, die ihr wie aus dem Gesicht geschnitten ist. Darauf hat sie erst vor Kurzem eine Freundin hingewiesen, ihr selbst war die Ähnlichkeit bis dahin nicht bewusst. Die weißhaarige Elfe hat die Arme ausgebreitet, zwei kleine Elfenkinder, ebenfalls in Weiß gekleidet und mit blauen Hemden, halten sich an ihrer Halskette fest. Ein Elfenjunge blickt zu Boden, der andere hat den Blick gen Himmel gerichtet …

Böse Geister

Nachdem Corinna im Jahr 1985 ihre Ausbildung in Wuppertal abgeschlossen hatte, waren Mark und sie in eine Mietwohnung in Velbert gezogen. In ihrem erlernten Beruf hatte Corinna sich zum Erstaunen aller nicht um eine Anstellung beworben, denn während der Ausbildung war ihr bewusst geworden, dass die Arbeit als Friseurin sie schlichtweg langweilte. Aus diesem Grund hatte sie fürs Erste einen ausgeschriebenen Job in einer Textilverarbeitungsfabrik angenommen. Sie liebte den Umgang mit Stoffen und hatte eine Vorliebe für Filz. Auf die Frage ihres Vaters hin, warum sie überhaupt die drei Ausbildungsjahre durchgehalten habe, hatte sie eine einfache Antwort gehabt: Nachdem sie schon die Schule ohne Abschluss abgebrochen habe, wolle sie für ihren zukünftigen Lebenslauf zumindest eine abgeschlossene Berufsausbildung vorweisen können.

Ihr Ziel war jedoch eine Umschulung in den pädagogischen Bereich.

Jetzt, drei Jahre nachdem Mark und sie geheiratet hatten, an diesem trüben Tag im Jahr 1991, ging ihr der Gedanke an den Schulabbruch wie ein ungewollter Geistesblitz durch den Kopf. Ein weiterer, deutlich qualvollerer Abbruch lag hinter ihr, und während sie die Frauenarztpraxis verließ, liefen ihr die Tränen in Strömen über die Wangen. Vor wenigen Augenblicken hatte sie die niederschmetternde Bestätigung für ihren Verdacht erhalten. Die starken Unterleibsschmerzen und die plötzlich aufgetretene, heftige Blutung waren tatsächlich Anzeichen einer Fehlgeburt gewesen. Mark und sie hatten bereits einen Namen für ihre ungeborene Tochter ausgewählt: Seraphina sollte sie heißen, wie der weibliche Friedensengel. Jetzt war Seraphina unterwegs zu den Sternen.

Corinna öffnete die Autotür, nahm schluchzend hinter dem Lenkrad Platz und fuhr nach Hause. Teilweise nahmen die Tränen ihr die Sicht, und sie musste am Straßenrand anhalten, bis sie sich wieder gefangen hatte.

Als sie eine halbe Stunde später die Wohnungstür aufschloss, stand Mark im Flur und blickte sie aus leeren Augen an. Er sagte kein Wort, während sie langsam nickte und er verstand. Ihr voraus betrat er die Küche und ging zum Kühlschrank, um sich eine Flasche Bier herauszuholen. Anschließend setzte er sich an den Tisch und hob die Flasche an den Mund.

Corinna straffte ihren Rücken, sie wusste, dass sie jetzt stark sein musste. Nach der anfänglichen Verliebtheit war ihr schnell klar geworden, dass Mark psychisch instabil war und zu Depressionen neigte. Ging im Leben alles seinen gewohnten Gang, beschwerten ihn keine äußeren Sorgen, blieben die Dämonen in seinem Inneren in ihrem Gefängnis. Geriet jedoch eine Situation außer Kontrolle, bahnten sie sich unbarmherzig ihren Weg ins Freie.

»Mark«, flüsterte sie, indessen sie sich zu ihrem Mann an den Tisch setzte. »Du darfst nicht verzweifeln. Seraphina geht es gut dort, wo sie jetzt ist. Wir werden Kinder bekommen, das verspreche ich dir.« Sie legte ihre Hände auf die seinen und drückte sie sanft. Endlich füllten sich Marks Augen mit Tränen. Zunächst rannen nur vereinzelte Tropfen über seine Wangen, doch schließlich liefen sie in Strömen, und sein Körper begann zu beben. Corinna verspürte große Erleichterung, weil er seinen Kummer zuließ und nicht unterdrückte. Vielleicht würden seine Tränen die bösen Geister bezwingen.

Sanfte Töne

Anscheinend hat die Sonne eine positive Wirkung auf Karl ausgeübt, denn als er mit Jack ihre Wohnung in der Nähe des Velberter Bahnhofs betritt, wirkt er erfrischt und entspannt. Er leint den großen Mischlingsrüden ab, den sie vor der Tötung gerettet haben, und krault ihn hinter den Ohren. Anschließend nimmt er neben ihr auf dem Sofa Platz und deutet auf die weiße Elfe in ihren Händen. »Alles okay?«

»Michael hat angerufen und wieder einmal über Kopfschmerzen geklagt. Peter hat ihm ein Medikament verweigert. Na ja, wir haben uns darauf geeinigt, dass er ihm ein Placebo verabreicht.« Corinna seufzt und steckt die Elfe in ihre Hosentasche, so, dass ihr Kopf daraus hervorlugt. Sie weiß, dass Karl sich um Michael sorgt und ihn liebt, als wäre er sein leiblicher Sohn.

»Es ist kein Wunder, dass der Junge jetzt verstärkt Aufmerksamkeit einfordert«, sagt dieser, nachdem er eine Weile nachgedacht hat. »Er musste lange warten, bis er mit einem Pfleger die Forensik verlassen durfte, um etwas anderes zu sehen als seine Station und den Innenhof. Dieses schreckliche Virus wirft ihn um Jahre zurück. Noch vor wenigen Monaten warst du zum ersten Mal allein mit ihm für eine Stunde außerhalb des Geländes unterwegs. Und jetzt, jetzt hat er ausgeträumt …«

»Es gibt Momente, in denen ich mich frage, ob sich Michael anders entwickelt hätte, wären seine ersten Jahre nicht vom Tod seines Bruders überschattet gewesen«, erwidert Corinna gedankenverloren.

»Er ist Asperger-Autist. Das ist sein Wesen, diese Andersartigkeit zeichnet ihn aus«, sagt Karl leise. »Als Gabriel verstarb, war er sehr jung. Kein Mensch kann sagen, welchen Einfluss die Erkrankung seines Bruders auf Michaels Entwicklung hatte.«

»An manchen Tagen wache ich auf und denke, alles war nur ein schlechter Traum. Bevor ich die Augen aufschlage, sehe ich Gabriel und Michael Hand in Hand über eine Wiese voller Gänseblümchen und Löwenzahn laufen. Sie sehen trotz des Altersunterschiedes fast aus wie eineiige Zwillinge und lachen glücklich.« Corinna kneift die Augen fest zusammen und atmet eine Weile tief ein und aus. »Aber«, sagt sie, während sie gegen die aufsteigenden Tränen ankämpft, »die Wirklichkeit sieht anders aus: Gabriel ist tot und Michael in einer Forensik in Bayern.«

»Ich würde mir gerne die Bilder und Arztberichte

erneut ansehen. Sie sind die leisen Klänge, die sanften Töne von Michaels Geschichte.« Karl nimmt ihre Hand, und gemeinsamen stehen sie auf und gehen zum Schrank neben dem Esstisch. Innerlich verflucht Corinna das Coronavirus, weil es sie mit seiner geisterhaften Anwesenheit und dem Lockdown dazu zwingt, sich der Vergangenheit zu stellen. Sie entnimmt der Schublade den Ordner, in dem sie alle Unterlagen nach Datum sortiert aufbewahrt. Eine Sekunde lang zögert sie, dann greift sie in ihre Hosentasche und holt die weiße Elfe hervor. Liebevoll blickt sie das Zauberwesen an und legt es schlussendlich neben dem Ordner ab. Anschließend schlägt sie ihn auf …

Irrwege

Corinna saß mit bleichem Gesicht auf dem Wohnzimmersofa und starrte das Telefon an. Sie hasste diese stillen, nächtlichen Stunden und ihre Hilflosigkeit. Die Situation konnte sie kaum noch ertragen, und sie verspürte keinerlei Hoffnung auf Besserung. Die heutige Nacht war die sechste in Folge, in der sie darauf wartete, dass Michael nach Hause kam. Er war mit seinen fünfzehn Jahren zwar noch minderjährig, einsperren konnte sie ihn jedoch nicht. Sie hatte die Situation einfach nicht im Griff. Erst im letzten Jahr war endlich ihre langjährige Vermutung bestätigt und die Diagnose Asperger-Autismus gestellt worden. Weil ihm in den Jahren zuvor kein Schulbegleiter zur Seite gestellt worden war, hatte Michael sich Verhaltensstrategien angeeignet, die er jetzt nutzte, um immer wieder die Leute des Jugendamtes davon zu überzeugen, dass ihre Unterstützung nicht gebraucht werde. Corinnas Hilfeschreie wurden einfach überhört.

Sie wartete allein, weil sie es Karl nicht zumuten mochte, dass er seinen Schlaf opferte und am nächsten Morgen übernächtigt zur Arbeit aufbrach. Er arbeitete als Koch in der Großküche eines Krankenhauses und begann früh am Vormittag damit, die Speisen vorzubereiten.

Als das Telefon schellte, rechnete sie mit dem Schlimmsten. Ein Polizeibeamter informierte sie in sachlichem Tonfall darüber, mit Michael auf einer Raststätte zu sein. Der Junge sei völlig kopflos über die Autobahn gelaufen. Er werde ihn jetzt nach Düsseldorf in die Kinder- und Jugendpsychiatrie bringen, weil er eine Gefahr für sich selbst darstelle.

Nach Beendigung des Telefonats verspürte sie zum ersten Mal seit Monaten einen Funken Hoffnung. Vielleicht würde sie endlich jemanden davon überzeugen können, dass Michael professionelle Hilfe benötigte. Doch nur fünfzehn Stunden später wurde sie bitter enttäuscht. Eine Krankenschwester der Klinik in Düsseldorf hatte sie angerufen, und sie musste unverzüglich losfahren und ihren Sohn abholen. Dort angekommen, erklärte ihr ein Krankenpfleger, dass Michael den Ärzten glaubhaft versichert habe, weder sich selbst noch andere in Gefahr bringen zu wollen. Er bereue, was er getan habe, und wolle nach Hause. Auf Corinnas fassungslose Bemerkung hin, dass ihr Sohn sehr wohl eine Gefahr für sich und andere darstelle, dass sie ihn oft neben Brandherden vorgefunden, ihm jedoch nie habe beweisen können, das Feuer gelegt zu haben, reagierte der Krankenpfleger mit Gelassenheit. Um Michael länger gegen seinen Willen in der Psychiatrie festhalten zu dürfen, müsse ein richterlicher Beschluss vorliegen. Er musterte sie von oben bis unten und fragte: »Sind Sie nicht froh, Ihren Sohn zurückzuhaben? Oder möchten Sie ihn etwa loswerden? Kümmern Sie sich um Michael.« Nach diesen Worten ließ er sie verzweifelt zurück.

Spurensuche

»Ein paar Tage später hast du den ersten Antrag auf die geschlossene Unterbringung Michaels beim Gericht eingereicht«, erinnert sich Karl und legt den Arztbrief mit der Erklärung, der Patient habe die Psychiatrie auf eigenen Wunsch hin und gegen die ausdrückliche Empfehlung der Ärzte verlassen, beiseite.

»Diese Bürokratie werde ich nie begreifen«, seufzt Corinna und blättert durch ihre gestellten Anträge. Drei davon liegen vor ihr. »Anfänglich war der Richter auf meiner Seite. Er glaubte mir, dass Michael in der Vergangenheit mehrmals gezündelt hatte, und stellte den richterlichen Beschluss aus. Mir ist heute noch unverständlich, dass derselbe Richter ihn nur zwei Tage nach dem Beschluss in der Düsseldorfer Kinder- und Jugendpsychiatrie besucht und alles wieder rückgängig gemacht hat. Du weißt ja, dass Michael auf Hochintelligenz getestet wurde und einen überdurchschnittlich hohen Intelligenzquotienten hat. Wie immer gelang es ihm, den Richter davon zu überzeugen, dass er nicht für die Brandherde verantwortlich gewesen war. Außerdem versicherte er ihm, dass sein kleiner Ausflug auf die Autobahn eine einmalige Aktion gewesen sei. Ich wurde als Rabenmutter abgestempelt, die angeblich ihr Kind loswerden wollte.«

»Wir wollten beide nur das Beste für Michael. Das ständige Bangen, ob er von seinen nächtlichen Ausflügen wohlbehalten zurückkehren würde, war grausam«, erwidert Karl und schenkt sich gedankenverloren etwas Wasser aus der auf dem Tisch stehenden Karaffe ein. In ihr baden einige Zitronenscheiben, die dem Getränk eine fruchtige Note verleihen. Es ist eigentlich Corinnas Sommergetränk, doch die Sonnentage in diesem März haben sie vorzeitig auf den Geschmack gebracht. »Andererseits verstehe ich den Richter«, fährt Karl fort. »Menschen dauerhaft gegen ihren Willen in einer geschlossenen Einrichtung unterzubringen, darf nicht einfach sein.«

»In dem Punkt stimme ich dir zu, aber hätte das Herumlaufen auf der Autobahn nicht Grund genug sein müssen, um in ihm eine Gefahr für die Allgemeinheit zu sehen? Was hätte nicht alles passieren können? Autounfälle, Verletzte, vielleicht Tote …«, regt sich Corinna auf. »Selbst wenn das Zündeln eine Erfindung von mir gewesen wäre, hat die Polizei ihn unbestreitbar bei *dieser* Tat aufgegriffen. Weißt du noch, was nach meinem *zweiten* Antrag auf stationäre Unterbringung geschehen ist?« Corinna greift nach einem Schokoriegel und befreit ihn aus der Verpackung. In schwierigen Situationen braucht sie Schokolade, und weil ihr Leben eigentlich eine einzige schwierige Situation ist, hat sie etliche Pfunde zu viel auf den Rippen.

»Die Verantwortlichen des Jugendamtes haben dich zusammen mit Michael in ein Heim gesteckt.« Karl nimmt ein paar Schlucke und runzelt die Stirn.

»Ganz genau. Sie wollten mir, der unfähigen Mutter, zeigen, wie ich Michael zu erziehen habe«, sagt Corinna bitter. »Es war demütigend für mich, dass sie uns einen 1:1 Betreuer an die Seite stellten. Ja, ja, sie haben zumindest endlich irgendetwas versucht, um die Situation unter Kontrolle zu bekommen. Jahrelang wurde mir gesagt, Michaels Verhalten wäre ein pädagogisches und kein gesundheitliches Problem, und ich hätte versagt. Niemand hat meine Vermutung ernst genommen, dass Michael Asperger-Autist ist. Auch nicht in dem schrecklichen Heim. Leider hat der Aufenthalt dort rein gar nichts gebracht und nur wertvolle Zeit gekostet.« Corinna ballt die Hände zu Fäusten. Nach einer Weile des Durchatmens entspannt sie sich wieder. »Warte einen Moment.« Sie verlässt den Platz an Karls Seite und geht zum Abstelltisch neben dem Sofa. Zielsicher greift sie nach einer weiteren Elfe. Der spitze Hut und das Kleid sind aus eisblauem Filz angefertigt.

»Die Schneekönigin.« Corinna kehrt zu Karl zurück und zeigt mit dem Finger auf den dicken, weißen Schal, der den Hals der Märchenfigur bedeckt. »In dieser Zeit der Demütigungen und Rückschläge habe ich diese Elfe gebastelt, weil sie die Kälte symbolisiert, die mein Herz damals ergriffen hatte.« Sie senkt den Blick und blättert ein weiteres Mal in dem Ordner …

Splitternackt

»Sie haben recht, Ihr Sohn gehört nicht in ein Kinderheim, sondern in eine geschlossene Kinder- und Jugendpsychiatrie«, erklärte Professor Mohn Corinna, die unendlich erleichtert war, das Heim wieder verlassen und in ihre Velberter Wohnung zurückkehren zu dürfen. »Ich sehe für Michael eine Alternative in Bayern, genauer gesagt in Würzburg.« Der Professor saß ihr gegenüber, in einen weißen Kittel gekleidet und mit einem Stethoskop um den Hals. Das Jugendamt hatte ihn konsultiert und um seine fundierte Beurteilung von Michaels Situation gebeten.

»Bayern ist sehr weit weg«, flüsterte sie und wischte sich verstohlen eine Träne aus dem Augenwinkel. Michael hatte sein Verhalten auch im Kinderheim nicht verändert und weiterhin den Drang verspürt wegzulaufen. Die Flucht war ihm auch dort immer wieder gelungen. Sie selbst hatte an den Vormittagen ihrer Arbeit als Kinderpflegerin nachgehen müssen und ihren Sohn deswegen in der alleinigen Obhut seiner persönlichen Bezugsperson gelassen.

»Manchmal ist eine räumliche Distanz gut«, erklärte Professor Mohn und schloss Michaels Akte. »Er weiß, dass Sie ihn nicht oft werden besuchen können. Es schadet nicht, wenn er sich auf die Krankenschwestern und Pfleger konzentriert. Außerdem hoffe ich, dass er dort Anschluss finden wird.«

»Okay, wagen wir einen Versuch«, sagte Corinna und reichte dem Professor die Hand.

*

»Was soll das bedeuten?« Mit dem Telefonhörer in der Hand lief sie ziellos durch die Wohnung. Sie war allein mit Jack, denn Karl war in der Großküche des Krankenhauses und ging seiner Arbeit nach. »Michael ist wieder in Düsseldorf? Er ist in ein Zimmer eingesperrt?« Jetzt liefen ihr die Tränen in Strömen über die Wangen. »Das soll die letzte Lösung für ihn sein?« Sie zitterte am ganzen Leib. »Ja, ja, ich verstehe. Stimme ich dem nicht zu, kann ich ihn augenblicklich abholen kommen. Was ist das überhaupt für eine Aussage, er habe in Würzburg nicht ins Bild gepasst, weil er die Küche unter Wasser gesetzt hat? Wofür ist eine geschlossene Psychiatrie da? Um Problemfälle zu entlassen, weil das Personal keine Lust auf sie hat?« Corinna ballte die freie Hand so fest zur Faust, dass ihre Nägel in die Handballen stachen. »Ja, ich weiß, dass Düsseldorf das Einzugsgebiet und für meinen Sohn zuständig ist und Sie ihn deswegen haben wieder aufnehmen müssen. Ich kann mir gut vorstellen, wie begeistert Sie darüber sind. Ich werde mich darum kümmern und eine andere Lösung finden.« Sie beendete das Telefonat, überlegte eine Weile, rief beim Jugendamt an und ließ sich mit Professor Mohn verbinden.

*

Nachdem Michael vier Wochen in dem Zimmer eingesperrt hatte ausharren müssen, war er endlich von seinem Elend erlöst worden und in der Kinder- und Jugendpsychiatrie in München angekommen. Professor Mohn hatte sich für Michael eingesetzt und eine geschlossene Einrichtung für ihn gefunden. Corinna und Karl schickten Stoßgebete gen Himmel, hofften inbrünstig, dass er in dieser geschlossenen Abteilung einen dauerhaften Platz finden würde und ihm geholfen werden konnte. Zunächst sah es danach aus, als würde er sich gut in der neuen Umgebung einleben, doch nach ein paar Wochen erreichte sie die Horrornachricht: Michael hatte seinen Badezimmerspiegel mit aller Macht eingetreten, sich an den Splittern ernsthaft verletzt und zudem sein Bettlaken in Brand gesetzt. Das Pflegepersonal hatte ihn zu ihrer grenzenlosen Erleichterung retten können, und er hatte keine schwereren Verbrennungen davongetragen.

Nach dem ersten Schrecken wurde Corinna plötzlich ganz ruhig. Das Schicksal hatte zu ihren Gunsten entschieden. Ab jetzt brauchte sie sich keine Sorgen mehr darüber machen, ob eine Psychiatrie bereit war, sich mit Michael auseinanderzusetzen. Auch um sein Leben musste sie nicht mehr bangen, denn nach dieser Aktion stand zweifelsohne fest: Michael war eine Bedrohung für sich und sein Umfeld und hatte eine Straftat begangen. Augenblicklich wurde er von der Psychiatrie in die Forensik verlegt. Er blieb in Bayern, weil die dortige Jungendforensik gerade neu erbaut war und die besten Voraussetzungen für Michael bot. Er war am vorläufigen Ende seiner Reise angekommen.

Shutdown

»Das ist jetzt fast vier Jahre her«, flüstert Corinna, derweil sie den Ordner schließt. »Er hat enorme Fortschritte gemacht und möchte Tierarzt werden.« Ihre Augen füllen sich mit Tränen, und Karl legt fürsorglich den Arm um sie. »Was er alles nachholen muss. Als Erstes den qualifizierten Hauptschulabschluss, anschließend den Realschulabschluss, erst dann besteht für ihn die Möglichkeit, Abitur zu machen. In Bayern herrschen schärfere Regeln als bei uns in Nordrhein-Westfalen. Dazu kommt, dass in der Forensik wegen der Pandemie alles heruntergefahren und nur die Notbesetzung im Einsatz ist. Natürlich leidet der Unterricht darunter.«

»Michael wird nicht aufgeben, ich glaube fest daran«, erwidert Karl und wirft einen Blick auf die Wanduhr. Während ihrer Spurensuche haben sie vollkommen das Zeitgefühl verloren. Es geht bereits auf neunzehn Uhr zu. »Ich mache uns ein paar Brote.« Er löst seinen Arm von ihr und steht auf.

»Karl?« Corinna blickt ihn aus tränenverschleierten Augen an. »Weißt du, was diese Krise im ganzen Ausmaß für Michael und uns bedeutet?«

Karl nickt langsam und seufzt.

»Er hat viele Jahre für Stufe B gekämpft, dafür, dass er mit mir allein nicht nur die Station, sondern das Forensik-Gelände verlassen darf. Er hat von gewöhnlichen Dingen geträumt, mit mir eine Eisdiele zu besuchen oder eine Pizza essen zu gehen.« Sie wischt sich mit dem Handrücken über die Augen. »Er hat Jahre davon geträumt. Wie lange wird ihn jetzt das Virus zurückwerfen und ihn auf Hofgänge beschränken? Wissen wir, wie viel Zeit ins Land gehen wird, bis das normale Leben zurückkehrt? Was geschieht, wenn er aus Verzweiflung Dummheiten macht und wieder runtergestuft wird?«

»Schatz, quäle dich nicht!«, erwidert Karl. »Weißt du

was? Jetzt schnappst *du* dir Jack und drehst mit ihm die Abendrunde. Anschließend essen wir in Ruhe zu Abend.«

Corinna kommt der Aufforderung nur zu gerne nach, denn sie sehnt sich nach frischer Luft. Wenn es eins gibt, was sie in diesen Tagen genießt, dann ist das das wunderbare Wetter. Sie leint Jack an, verlässt die Wohnung und nimmt die paar Stufen nach unten. Die Haustür steht weit offen, und eine Nachbarin lehnt am Türrahmen. Sie spricht in ihr Smartphone, und zwei Einkaufstaschen stehen rechts und links neben ihr auf dem Boden. Als sie Corinna und Jack bemerkt, zuckt sie zusammen und lässt hektisch ihr Telefon in eine der Taschen fallen. Hastig greift sie in ihre Jackentasche, kramt eine OP-Maske heraus und zieht sie über Mund und Nase. »Einen Moment. Bleiben Sie bitte stehen, und halten Sie Abstand, Frau Maier.« Sie nimmt die schweren Taschen in die Hände, dreht sich um und eilt davon. In etwa drei Metern Entfernung bleibt sie stehen. »Danke, Sie dürfen jetzt rauskommen.«

Corinna hat das Gefühl, ein Stein liege in ihrem Magen. Die Vorfreude auf den Spaziergang ist einer Beklemmung gewichen, die sie nicht in Worte fassen kann.

»Guten Abend, Frau Klein«, erwidert sie schließlich und verlässt das Haus. Mit gesenktem Kopf geht sie die Straße herunter. Ihr Ziel ist ein naheliegendes Wäldchen, das sie bereits nach wenigen Minuten erreicht. Es ist kaum ein Mensch unterwegs, und sie kann Jack reinen Gewissens ableinen. Auf einmal bleibt ihr Blick auf einem gefällten Baumstamm hängen. Sie tritt näher heran, beobachtet die Jahresringe und fährt mit der Hand über die Schnittkanten. Das Moos auf den innersten Ringen ist ungewöhnlich geformt. Mit etwas Phantasie meint sie, eine grüne Gestalt darin zu entdecken. »Die Hoffnungselfe«, murmelt sie …

Stammzellen

»Fahren Sie in Ruhe nach Hause, Frau Buck«, sagte die freundliche Krankenschwester des Velberter Krankenhauses. »Wir schaffen das allein, junger Mann, nicht wahr? Ich nehme dir ein wenig Blut ab für den Schnelltest. Du bist tapfer, oder?« Sie lächelte den vor wenigen Tagen zehn Jahre alt gewordenen Gabriel liebevoll an. Dieser lag bereits im Krankenhausbett und hustete heftig. Er hatte eine schwere Scharlachinfektion hinter sich und war sichtlich geschwächt. Die Kinderärztin hatte ihn wegen Verdachts auf Lungenentzündung in die Kinderstation des Krankenhauses einweisen lassen.

»Es wird nicht lange dauern«, entgegnete Corinna und warf einen besorgten Blick auf ihren Ältesten. »Ich hole nur rasch ein paar Sachen.«

Schnellen Schrittes machte sie sich auf den Weg zum Auto, stieg ein und rief ihren Mann an. Mark Buck nahm den Anruf augenblicklich entgegen. »Verdacht auf Lungenentzündung. Sie untersuchen jetzt die Sauerstoffsättigung im Blut und die Erythrozyten und Leukozyten«, sagte sie ohne Umschweife. »Pack bitte ein paar Sachen für Gabriel zusammen.« Sie erklärte ihm exakt, was er rauslegen sollte, und fuhr los. Mark war in den letzten Jahren zunehmend verschlossener geworden. Seine de-

pressiven Episoden überwogen bei Weitem die norma-
len. Ein wenig fürchtete Corinna, durch ihren starken
Kinderwunsch dazu beigetragen zu haben. Sie hatte alles
dafür gegeben, um ein zweites Kind zu bekommen. Seraphina war nicht ihr einziges Kind, das sie während der
Schwangerschaft verloren hatte. Nach Gabriels Geburt
hatte sie weitere Ungeborene verloren, und jedes Mal
hatten sich die Dämonen in Marks Innerem vermehrt.
Er verbrachte die meisten Stunden seiner Freizeit schla-
fend. Es gab Tage, an denen er es nicht schaffte, seiner
Arbeit in der Fabrik nachzugehen.

Während sie ihren Gedanken nachhing und den
Wagen durch die leeren Straßen steuerte, klingelte ihr
Handy. Rasch fuhr sie an den Straßenrand und hielt an.
»Buck«, sagte sie und schaute aus dem Autofenster. Ihr
bot sich ein trostloser Anblick. Der November im Jahr
2002 präsentierte sich kalt, regnerisch und grau. »Was
heißt das, ich soll augenblicklich zurück ins Krankenhaus kommen? Ich bin doch gerade erst weggefahren.«
Entsetzt hielt sie den Atem an. »In Ordnung, bis gleich.«

Ihr Finger zitterten, während sie den Zündschlüssel
umdrehte und den Wagen erneut startete. Ihre innere
Unruhe trieb sie dazu, das Tempolimit zu überschreiten, doch sie erreichte das Krankenhaus, ohne in eine
Polizeikontrolle zu geraten. Nur Minuten später geriet
ihre Welt aus den Fugen. Der Blutschnelltest hatte eine
Unzahl der unreifen weißen Blutkörperchen festgestellt.
Ein Arzt hatte ihr mitgeteilt, dass Gabriel unverzüglich
in die Uniklinik Essen verlegt werden müsse.

*

Die Diagnose war niederschmetternd. Der behandelnde Arzt der Uniklinik hatte ihr einfach ins Gesicht gesagt, dass Gabriel an akuter myeloischer Leukämie leide. Dies sei die klassische Form der Leukämie, die bei Erwachsenen vorzufinden sei. Dass ein zehnjähriger Junge daran erkranke, sei eine große Ausnahme. Ohne eine Stammzellentransplantation habe Gabriel keine Überlebenschance, denn die unreifen weißen Blutkörperchen würden die Erythrozyten rasend schnell verdrängen und den Sauerstoffaustausch in den Zellen unmöglich machen.

»Sie müssen in Ihrer Familie nach einem Spender suchen«, fuhr der Arzt fort. »Natürlich werden wir so zeitnah wie möglich mit einer Chemotherapie beginnen, doch erst muss sich der Zustand Ihres Sohnes stabilisieren. Leider muss ich Ihnen mitteilen, dass die Scharlachinfektion die rasante Zellvermehrung extrem begünstigt hat. Doch ganz ohne Hoffnung möchte ich Sie nicht entlassen. Dies werde ich auch Ihrem Sohn erklären, weil es wichtig ist, dass er seine Situation nicht als ausweglos empfindet. Die Heilungschance nach erfolgreicher Stammzelltransplantation liegt bei achtzig Prozent.« Nach diesen Worten entließ er Corinna, und sie machte sich auf den Heimweg. Zu Hause angekommen, sah sie ihren Mann apathisch auf dem Sofa liegen. Sie wusste, es würde nicht mehr lange gut gehen. Dies war der Anfang vom Ende ihrer vierzehnjährigen Ehe. Sie war damals sehr jung gewesen, verliebt und orientierungslos. Mark war ihr wie ein Rettungsanker erschienen, der sie vor dem Absturz bewahren und ihr Leben in der elterlichen Kneipe beenden konnte. Die Entscheidung, ihn zu heiraten, hatte sie übereilt getroffen. Bisher war eine

Scheidung für sie keine Option gewesen. Sie hatte weder Gabriel noch Michael zumuten wollen, Scheidungskinder zu sein. Doch jetzt war sie am Ende ihrer Kräfte. Sie brauchte einen Mann an ihrer Seite, der ihr in dieser Extremsituation mit Rat und Tat zur Seite stand, doch Mark wurde selbst mehr und mehr zum Pflegefall.

Der zweite Sohn

Karl hat den Tisch liebevoll gedeckt, und Corinna muss lächeln. Er isst genauso gerne wie sie selbst. Außerdem muss er auf der Arbeit die von ihm zubereiteten Speisen kosten, von daher ist es kein Wunder, dass sein Bauch kugelrund ist. Sie liebt jedes Pfund und jede Falte an ihm. Nach seinem Schlaganfall vor einigen Monaten haben sie versucht, ihre Ernährung umzustellen, doch ganz können sie nicht auf Wurst und Käse verzichten. Immerhin verwenden sie jetzt Margarine statt Butter als Brotaufstrich. Sie setzt sich zu ihm und teilt ihre Vollkornbrotscheibe in vier Teile, die sie mit verschiedenen Köstlichkeiten belegt.

»Ich bin eben Frau Klein begegnet«, berichtet sie mit gerunzelter Stirn. »Die hat ein Theater gemacht. Als sei ich aussätzig. Sie hat sogar eine OP-Maske aufgesetzt.«

»Daran wirst du dich gewöhnen müssen. Spätestens wenn die Kontaktbeschränkungen gelockert werden, wird die Bundesregierung eine Maskenpflicht anordnen. Davon bin ich überzeugt«, stellt Karl sachlich fest und schenkt ihnen Tee ein. »Das wird in den Köpfen der Menschen einiges bewirken.«

»Die Maskenpflicht wäre ein zweischneidiges Schwert«, murmelt Corinna und setzt ihre Tasse an die Lippen. »Die Maske schützt nicht den Träger selbst, sondern sein Gegenüber. Wenn also alle versuchen, ihre Mitmenschen zu schützen, könnte das ein großer Schritt in die richtige Richtung sein. Andererseits atmen die Menschen unter der Maske zu viel Kohlenmonoxid ein, das kann bei sensiblen Menschen zur Hyperventilation führen. Zudem kann sich bei längerem Tragen Wasser in der Lunge ansammeln, weil die Aerosole nicht richtig abgeatmet werden. Ich habe mich wegen Gabriel mit dieser Thematik beschäftigt. Solche Masken waren in seinen letzten Monaten seine ständigen Begleiter. Er musste sie tragen, weil sein Immunsystem aufgrund der Chemotherapien heruntergefahren war.«

Karl nickt nachdenklich. »Und denke an deine Reaktion auf Frau Kleins panisches Verhalten. Wenn Menschen nur noch in bedeckte Gesichter blicken, werden sie unwillkürlich damit konfrontiert, dass jeder eine potentielle Bedrohung für den anderen darstellt. Das kann Leute in ständige Alarmbereitschaft versetzen und Ängste schüren.« Er greift nach der Teewurst, zögert und legt sie zurück auf den Teller. Seufzend entscheidet er sich für etwas magere Putenbrust.

»Ich habe den ganzen Waldspaziergang lang an Gabriel denken müssen«, stellt Corinna fest. »Er ist immer in meinen Gedanken und erfüllt mein Herz. Ich vermisse ihn jeden einzelnen Tag. Hatte und hat er zu viel Platz in meinem Leben? Sowohl damals als auch heute? Hat sein Leidensweg Auswirkungen auf Michaels Probleme gehabt, hat dieser Leidensweg sie gar mitverursacht? Habe ich Michael aus Sorge um Gabriel vernachlässigt? Säße er heute vielleicht nicht in der Forensik, wenn ich ihm damals mehr Aufmerksamkeit geschenkt hätte? Zwar habe ich immer dafür gesorgt, dass Michael gut betreut wurde, und ihn persönlich zum Kindergarten gebracht, bevor ich nach Essen zur Uniklinik gefahren bin, aber die meiste Zeit und meine ganze Kraft war für seinen älteren Bruder reserviert. Michael war zu dieser Zeit gerade einmal drei Jahre alt. Meine Schwester hat sich so gut wie möglich um ihn gekümmert, denn Mark war mir gewiss keine Stütze. Damals war ich so verzweifelt und hätte alles dafür gegeben, damit Gabriel gesund wird.«

»Mach dir nicht so viele Vorwürfe. Michael sagt heute, dass er Gabriel seine Stammzellen auch freiwillig gespendet hätte. Belastet es dich, dass Mark und du über seinen Kopf hinweg entschieden habt?« Gedankenverloren beißt Karl in sein Brot.

Corinna schüttelt den Kopf. »Nein, nein, das nicht. Michael war zu jung, um sein Einverständnis dafür zu geben, und seine Stammzellspende war die einzige Chance, Gabriels Leben zu retten.«

Das Festnetztelefon macht sich lautstark bemerkbar, und Corinna zuckt zusammen.

»Vielleicht das Golfhotel?«, fragt Karl hoffnungsvoll. »Eine Corona-Sonderbackaktion wie die für die LKW-Fahrer wäre mir eine willkommene Abwechslung.« Er springt auf, verlässt das Wohnzimmer und betritt den Flur. Wenig später kehrt er mit dem Hörer in der Hand zu Corinna zurück und reicht ihn ihr. »Für dich. Der Kindergarten.«

Konzentriert hört Corinna ihrer neuen Chefin zu, und

ihr Gesichtsausdruck erhellt sich. »Okay, abgemacht, das ist besser als nichts«, sagt sie schließlich und verabschiedet sich. »Ab dem zweiten Mai geht es für mich richtig los. Ich bin an drei Tagen für die Zeit von zehn bis vierzehn Uhr im Kindergarten eingeteilt, am Donnerstag muss ich am Nachmittag arbeiten. Ich wusste ja schon aus dem Anschreiben, das dem Arbeitsvertrag beiliegt, dass mir nach der Konzeptionsarbeit Kurzarbeit bevorsteht. Jetzt kenne ich die genauen Arbeitszeiten.«

»Ich wünschte, ich könnte von mir dasselbe behaupten.« Ein Schatten fällt über Karls Gesicht.

»Die werden die Gastronomie nicht ewig schließen können«, versucht Corinna ihren Mann aufzumuntern.

»Vielleicht hätte ich besser nicht im Krankenhaus gekündigt und im Golfhotel die neue Stelle angetreten. Patienten müssen essen, Corona hin, Corona her.« Er seufzt und wirft einen Blick auf Corinnas Arbeitsvertrag, den sie an den Rand des Tisches geschoben hat.

»Darf ich dich an den Stress in der Großküche erinnern und an deinen Schlaganfall?« Corinna blickt ihn mit hochgezogenen Augenbrauen an.

»Du hast ja recht.« Karl greift erneut zur Teewurst. Diesmal legt er sie nicht zurück auf den Teller. »Ich fühle mich nur so nutzlos …«

Eine Weile widmen sie sich schweigend ihrem Abendessen. Schließlich bemerkt Corinna: »Nach der Stammzelltransplantation im September 2003 war mein Leben auf Hoffen und Bangen reduziert. Hinzu kam meine Trennung von Mark kurz nach der erschütternden Nachricht, dass die kranken Blutzellen sich wieder vermehrt hatten und Gabriel einen Rückfall erlitten hatte.«

»Du kannst die Vergangenheit nicht ändern. Welche Mutter würde ihrem sterbenden Kind nicht die vollste Aufmerksamkeit schenken?« Karl umfasst ihre Hände mit seinen, und Corinnas Augen werden feucht. »Gabriel war so unglaublich tapfer und hat bis zur letzten Sekunde gekämpft. Selbst als die Ärzte ihm sagten, dass es keine Hoffnung mehr für ihn gebe, hat er auf einer letzten Chemotherapie bestanden.« Sie schluckt, und eine erste Träne rinnt ihr über die Wange. »Natürlich war Michael zu dieser Zeit nur die Nummer zwei, das Schattenkind. Ich habe Angst, dass er das irgendwie immer noch ist, weil Gabriel für mich nicht einfach weg, einfach tot ist. Er ist immer bei mir, in jedem einzelnen Moment. Das hat er verdient, dieser Held, dieser tapfere Krieger.« Jetzt fließen die Tränen in Strömen, und ihre Stimme ist gebrochen, als sie weiterspricht: »Er war so stark und optimistisch, als ich ihn Anfang Januar 2004 zum Sterben nach Hause geholt habe. All diese langen Tage, diese zunehmende Schwäche, bis hin zum letzten Tag.« Sie bricht ab und weint hemmungslos. »Im Februar …«, die Schultern beben, ihr Mund zuckt, »am vierzehnten Februar hat er einen letzten Tag gekämpft.« Sie vergräbt das Gesicht in den Händen. »Erst am Abend konnte er loslassen, ist er gestorben.« Corinna verstummt. »Er wird niemals von mir gehen.« Sie weint und weint und weint. Und Karl schweigt und schweigt und schweigt.

*

Sehr spät am Abend, kurz vor Mitternacht, verlässt sie auf Zehenspitzen das Schlafzimmer. Corinna findet keine Ruhe, zu sehr haben ihre Erinnerungen sie aufgewühlt. Sie geht zum Sofa, setzt sich und nimmt eine Holzkugel und schwarzen Filz in die Hände. Mit wenigen Handgriffen zaubert sie ein Elfenkind. Sie hält kurz inne, überlegt, was sie ihm mit auf die Reise geben soll. Schließlich entscheidet sie sich für einen goldenen, spitz zulaufenden Hut. Um die Schwärze zu entschärfen, fügt sie ein grünes Wams hinzu. Zufrieden mit ihrer Arbeit lehnt sie sich zurück und schließt die Augen …

Schattenkind

Als Corinna die Wohnungstür hinter sich ins Schloss fallen ließ, fühlte sie sich unendlich erleichtert. Die Velberter Stadtteile waren kleine Dörfer, in denen jeder jeden kannte. Corinna und Michael waren in dem Jahr nach Gabriels Tod nicht mehr sie selbst, sondern die Mutter und der Bruder des an Leukämie gestorbenen Jungen gewesen. Optisch sah Michael seinem älteren Bruder sehr ähnlich, er hatte im Kindergottesdienst und beim Spielen keinen Frieden mehr gefunden. 2005 hatte Corinna im Internet ihren neuen Lebensgefährten Karl Maier kennengelernt, der in Oberhausen lebte und arbeitete. Weil es galt, Michaels Einschulung zu planen, war sie gezwungen, nach nur einem halben Jahr Beziehung eine folgenreiche Entscheidung zu treffen. Würde Corinna sich für eine Velberter Grundschule entscheiden, stünde ihr eine vierjährige Fernbeziehung bevor. Sie hatte bereits eine gescheiterte Ehe hinter sich, den Tod ihres geliebten Kindes zu verschmerzen und nichts mehr zu verlieren. Sie ließ sich auf das Wagnis eines Neustarts in einer anderen Stadt ein und würde mit Michael zu Karl nach Oberhausen ziehen. Es war Anfang 2006 und früh genug, um Michaels Einschulung in die dortige Grundschule in Ruhe zu planen.

Während sie jetzt auf Karls Wagen zuging, hielt sie den Sechsjährigen an der Hand. Selbst besaß sie kein Auto, doch die Busverbindung von Oberhausen nach Velbert war gut, sodass sie weiterhin problemlos an den Nachmittagen ihrer Tätigkeit in einer offenen Ganztagsschule nachgehen konnte. Sie hatte vor einigen Jahren umgeschult und ging in der Arbeit als Pädagogische Fachkraft auf.

»Auf geht's«, begrüßte Karl sie lächelnd, und sie spürte, wie sich Wärme in ihrem Inneren ausbreitete. Gepäck besaß sie nicht viel, die wenigen Möbel hatte ein Spediteur bereits im Vorfeld nach Oberhausen transportiert.

*

Die erste Zeit in Oberhausen war wunderschön. Tatsächlich hatte sie problemlos einen Platz an der Grundschule für Michael gefunden, und dieser hatte zeitgleich mit seiner Einschulung seine Leidenschaft für Pferde entdeckt. Darüber war Corinna begeistert. Jetzt gab es zwei Dinge in Michaels Leben, die ihn aus seiner Selbstbezogenheit rausholten. Nicht nur sein Talent, mit wenigen Strichen die tollsten Bilder zu malen, sondern auch sein Gespür für die Tiere zeichneten ihn aus. Die Pferde konnte er besser verstehen als die Menschen. Menschliche Kommunikation war geprägt von nonverbaler und verbaler

Kommunikation, und zeitweise widersprachen sich die gesendeten Signale. Die Pferde hingegen zeigten ihm eindeutig, was sie von ihm wollten. Das Reiten erlernte er schnell, und die Zeit, die er im Stall verbringen durfte, war ihm heilig. Doch nach einigen Wochen traten erste Probleme auf, die einen Schatten über Corinnas neues Glück warfen. Die Grundschullehrerin wollte Michael nicht in ihrer Klasse haben und ihn in einer Förderschule unterbringen. Deswegen hatte Corinna beim Pädagogischen Zentrum einen Termin vereinbart. Im Augenblick erwartete sie mit Spannung die Testergebnisse. Mit gefalteten Händen saß sie der Dame vom Amt am Tisch gegenüber.

»Wir haben die sozialpsychologischen Tests mit Ihrem Sohn gemacht, und es gibt keinen Grund, ihm den Grundschulbesuch zu verwehren, Frau Buck«, beruhigte sie Frau Kramer nach einer kurzen Begrüßung.

»Wie wäre es, wenn Sie Michael einen Schulbegleiter zur Seite stellen würden?«, hakte Corinna nach. Ihr Sohn hielt sich während ihres Gesprächs über die Testauswertungen in einem anderen Zimmer auf und bekam von ihren Worten nichts mit.

»Wozu sollten wir einem Jungen mit einem überdurchschnittlich hohen Intelligenzquotienten einen Schulbegleiter an die Seite stellen?« Frau Kramer zog fragend die Augenbrauen hoch. »Michael ist ein richtig schlaues Kerlchen. Seine Grundschullehrerin hat ihn völlig falsch eingeschätzt. Nun gut, das kann passieren, wir sind dafür da, solche Dinge zu klären.«

»Ich möchte, dass er die Grund- und nicht die Sonderschule besucht, aber ich glaube, dass Michaels auffälliges

Verhalten, das seine Lehrerin beklagt hat, dem Asperger-Syndrom geschuldet ist.« Corinna blickte Frau Kramer eindringlich in die Augen. »Während meiner Umschulung zur Pädagogischen Fachkraft habe ich einiges über verhaltensauffällige Kinder gelernt. Ich hege bereits seit Langem den Verdacht, dass Michael Asperger-Autist ist. Er kommt mit gleichaltrigen Spielgefährten nicht zurecht, weil er deren non-verbale Sprache nicht spricht und versteht. Deswegen wird er aggressiv und zieht sich zurück. Außerdem teilt er die Interessen der anderen Kinder nicht und ist fokussiert auf ein spezielles Thema. Verstehen Sie? Er hat nur *ein* Thema, das ihn beschäftigt, alles andere interessiert ihn nicht. Im Moment begeistern ihn Pferde. Wenn er nicht jemanden hat, der sein Interesse auf Fächer richtet, die ihm nichts bedeuten, wird das in der Zukunft ein Problem geben, so glauben Sie mir doch.«

»Ich unterbreche Sie nur ungern, aber Michaels Sprachschatz ist beachtlich, das steht im krassen Widerspruch zu Symptomen, die auf Autismus hinweisen«, fuhr Frau Kramer ungerührt fort. »Ich gehe davon aus, sein auffälliges Verhalten ist ein pädagogisches Problem. Vielleicht haben Sie den Jungen wegen der Erkrankung seines Bruders nicht richtig auf die Grundschule vorbereiten können?«

»Ohne Schulbegleiter kann Michael noch so intelligent sein, er wird trotzdem schlechte Leistungen bringen«, ärgerte sich Corinna, ohne auf Frau Kramers spitze Bemerkung einzugehen. »Auch wenn er etwas *könnte*, bedeutet das lange nicht, dass er es lernen *möchte*. Er braucht jemandem, der ihm hilft, der seine Aufmerksamkeit auf die wichtigen Dinge des Lernstoffes richtet.«

»Und? Wo ist das Problem?« Frau Kramer stand auf und schob ihren Schreibtischstuhl zurück. »Wofür hat er eine Mutter? Wofür hat er *Sie*? Sie sind schließlich Pädagogische Fachkraft. Freuen Sie sich einfach, dass ich ihn eindeutig als geeignet für die Grundschule einstufe. Asperger-Autisten sind motorisch ungeschickt, auch das trifft nicht auf Ihren Sohn zu. Außerdem ist er sehr wohl dazu in der Lage, sich zu konzentrieren. Nein, nein, Sie sind keine Ärztin, stellen Sie bitte keine laienhaften Diagnosen. Möchten Sie Ihren Sohn abstempeln?«

»Ich habe mit ihm geübt, ihm beigebracht, wie er seine Unsicherheit verbergen kann. Gerade seine Intelligenz ist es, die die Testergebnisse verschleiert, weil er nicht möchte, dass Sie ihn sehen, wie er wirklich ist. Sie sehen nur Ihre Testergebnisse, doch die sind nur Schatten.« Traurig erhob sich Corinna. »Soll er für immer ein Schattenkind bleiben?«

Mitternacht

Erschrocken öffnet Corinna die Augen. Karl ist ins Wohnzimmer getreten und reibt sich verschlafen die Augen. »Was macht der Lockdown nur mit uns?«, flüstert er.

»Er holt die Schatten der Vergangenheit in die Gegenwart«, erwidert Corinna leise. »Geh zurück ins Bett. Ich lege mich gleich auch wieder hin.«

»Ach was«, wiegelt Karl ab und kommt zu ihr. »Der Vorteil daran, nicht arbeiten zu müssen, ist, dass ich ins Bett gehen und aufstehen kann, wann ich es möchte. Die Welt ist entschleunigt. Ich habe den Eindruck, das Virus wirft uns auf uns selbst zurück.« Er nimmt neben ihr Platz und begutachtet das neu entstandene Elfenkind. »Schwarz wie ein Schatten.«

»Ich habe mich gerade an Michaels Schulzeit erinnert und an unsere ersten gemeinsamen Jahre.« Corinna legt ihre Hand in seine. »Eigentlich hat Michael sich trotz der schrecklichen Lehrerin in Oberhausen gut geschlagen.«

»Frau Höxter?« Karl verdreht die Augen. »Frau Buuuck, Ihr Sohn macht mich waaahnsinnig. Obwohl er in der ersten Reihe sitzt, damit ich ihn im Blick habe, verbreitet er großes Chaos. Immer lässt er alles fallen. Er ist sooo ungeschickt.«

Corinna muss grinsen, weil Karl den Tonfall der Lehrerin imitiert und die Buchstaben in die Länge zieht, ganz so, wie Frau Höxter es damals immer machte.

»Oder Herr Maieeer«, ergänzt sie und lacht.

»Genau. In dem Jahr, als du lange Zeit wegen deines Darmkrebses im Krankenhaus warst, hatte ich das Vergnügen, mir ihre Vorwürfe anhören zu dürfen«, sagt er und grinst ebenfalls. »Zum Glück bist du völlig geheilt.« Er wird wieder ernst und drückt ihr einen Kuss auf die Wange.

»Nachdem die Gute in Rente ging, kam Frau Abel.« Corinna schließt kurz die Augen und gibt einen Stoßseufzer von sich. »Die war zwar jünger, aber auch nicht gerade die Einfühlsamste.«

»Immerhin haben wir ihr zu verdanken, dass sie Michael mit Gymnasialempfehlung entließ.«

Eine Weile sitzen sie schweigend nebeneinander. Irgendwann werden Karls Augenlider schwer, und er nickt ein. Corinna stupst ihn liebevoll an. »Ab ins Bett. Es ist gleich zwei Uhr morgens.« Sie gähnt, nimmt die neue Elfe in die Hand, steht auf und macht sich auf den Weg ins Schlafzimmer …

Schachmatt

Corinnas Herz klopfte vor Aufregung, als sie die neue Wohnung in der Nähe des Velberter Bahnhofs betrat. Jetzt, komplett eingerichtet, kam sie ihr wunderschön vor. Sie wohnten in der ersten Etage, und vom Balkon aus bot sich ihnen ein weiter Blick über den angrenzenden Grüngürtel. »Gefällt es dir hier, Michael?« Hoffnungsvoll schaute sie den Zwölfjährigen an. Dieser schwieg beharrlich. »Komm, bist du nicht neugierig auf dein Zimmer?« Sie nahm ihn an der Hand und zog ihn vom Balkon weg. Gemeinsam gingen sie durchs Wohnzimmer, in dem sie den Esstisch platziert hatten, und den kleinen Flur. Eine Tür führte in die Küche, eine andere ins Badezimmer, eine weitere ins Schlafzimmer und die erste vor der Wohnungstür ins Kinderzimmer.

»Bekommen wir jetzt endlich einen Hund?«, fragte Michael. Eine Reaktion auf das neu eingerichtete Kinderzimmer zeigte er nicht. Doch Corinna meinte, ein leichtes Funkeln in seinen Augen zu erkennen, als er am Schreibtisch vor dem Fenster Platz nahm und seine Buntstifte hin und her schob.

»Bevor wir uns einen Hund anschaffen, müssen wir uns erst wieder in Velbert einleben. Erinnerst du dich noch an die Stadt?« Als sie den Satz zu Ende gesprochen hatte, biss sie sich verärgert auf die Unterlippe. Natürlich war Michael sein Geburtsort bekannt, schließlich hatten sie regelmäßig die Großeltern und Tanten besucht. Diese Anlaufstellen für ihn waren einer der Gründe für ihre gemeinsam gefällte Entscheidung gewesen, von Oberhausen nach Velbert zu ziehen. Corinna arbeitete immer noch nachmittags an der Ganztagsschule als Betreuerin, und Karl hatte eine neue Stelle im Schichtdienst in der Metro angenommen. Dies hatte zur Konsequenz, dass Michael nach Schulschluss in Oberhausen öfters eine leere Wohnung angetroffen hätte, weil ihre zuverlässigen Kontakte begrenzt und Karls Eltern seit Langem tot waren. Hier in Velbert konnte er seine Großeltern und Tanten besuchen.

»Gabriel«, sagte er plötzlich, und Corinna zuckte zusammen. »Gabriel ist in Velbert gestorben.« Behutsam strich sie ihrem Sohn über die Wange. Sie sah mit Bangen dem kommenden Montag entgegen, dem Tag, an dem Michael zum ersten Mal die Velberter Gesamtschule besuchen würde. Die ersten zwei Jahre auf der weiterführenden Schule in Oberhausen hatte er gut bewältigt. Zwar lagen ihm Sprachen nicht besonders, doch das wunderte Corinna nicht. Wer wenig redete, Kommunikation und Sprache insgesamt zu vermeiden versuchte, musste unweigerlich Schwächen in den dazugehörenden Fächern aufweisen. »Ich koch uns was Feines, okay?«

»Karl kocht besser«, stellte Michael fest. Das war eine typische Antwort für ihren Sohn. Er konzentrierte sich auf die reine Sachebene einer Botschaft und verzichtete auf soziale Komponenten. Andere Kinder in seinem Alter hätten vielleicht einen Scherz gemacht, sie liebevoll auf die Schippe genommen. Irgendwann, versprach sie sich, würde sie den Beweis erbringen können und die Diagnose Asperger-Syndrom erhalten, die sie sich für Michael erhoffte.

*

Sie hatte eben erst die Ganztagsschule betreten und ihre Sachen in den Spind gelegt, als ihr Handy schellte. Ihre Finger zitterten nicht, während sie das Gespräch mit Michaels Lehrerin entgegennahm. Mittlerweile war sie daran gewöhnt, mitgeteilt zu bekommen, dass ihr Sohn das Schulgelände verlassen habe und in Velbert unterwegs sei. Bereits in der ersten Zeit nach seiner Umschulung war deutlich geworden, dass Michael in der neuen Schule keinen Anschluss finden würde. Waren seine schulischen Leistungen in Oberhausen im befriedigenden Bereich gewesen, sanken sie in Velbert recht schnell von der Note *ausreichend* auf *mangelhaft*. Die Lehrer der Velberter Gesamtschule konnten Michael vor den Hänseleien der pubertierenden Mitschüler und Mitschülerinnen nicht schützen, und Michael begann, sich selbst zu schützen und das Schulgelände auf eigene Faust zu verlassen.

Corinna wusste, welche Nachricht sie heute erwarten würde.

Fünf Minuten später beendete sie das Telefonat. Michael würde die Gesamtschule nach der neunten Klasse mit einem Hauptschulabschluss ohne Qualifikation für die Realschule verlassen, obwohl er mit Gewissheit einer der intelligentesten Schüler seiner Jahrgangsstufe war.

»Alles in Ordnung, Frau Buck?«, erkundigte sich ihre Kollegin besorgt und schloss ihren Spind.

»Alles in Ordnung, Frau Spieker, danke.« Sie seufzte und machte sich auf den Weg, die ihr anvertrauten Kinder bei deren Schulaufgaben zu unterstützen. Sie fühlte sich wie die Dame auf dem Schachbrett, die in die Enge getrieben worden war.

*

Es war 2015, ein Jahr später, als Corinna und Karl sich entschieden zu heiraten. Aus Corinna Buck wurde endlich Corinna Maier. Sie würden für immer zusammenhalten und den Weg mit Michael weitergehen. Dieser hatte endlich die Diagnose Asperger-Autismus erhalten, was die Situation für das frisch gebackene Ehepaar jedoch nicht leichter machte. Viele verlorene Jahre waren ins Land gezogen, ohne dass Michael die ihm zustehende Unterstützung erhalten hatte. Sie trafen ihn in der Nähe von Brandherden an, die er nicht gelegt haben wollte, sammelten ihn nachts vor leerstehenden und verlassenen Gebäuden auf – seine magischen Orte der Ruhe und Einsamkeit – und begleiteten ihn auf seiner Odyssee durch die Psychiatrien in Düsseldorf, Würzburg, Düsseldorf und München bis hin zu seiner vorläufigen Endstation in der bayerischen Forensik. Die Dame war geschlagen, und der König hatte das Feld geräumt.

Sonnenaufgang

Sie erwachen spät am Vormittag, und die Sonnenstrahlen fallen durch das Schlafzimmerfenster. Jack steht am Fußende des Bettes und wedelt aufgeregt mit seiner Rute.

»Ich glaube, der Hund muss raus«, murmelt Corinna verschlafen. »Erinnerst du dich noch, wie wir Jack am Flughafen in Empfang genommen haben und dass er viel größer war, als wir es aufgrund des Fotos im Internet angenommen hatten? Michael liebt Jack bis heute über alles.«

»Trotzdem hat Jack ihn nicht vor der Forensik bewahren können«, erwidert Karl und schwingt die Beine aus dem Bett.

»Aber der Gedanke an ein Wiedersehen mit ihm wird ihn aufrecht halten, ich glaube ganz fest daran. Ich bete dafür, dass der bayerische Ministerpräsident bald die zweiwöchige Einreisequarantäne aufheben wird und ich Michael nach dem Lockdown besuchen kann. Ich habe ein Buch für ihn gebastelt.« Auch sie schlägt die Decke zur Seite, setzt sich auf die Bettkante und schlüpft in ihre Pantoffel.

»Ein Buch?« Erstaunt bleibt Karl im Türrahmen stehen.

»Ein Buch mit Bildern von Jack und Michael«, erklärt sie, und ihre Augen werden feucht. »Damit er ihn ständig bei sich hat.«

»Es wird immer ein Morgen geben, Corinna«, sagt Karl leise und streicht Jack zärtlich über den Kopf. »Auch in Bayern geht eines Tages die Sonne auf und das Virus bestimmt nicht mehr unser aller Leben. Der Tag wird kommen, an dem du mit Jack und Michael durch die Wälder streifst.

Kapitel 3: Familienbande – Tim und Markus

Osterglocken – Tim

Die Glocken läuten an diesem Ostersonntag, doch die Kirchen bleiben geschlossen. Nicht, dass es Tim Schuster viel ausmacht, der Dreizehnjährige möchte erst noch für sich entdecken, an was oder wen er glaubt. Trotzdem weiß er, dass für gewöhnlich an diesem Morgen die Menschen in Scharen in die Kirchen strömen. Er weiß auch, warum an diesem Tag im April alles anders ist. Ein kleines Virus aus China, Covid-19 genannt, ist die Ursache für die verriegelten Türen, für die Pandemie, die die ganze Welt in Atem hält. Seine Osterferien sind bis auf Weiteres verlängert worden, weil es zu gefährlich für ihn und seine Mitschüler ist, die Schule zu besuchen. Die Regierung hat angeordnet, dass in Nordrhein-Westfalen eine Kontaktsperre gilt: Mehr als zwei Personen dürfen sich nicht privat treffen oder gemeinsam im Freien aufhalten, ausgenommen sind die sogenannten größeren

Kernfamilien. In diesem Fall hat er Glück. Seine Familie besteht aus neun Personen, seinem Vater, seinen drei Brüdern, seinen vier Schwestern und ihm. Die zwei ältesten Brüder leben nicht mehr in der großen Familienwohnung in der Schützenstraße in Wuppertal Barmen und kommen aktuell nicht zu Besuch, weil sich seine Familie an die Regeln hält. Das ist vernünftig, denn sollten Polizei oder Ordnungsamt Wind von verbotenen Zusammenkünften bekommen, wird ein Bußgeld von zweihundert Euro fällig. Tim hat davon gehört, dass es Bürger gibt, die ihre Mitmenschen verpfeifen, wenn sie Verstöße gegen die neuen Verordnungen bemerken. Er findet die Situation extrem, oder *krass*, um es mit seinen Worten auszudrücken.

Seiner Ansicht nach sind das Kontaktverbot und der Lockdown sinnvoll, um die Menschen vor einer weiteren Ausbreitung des Virus zu schützen. Andere hingegen beklagen eine Einschränkung der menschlichen Grundrechte, der persönlichen Freiheit, des Versammlungsrechts, der Religionsausübung. Obwohl er jung ist, interessiert er sich bereits seit mehreren Jahren für Erwachsenenliteratur und die Lebensgeschichten anderer Menschen.

Im Moment sitzt er neben seinem jüngeren Bruder, mit dem er sich ein Zimmer teilt, am großen Esstisch im Wohnzimmer der Dachgeschosswohnung und lauscht den aus der Küche an sein Ohr dringenden Geräuschen. Seine älteren Schwestern backen Kuchen für den Nachmittag. Nicht einen, sondern gleich drei verschiedene. Vor ihm in einer Vase stehen Osterglocken, die er mit seiner kleinen Schwester zusammen gepflückt hat. Der

Siebenpersonenhaushalt funktioniert erstaunlich gut, obwohl seine Schwestern dieser Tage manchmal die Augen verdrehen und murren, weil sein Vater, der in Kurzarbeit ist, in seiner freien Zeit nicht stillsitzen kann und sämtliche Zimmer putzt, bis sie blitzeblank sind. Sein Vater ist Tims persönlicher Held, denn er ist immer für ihn und seine Geschwister da. Ihm ist bewusst, dass er seinem Vater manchmal Sorgen bereitet, wenn er eine vermisste Nachbarskatze sucht und darüber die Zeit vergisst. Tiere liebt er über alles, insbesondere den Familienkater Berti. Leider ist dessen Schwester Lilly letztes Jahr kurz vor Weihnachten gestorben. Sie war die Lieblingskatze seiner älteren Schwester und verbrachte die Nächte zu ihren Füßen.

Tim reckt sich und gähnt. Er ist kein Morgenmensch und schläft gerne lang. Es ist kurz nach zehn, und er ist erst vor einer halben Stunde aufgestanden. Er beschließt, einen Spaziergang zu unternehmen. Sein Vater hat nichts dagegen einzuwenden, weil er ihm vertraut und weiß, dass Tim den Sicherheitsabstand von zwei Metern zu anderen Menschen einhalten wird. Er lässt ihn bereitwillig gehen und gibt an, sich darüber zu freuen, dass Tim die Vormittagssonne genießen möchte. Das Wetter ist wahrlich ein Lichtblick in dieser kontaktarmen Zeit.

Tim steht auf, überlegt kurz, ob er einen Mundschutz mitnehmen soll, entscheidet sich aber dagegen. Noch gibt es keine Maskenpflicht, und er weiß, dass an der frischen Luft ein deutlich geringeres Risiko besteht, sich mit dem Virus zu infizieren, als in geschlossenen Räumlichkeiten.

Er wandert durch die leeren Straßen, denkt, dass wahrscheinlich die meisten Anwohner gerade beim Osterbrunch zusammensitzen oder, entgegen der Empfehlung der Regierung, auf dem Weg zum Verwandtenbesuch sind.

Sein Ziel ist der *Skywalk* des Wuppertaler Nordparks. Ohne eine einzige Stufe erklimmen zu müssen, wird er von dort eine fantastische Weitwinkel-Aussicht über Barmen bis nach Schwelm haben.

Tim läuft zügig und genießt den Aufstieg durch den Wald, der ihn am Tiergehege vorbeiführt. Hin und wieder sieht er vereinzelte Spaziergänger und Paare, doch viel Betrieb ist an diesem Ostervormittag nicht. Tatsächlich steht er wenig später allein auf der elliptischen Plattform. Er umfasst mit seinen Händen fest das Gitter, das ihn vor dem Abgrund schützt. Für einen Augenblick hat er das erschreckende Gefühl, dass es einen inneren Mechanismus, einen Drang gibt, der Menschen dazu verführt, sich in die Tiefe zu stürzen. Doch der Gedanke verfliegt schnell, und er lockert seinen Griff und legt den Kopf in den Nacken, um noch weiter schauen zu können. Eine Weile steht er still und erfreut sich am Ausblick. Aus heiterem Himmel und ohne Vorwarnung drängt sich ihm in der Stille ein inneres Bild auf, das er nicht mehr sehen möchte. Aber das Bild verschwindet nicht, es ist sein stummer Begleiter an diesem magischen Ort …

Der pinkfarbene Becher – Tim

Der frühe Abend im November 2016 war grau und frisch, doch Tim hatte sich dessen ungeachtet mit seinem Freund zum Spielen auf der Straße verabredet. Die Stimmung in der Dachgeschosswohnung war den Tag über angespannt gewesen, und er war froh, draußen die Streitereien seiner Eltern vergessen zu können. Leider würde es bald zu dunkel und zu kalt werden und ihn die Mutter zum Abendessen reinrufen.

»Hey, Tim«, rief Max, der Sohn einer Frau aus dem Nachbarhaus, plötzlich und deutete aufgeregt mit der Hand auf die Haustür. »Möchte dein Vater verreisen?«

Irritiert blickte Tim auf und entdeckte seinen Vater, der in Begleitung seines ältesten Bruders Elias auf die Straße trat und einen Koffer in der Hand hielt. Elias war heute spontan vorbeigekommen, um einen Streit zwischen den Eltern zu schlichten. Bei den Unstimmigkeiten ging es immer nur um eine Sache: Seine Mutter unterstellte seinem Vater, sie betrogen zu haben oder an anderen Frauen interessiert zu sein. Tim konnte seine Mutter nicht verstehen, weil sein Vater, wenn er nicht seiner Arbeit nachging, ständig zu Hause war.

»Keine Ahnung«, murmelte er und winkte den beiden Männern zu. Sein Vater stieg in seinen Renault Laguna, sein Bruder in seinen Opel Vectra.

Kurz überlegte Tim, reinzugehen, entschied sich jedoch rasch dagegen. Er würde noch früh genug erfahren, was vorgefallen war.

Er warf Max den Ball zu und versuchte, die Gedanken an seine sich ständig streitenden Eltern zu verdrängen.

Wenig später verdunkelte sich der Himmel, und das Fenster ihrer Dachgeschosswohnung öffnete sich. Seine drittälteste Schwester Samira steckte ihren Kopf heraus. »Tim, Tim, komm sofort hoch«, rief sie.

»Es gibt Abendessen. Wir sehen uns morgen, Max.« Tim schnappte sich den Ball, ging durch die offen gebliebene Eingangstür und flitzte die vielen Stufen hoch zur Familienwohnung.

»Tim, Tim, etwas Schreckliches ist passiert.« Erschrocken bemerkte Tim, dass die Zwölfjährige leichenblass im Gesicht war und am ganzen Leib zitterte. »Ausgerechnet jetzt ist keiner von den Großen hier.«

Nadine und Josephine, seine ältesten Schwestern, hatten sich für die von der Barmer Gesamtschule für die Jahrgangsstufen acht bis zwölf angebotene Projektwoche in England bei einer Gastfamilie beworben und waren dafür ausgewählt worden. Seinen ältesten Bruder und seinen Vater hatte er soeben wegfahren sehen, und der Zweitälteste lebte in Wuppertal Ronsdorf.

»Was ist denn los?«, wollte Tim wissen und legte den Ball vor der Wohnungstür ab.

»Mama«, stammelte Samira, und ihre Augen füllten sich mit Tränen. »Mama ist, kurz nachdem sich Elias verabschiedet hat und mit Papa weggegangen ist, zu mir ins Zimmer gekommen.« Ängstlich beobachtete Tim, dass Samira nun die Tränen in Strömen über die Wangen flossen. »Sie hat zuerst kein Wort gesagt, hatte nur ihren pinkfarbenen Becher in der einen und ganz viele Tabletten in der anderen Hand.« Sie schluchzte verzweifelt, und ihre Zähne klapperten, ganz so, als habe sie Schüttelfrost. »Danach hat sie alle auf einmal geschluckt und gemeint, jetzt hätten wir Kinder endlich Ruhe vor ihr.«

»Oh nein«, entfuhr es Tim entsetzt.

»Ein paar Minuten später bin ich in die Küche gegangen, um nach den Einkäufen zu sehen. Da lag Brot …« Samira konnte vor lauter Weinen einen Moment lang nicht weitersprechen. »Ich bin zu Mama ins Schlafzimmer gelaufen, wollte wissen, ob ich das Brot einfrieren soll. Tim, sie hat nur etwas Unverständliches genuschelt. Schnell, komm, wir müssen zu ihr.«

Sie reichte Tim ihre Hand, und gemeinsam machten sie sich auf den Weg ins Elternschlafzimmer. Was er dort sah, ließ ihn vor Schreck erschaudern. Seine Mutter lag mit geschlossenen Augen auf ihrem Bett, neben ihr auf der Kommode stand der pinkfarbene Becher, daneben lag eine Schachtel mit Tabletten. Er eilte an die Seite seiner Mutter und begutachtete mit bebenden Fingern den Schachtelinhalt. »Das sind Tabletten gegen Mamas Rheuma. Es fehlen zwanzig Stück.«

Samira rüttelte ihre Mutter an den Schultern und versuchte verzweifelt, sie zu wecken.

»Du musst Papa anrufen«, rief Tim, nahm die Tablettenschachtel in die Hand und rannte zum Wohnzimmer. Dort auf dem Tisch stand der passwortgeschützte Familienlaptop. Zu Tims Erleichterung war er hochgefahren, denn nur seine Mutter kannte das Passwort. Sie allein bestimmte, wer im Internet surfen durfte und wer nicht. Auch platzierte sie sich für gewöhnlich immer so auf dem Sofa, dass sie Einsicht in die Internet-Aktivitäten ihrer Kinder und ihres Mannes hatte. Auf diesem saßen heute Mick und Lisa, sein jüngerer Bruder und seine jüngste

Schwester. Samira hatte ihnen den Fernseher angestellt und versucht, sie von der Tragödie abzuschirmen. Lisa weinte herzzerreißend vor sich hin, doch Tim konnte sich in diesem Moment nicht um sie kümmern. Mit fliegenden Fingern gab er den Namen des Medikaments ein, und nach nur wenigen Mausklicks wusste er, dass das Medikament zur einmaligen Einnahme in der Woche bestimmt war. Ihm entfuhr ein Fluch, und er eilte zurück zu seiner Schwester.

»Ich habe Papa erreicht«, erklärte diese, derweil sie unaufhörlich weinte. »Er war auf dem Weg nach Solingen, ist hinter Elias hergefahren. Aber sie sind noch nicht weit gekommen und werden gleich wieder hier sein. Ich soll unverzüglich den Krankenwagen rufen. Tim, ich habe furchtbare Angst. Mama verliert ständig das Bewusstsein.« Immer wieder rüttelte sie die Schultern der wie leblos daliegenden Frau.

Tim stand wie zur Salzsäule erstarrt neben ihr. Er stand viel zu sehr unter Schock, um Tränen vergießen zu können. Zu seiner Erleichterung öffnete seine Mutter bei Samiras Weckversuchen hin und wieder die Lider und murmelte etwas Unverständliches.

»Was wollte Papa bei Elias?«, erkundigte er sich bei seiner Schwester.

»Ach, Tim«, erwiderte Samira und wischte sich mit den Handrücken über die Augen. »Es ging um diese LKW-Fahrerin, Papas Arbeitskollegin, und um irgendeine skurrile Privatnachricht auf Facebook, die sie Mama geschrieben haben soll. Soll angeblich um ein Treffen mit Mama gebeten haben. Total an den Haaren herbeigezogen. Elias ist gekommen, um diese Nachricht, die

Mama selbstverständlich gelöscht haben will, wiederherzustellen. Er hat ihr auf den Kopf zugesagt, dass sie eine Lügnerin sei, und hat Papa geraten, ein paar Tage bei ihm in Solingen zu verbringen.«

Das Geräusch herbeieilender Schritte schreckte sie auf.

»Sabine!« Als er die vertraute Stimme seines Vaters vernahm, atmete Tim auf. Sekunden später beugte sich sein Vater über seine Mutter.

»Sabine«, schrie er. »Sabine, aufwachen.«

Tim registrierte, dass seine Mutter, motiviert durch die Rufe seines Vaters, leicht den Kopf anhob. »Markus, ich möchte nicht sterben«, hauchte sie.

2 Meter – Tim

»Tim, hey, alles klar?«, reißt ihn eine muntere Jungenstimme aus seinen Gedanken. »Cool, extralange Ferien.« Augenblicklich kehrt Tim zurück in die Gegenwart. Sascha, ein Junge aus seiner Jahrgangsstufe, kommt grinsend auf ihn zu. Sein Rauhaardackelrüde läuft voraus und wedelt aufgeregt mit der Rute. Eigentlich herrscht im Nordpark Leinenpflicht, doch Sascha schert sich nicht darum. Tim grinst zurück, beugt sich zu dem Hündchen runter und krault das struppige Fell. Indessen tritt Sascha immer näher an ihn heran. Tim freut sich über diese zufällige Begegnung, denn er vermisst seine Schulkameraden. Dennoch ist er verunsichert, weiß er nicht, wie er sich jetzt verhalten soll. Er hat ein gutes Verhältnis zu Sascha, ihr Engagement für Fridays for Future in der jüngeren Vergangenheit hat sie zusammengeschweißt. Sie wurden sogar mehrmals zusammen von einer Radio Wuppertal Moderatorin im Rahmen der Klimaschutzdemonstrationen interviewt. Obwohl es ihm nicht leichtfällt und er sich dabei unwohl fühlt, streckt er beide Arme aus und zeigt seinem Kumpel die Handflächen. »Sorry, Sascha, bleib bitte stehen, ich kann hier auf der schmalen Plattform nicht ausweichen. Du weißt doch, wegen Corona müssen wir den Mindestabstand von zwei Metern einhalten.«

»Alter, das ist nicht dein Ernst«, entgegnet Sascha und zeigt ihm einen Vogel. »Mein Vater sagt, das ist alles Panikmache. Corona ist nicht schlimmer als die Grippe. Bist du ein Angsthase?«

»Nein, das bin ich nicht«, erwidert Tim, und Wut steigt in ihm auf. »Mein Vater hat auch keine Angst und geht arbeiten. Trotzdem meint er, dass es besser ist, vorsichtig zu sein. Also stell dich nicht an, und mache bitte den Weg frei.«

Einen Augenblick lang stehen sich die Jungen gegenüber und blicken sich fest in die Augen.

Schließlich lacht Sascha, pfeift nach dem Dackel und weicht zum Ende der Plattform zurück. »Nichts für ungut, Timmy«, sagt er, und Tim atmet erleichtert auf. Er möchte keinen Streit. Nachdenklich macht er sich auf den Heimweg. Er nimmt sich vor, mit seinem Vater über diese Begegnung zu sprechen.

Osterglocken – Markus

»Soll ich euch wirklich nicht beim Abwasch helfen?«, fragt Markus Schuster seine drei Töchter. Er ist stolz auf die sechzehnjährige Samira, die gerade volljährig gewordene Nadine und Josephine, mit ihren einundzwanzig Jahren seine älteste Tochter. Sie haben eine hervorragende Schwarzwälder Kirschtorte, einen Käse- und einen Rührkuchen gezaubert. Die Reste lagern abgedeckt im Kühlschrank, doch einen Großteil davon haben er und die sechs Kinder verputzt. Die Kinder sind mit einem ausgezeichneten Appetit gesegnet. Er ist froh, dass sie wohlgenährt sind und keine Essstörungen entwickelt haben. Markus selbst ist sehr schlank und kann essen, was er möchte, ohne ein Gramm Fett anzusetzen.

»Nein, Papa, bitte nicht«, erwidert Josephine, grinst und verdreht die Augen. »Wir drei haben unser System, du bist uns nur im Weg. Hast du wieder Hummeln im Hintern?«

»Du kennst ihn doch. Er muss immer etwas zu tun haben«, mischt sich Samira ein. Sie wäscht einen Teller ab, den ihr Nadine routiniert aus der Hand nimmt, um ihn abzutrocknen. Anschließend räumt Josephine ihn zurück in den Küchenschrank.

Die Mädchen haben recht. Er braucht seine Aufgaben, um glücklich zu sein. Zum Glück liegt die Zeit, in der die Ärzte ihn mit Medikamenten zudröhnten und an Arbeit nicht zu denken war, weit zurück.

»Ihr drei seid ein eingespieltes Team«, entgegnet er und streicht sich über seinen Bart. Eigentlich ist es kein richtiger Bart, sondern eher ein senkrechter Schnurrbart am

Kinn, ein Strich von der Unterlippe nach unten. Markus lässt seine Töchter walten, verlässt die Küche und setzt sich zu Tim und Mick an den Wohnzimmertisch. Tim wird im August vierzehn, Mick ist drei Jahre jünger. Die zwei stecken die Köpfe zusammen, und Markus hört, dass Tim dem Jüngeren einen seiner neuesten Instagram-Beiträge erklärt. Er erfreut sich an dem Anblick seiner Söhne, die sich als Einzige ein Zimmer teilen, was zu seiner Erleichterung reibungslos funktioniert. Die Dach-geschosswohnung ist zwar sehr groß, aber letztendlich reichen die Räume nicht ganz. Obwohl Tim für sein Alter sehr reif ist, drängt er nicht auf ein eigenes Zimmer. Markus kann sich nicht beklagen. Seine Kinder haben sich trotz der schlimmen Erlebnisse in den letzten Jahren prächtig entwickelt. Alle halten sie zusammen, und jeder ist für jeden da. Wenn er sich morgens in aller Frühe auf den Weg zur Arbeit macht, kann er sich darauf ver-lassen, dass die drei Mädels den Kleinen helfen und sie zur Schule bringen. Aktuell ist wegen der Corona-Krise natürlich alles anders.

»Papa, ich muss dir etwas erzählen.« Tim legt das Smartphone beiseite und blickt ihn aus Augen, die so dunkel wie die seinen sind, ernst an.

»Schieß los«, fordert Markus ihn auf.

Aufmerksam hört er zu, als Tim ihm seine Begegnung mit Sascha im Nordpark schildert. Er verspürt großen Stolz auf ihn.

»Du hast richtig reagiert, Tim«, lobt er und greift nach der neben den Osterglocken stehenden Wasserflasche. Tim hat die Blumen gemeinsam mit Lisa gepflückt. Sein Drittjüngster ist von Pflanzen und Kräutern fasziniert.

Er weiß genau, welche Blumen zu welcher Jahreszeit blühen. Als die Welt noch nicht von der Pandemie zur Ruhe gezwungen war, nahm er nicht nur an den Demonstrationen für den Klimaschutz teil, sondern sammelte aktiv in seinem geliebten Nordpark achtlos weggeworfenen Müll.

»Ich gehe schnell eine rauchen«, kündigt er an, nachdem er ein paar Schlucke Wasser getrunken hat. Auf der Arbeit raucht er viel, zu Hause fast gar nicht. Und wenn, dann verlässt er die Wohnung, geht eine halbe Treppe runter und raucht am geöffneten Fenster. »Bis gleich«, sagt er und steht auf.

Am Fenster angelangt, zündet er die Zigarette an, inhaliert tief und bläst den Qualm nach draußen …

Auf Messers Schneide – Markus

Fassungslos starrte Markus seine Frau an, die er mühsam aufgerichtet und auf die Bettkante gesetzt hatte. Er hörte Samira hilflos schluchzen, und Tim stand mit vor Entsetzen weit aufgerissenen Augen stumm im Raum. Markus hoffte, dass der Rettungswagen nicht mehr lange auf sich warten lassen würde.

»Ich möchte nicht sterben«, hauchte Sabine, die darum kämpfte, die Augen offenzuhalten.

Er steckte ihr den Finger in den Hals, und sie erbrach einen Schwall Wasser. Anschließend ließ sie sich erschöpft zurück aufs Bett fallen. Zu seiner Erleichterung vernahm er aus der Ferne die Sirene des Rettungswagens, und nur wenige Augenblicke später erschienen zwei rotweiß gekleidete Männer.

»Guten Tag, Herr Schuster, Nolte mein Name, Rettungssanitäter. Ihre Nachbarin wartet im Wohnzimmer und kümmert sich um die kleinen Kinder. Sie ist mit uns raufgekommen«, berichtete Herr Nolte. »Ihr zwei«, er deutete mit der Hand auf Tim und Samira, »verlasst ihr bitte auch den Raum?«

Markus warf einen Blick auf seine Kinder, die nickten und der Anweisung des Sanitäters Folge leisteten.

»Frau Schuster, können Sie mich hören?« Herr Nolte blickte Sabine fragend an, und nachdem sie eine leise Zustimmung gemurmelt hatte, begann er mit den Untersuchungen. Routiniert leuchtete er mit einer Lampe in ihre Augen, schloss sie ans mobile EKG an, überprüfte Blutdruck, Puls und die Sauerstoffsättigung im Blut. Plötzlich betraten drei weitere Männer das Schlafzimmer. »Mohn«, stellte sich einer der drei vor. »Ich bin der Notarzt.« Rasch verschaffte er sich einen Überblick über die Situation. »Wir müssen Sie ins Krankenhaus bringen, Frau Schuster. Das ist ein Notfall.«

»Ich muss dringend zur Toilette.« Mit Entsetzen beobachtete Markus seine Frau, der es tatsächlich gelang, sich auf die Bettkante zu setzen.

»Ist das wirklich nötig?«, fragte Dr. Mohn und legte die Stirn in Falten

»Claudia«, hauchte sie. »Claudia muss mir helfen.«

Nach kurzer Absprache mit dem Rettungsteam holte Markus die Nachbarin aus dem Wohnzimmer. Sie hakte Sabine unter und begleitete sie zur Toilette.

»Packen Sie bitte ein paar Sachen für Ihre Frau ein«, sagte der Notarzt zu Markus, derweil sie die Rückkehr der Frauen erwarteten. Zu ihrer Überraschung ging es schneller, als sie angenommen hatten, doch Sabine war aschfahl im Gesicht. Kopfschüttelnd deutete sie auf den von den Sanitätern herbeigeholten Tragestuhl. »Ich möchte laufen, ich habe Angst … Ich möchte nicht sterben, wenn ich mich nicht bewege, sterbe ich.«

»Sie werden auf keinen Fall laufen, Frau Schuster«, widersprach Dr. Mohn ernst. »Ihre Werte sind alles andere als stabil. Wir werden Sie tragen. Es ist ein Wunder, dass Sie den Toilettengang geschafft haben.«

»Sie wäre mir fast von der Toilette gekippt«, warf die Nachbarin ein.

»Los geht's.« Energisch setzten die Sanitäter Sabine auf den Stuhl und schnallten sie an. Anschließend verließen sie, ohne ein weiteres Wort zu verlieren, den Raum. Markus fühlte sich wie erschlagen. Einerseits plagten ihn Schuldgefühle, weil er Sabine vor etwas mehr als einer Stunde mitgeteilt hatte, dass er ihren Eifersuchtswahn und Kontrollzwang nicht mehr ertragen könne und eine Auszeit benötige, andererseits verspürte er schreckliche Wut. Wie konnte seine Frau den Kindern solch eine Erfahrung zumuten? Aufgewühlt ging er zum Kleiderschrank und holte ein paar Sachen heraus, die er in eine Tragetasche packte. Er funktionierte wie eine Marionette. Mechanisch ging er mit dem Gepäck in den Händen ins Wohnzimmer und entdeckte zu seiner Erleichterung seinen Ältesten. Elias war mittlerweile ebenfalls angekommen und kümmerte sich liebevoll um seine jüngeren Geschwister. Lisa und Samira weinten erbärmlich, Mick zitterte am ganzen Leib, und Tim wirkte immer noch wie versteinert.

»Papa, darf ich kurz mit zu Claudia und Max? Ich muss für einen Moment hier raus«, hörte er ihn fragen, nachdem er nach seiner zuvor achtlos über die Stuhllehne geworfenen Winterjacke gegriffen hatte.

»Natürlich. Ich muss sofort zum Helios-Krankenhaus«, erwiderte er mit bebender Stimme.

»Markus, mach dir keine Sorgen, ich kümmere mich um Tim«, machte sich die Nachbarin bemerkbar. »Siehst du das Blinken draußen in der Dunkelheit?« Sie wies mit dem Kopf zum Fenster. »Anscheinend stehen Rettungs- und Notarztwagen noch auf der Straße. Die müssten eigentlich schon längst weg sein.«

Markus kehrte dem Fenster den Rücken, verließ die Wohnung und rannte die Treppe herunter. Wie durch Watte hörte er, dass seine Nachbarin und Tim ihm folgten. Als er unten angekommen war, schloss einer der Männer die Schiebetür des Krankenwagens und nahm auf dem Beifahrersitz Platz. Die Fahrzeuge brausten mit angestellter Sirene und Blaulicht davon.

Markus fuhr in seinem Renault langsam hinterher.

Frustriert parkte er um einundzwanzig Uhr den Wagen in der Schützenstraße. Er war froh, zu dieser späten Stunde einen Parkplatz ergattert zu haben. Vor dem Helios-Krankenhaus hatte er erst nach einer halbstündigen Suche eine freie Lücke gefunden. Im Krankenhaus hatte der diensthabende Arzt ihm lediglich mitgeteilt, dass seine Frau intensivmedizinisch betreut werde. Weitere Auskünfte könne er ihm zum jetzigen Zeitpunkt nicht erteilen, er werde sich später telefonisch bei ihm melden.

Unter Männern – Markus

Weil für Großfamilien, die in einem gemeinsamen Haushalt leben, die Ausnahmeregelung gilt, beschließen Samira, Nadine und Josephine mit Mick und Lisa einen Spaziergang zu unternehmen und die Abendsonne zu genießen. Tim entscheidet sich, Markus Gesellschaft zu leisten.

»Ich war bereits heute Vormittag draußen unterwegs, das genügt mir für heute.« Tim hat ein Buch und einen Kakao in der Hand und setzt sich ihm gegenüber an den Wohnzimmertisch.

Markus ist nachdenklich gestimmt. Es gibt Tage, an denen er gerne über die Trennung von seiner Frau sprechen würde, aus Rücksicht auf die Kleinsten jedoch lieber schweigt. Eine Weile beobachtet er schweigend seinen Sohn, der angeregt in dem Buch blättert.

»Geht es dir gut, Tim?«, durchbricht er schlussendlich die Stille.

»Natürlich, wieso fragst du?« Tim blickt überrascht auf.

»Ich meine wegen Mama, vermisst du sie?«, hakt Markus nach.

»Ich habe mit ihr abgeschlossen«, stellt Tim sachlich fest. »Meine Therapeutin findet das richtig. Wir können Mama nicht zwingen, sich zu ändern. Selbst wenn der unwahrscheinliche Fall eintreten würde, dass sie zurückkommen möchte, wird das nicht mehr möglich sein. Uns geht es besser mit dir allein.«

Markus weiß nicht, was er bei Tims Worten empfinden soll. Einerseits ist er froh, dass Tim seinen Weg zum

Umgang mit der Situation gefunden hat, andererseits schmerzt ihn seine Ernsthaftigkeit. Wie sehr hat Markus Sabine einst geliebt und den Traum von einer Großfamilie gemeinsam mit ihr geträumt. Er bemerkt, dass sein Sohn das Buch schließt und beiseiteschiebt.

»Aber in der letzten Zeit muss ich oft an den schlimmen Tag im November denken«, meint Tim schließlich. »Ich glaube, das liegt daran, dass ich im Moment zu viel Zeit habe.«

»Ich kann mir gut vorstellen, dass der Lockdown schwierig für dich ist.« Markus Blick wandert zu dem Osterglockenstrauß. »Du hast dich sehr für Fridays for Future engagiert, warst ständig unterwegs. Deine Lebenssituation hat sich komplett verändert. Nicht von Null auf Hundert, sondern von Hundert auf Null. Na ja«, er lächelt. »Deine Blumen sind dir immerhin geblieben.«

»Ab und an, wenn ich meine Ruhe vor den anderen haben möchte, tun mir die einsamen Spaziergänge im Nordpark gut. Wir hängen schließlich fast den gesamten Tag aufeinander«, fährt Tim fort und nippt an seinem Kakao. »Kannst du dich genau an alle Einzelheiten erinnern? Ich war damals erst zehn, manchmal fehlen mir die Zusammenhänge. Ich weiß noch, dass ich nicht lange bei Claudia und Max geblieben bin und dass Elias kam und bei uns übernachtet hat. Was hat der Arzt gesagt, als er dich um fünf Uhr morgens angerufen hat? Ich habe es vergessen.«

»Er beruhigte mich als Erstes und berichtete, dass Sabine über den Berg sei«, antwortet Markus nachdenklich. »Anschließend bat er mich, um zehn Uhr am Vormittag ins Krankenhaus zu kommen. Er wollte mich persönlich über alles informieren.«

»Aber Elias hat dir schon vorher verraten, was in der Nacht geschehen ist, richtig?« Tim schaut ihn fragend an. »Ganz früh am nächsten Morgen, oder?«

»Er arbeitet schließlich als Koch im Helios und saß an der Quelle.« Markus nickt nachdenklich.

»Aber mit Mama gesprochen hatte er nicht, oder?« Tim hat die Hände gefaltet und die Ellbogen auf dem Esstisch abgestützt.

»Nein, sie lag schließlich auf der Intensivstation, und er durfte nicht zu ihr«, berichtet Markus. »Aber Elias gelang es, zu früher Stunde einen Arzt zu Gesicht zu bekommen. Der erzählte ihm, dass Sabine noch im Krankenwagen mehrfach reanimiert werden musste. Sogar schon einmal vor der Abfahrt. Deswegen standen die noch vor unserer Haustür, als ich mit Sabines Sachen zum Auto ging. Das Wichtigste habe ich jedoch erst vom Arzt selbst erfahren.«

»Das mit dem Tannenhof? Warte, ich mache mir rasch noch einen Kakao. Ich brauche etwas Süßes.« Tim steht auf und lässt ihn allein im Wohnzimmer zurück.

Fünf Minuten später sitzen sich Vater und Sohn erneut gegenüber.

»Bei Fällen wie diesen, also bei einem Selbstmordversuch, ist ein Aufenthalt in einer psychiatrischen Einrichtung unumgänglich. Die Ärzte haben deine Mutter vor die Wahl gestellt: Würde sie freiwillig mitgehen, dürfe sie in die offene Abteilung, bei Uneinsichtigkeit werde sie in die geschlossene zwangseingewiesen. Elias und ich haben mit Engelszungen auf sie eingeredet«, berichtet Markus weiter. »Zunächst wehrte sie sich mit Händen und Füßen. Na ja, schlussendlich willigte sie ein.«

»Ein Glück«, sagt Tim und nickt. »Wenn ich an das Geschrei der Leute aus der geschlossenen Abteilung denke, wird mir heute noch schlecht. Einmal hat ein Patient ein Glas gegen die Stationstür geworfen. Gruselig war das.«

»Es tut mir sehr leid, dass ich euch das antun musste«, bemerkt Markus, dessen Finger leicht zittern.

»Lisa, Mick und ich haben darauf bestanden, mitzukommen. Du hast uns nicht gezwungen. Mach dir bloß keine Vorwürfe. Samira, Josephine und Nadine waren nur einmal mit in der Klinik. Wir hätten auch zu Hause bleiben können.«

Unter Männern – Tim

Er merkt genau, dass sein Vater aufgewühlt ist. Ihm tut die viele freie Zeit, die Kurzarbeit, auch nicht gut. Tim kann es schlecht ertragen, dass sein Vater Schuldgefühle hat. Seiner Ansicht nach besteht dafür kein Grund, denn er hat jahrelang alles für den Familienzusammenhalt gegeben.

»Ich sehe Mama noch auf der Couch sitzen«, murmelt er und trinkt einen Schluck Kakao. »Und uns, wir waren alle versammelt.« Er hört seinen Vater seufzen. »Sie hat geschworen, dass sich jetzt alles ändern würde, es keine Eifersuchtsdramen mehr gebe. Sie wollte komplett neu mit uns beginnen.« Wütend haut er mit der Faust auf den Tisch. »Glaubst du, sie hat sich gar nicht umbringen wollen und nur versucht, dich zurückzugewinnen? Elias meint, deine Entscheidung an diesem Tag sei endgültig gewesen. Als du mit dem Koffer in der Hand aus dem Haus kamst, während ich draußen mit Max gespielt habe, wolltest du Mama verlassen.«

»Die Sache mit der angeblichen Privatnachricht, die diese Arbeitskollegin, mit der ich kaum ein Wort gewechselt hatte, an Sabine geschickt haben soll, hat für mich das Fass zum Überlaufen gebracht. Und, um deine Frage zu beantworten, genau wissen, ob sie tatsächlich sterben wollte, kann niemand. Aber ich habe ein aufschlussreiches Gespräch mit einem der behandelnden Psychiater geführt. Er meinte, selbst wenn ein fester Vorsatz bestehe, sich das Leben nehmen zu wollen, könne es durchaus zu einem Paradoxon, also einem Widerspruch, kommen.« Sein Vater runzelt die Stirn und verengt die Augen zu Schlitzen.

»Was meinst du damit?«, hakt Tim nach.

»Der Psychiater hat es mir so erklärt: Der Körper entwickelt im Angesicht des bevorstehenden Todes einen spontanen Selbsterhaltungstrieb. Wenn zum Beispiel jemand mit Todeswunsch von der Brücke springt, wird er trotzdem in der letzten Sekunde versuchen, den Aufprall zu verhindern. Das ist in diesem Fall natürlich nicht mehr möglich. Sabine hatte lichte Augenblicke, in denen sie ebenso reagiert hat. Es war also spontaner Überlebenswille. Der Psychiater war der Ansicht, sie habe ihren Tod wirklich gewollt. Und …«, sein Vater schaut ihn ernst an, »ja, mein Entschluss stand an besagtem Tag fest. Ich wollte mich von ihr trennen, wäre aber nach drei Tagen zu euch und in die Wohnung zurückgekommen. Euch zuliebe habe ich ihr noch eine letzte Chance gegeben, als sie versprach, ihr Verhalten endgültig zu verändern.«

»Sie kann sich an nichts mehr erinnern, was in der Zeit zwischen der Tabletteneinnahme und dem Erwachen auf der Intensivstation geschehen ist«, stellt Tim fest. »Noch nicht einmal daran, dass du ihr den Finger in den Hals gesteckt hast.«

»Mit Erinnerungen ist das so eine Sache«, erwidert sein Vater gedankenverloren. »Jeder von uns setzt seine eigenen Schwerpunkte. Mir setzen die Gedanken an ihren spontanen Gesinnungswandel und an die Zeit, in der wir sie besuchen mussten, sehr zu. Ihre Entscheidung, einen Selbstmordversuch zu unternehmen, hat auch mein berufliches Leben zunächst komplett aus der Bahn geworfen.«

»Ich fand die Zeit gruselig, als sie hier in Jörgs altem Zimmer geschlafen hat, zum Absprung bereit und auf Wohnungssuche. Zum Glück war Jörg kurz vorher nach Ronsdorf gezogen.«

Tim setzt die Tasse an die Lippen und genießt den Rest seines Kakaos. Sie sitzen sich gegenüber, schweigen, sind beide in ihren ureigenen Erinnerungen versunken …

Erste Wochen – Markus

Er war seit drei Uhr am frühen Morgen auf den Beinen. Nach Sabines Selbstmordversuch hatte er sich nur drei Tage krankschreiben lassen, weil er sich in der Probezeit befand und seinen Arbeitsplatz nicht verlieren wollte. Geschlafen hatte er, wie immer in der letzten Zeit, gerade einmal drei Stunden. Sein Arbeitstag in der Spedition begann um viertel vor fünf in der Früh und endete zwischen sechzehn und siebzehn Uhr am Nachmittag. Es war zu seinem Alltag geworden, nach Dienstende zu seiner Frau in die Remscheider Stiftung Tannenhof zu fahren – im Wechsel hatte er Tim, Mick oder Lisa dabei –, dort bis zwanzig Uhr zu bleiben, um schlussendlich erschöpft zu Hause den Haushalt zu schmeißen. Darüber wurde es nicht selten Mitternacht. Natürlich erhielt er Unterstützung von seinen großen Töchtern, doch ihn plagte das schlechte Gewissen, weil er ihnen eine schwere Last aufbürdete.

Jetzt, um sechs Uhr, informierte ihn der Signalton seines Handys darüber, dass er eine SMS erhalten hatte. Müde parkte er den LKW am Straßenrand und zog das Telefon aus seiner Jackentasche. Die SMS war von Sabine. »Es wird keinen Neuanfang geben. Ich schaffe das nicht mehr. Ihr raubt mir den Atem und haltet mich davon ab, mich selbst zu finden. Ich werde mir eine eigene Wohnung suchen. Es ist aus. Sabine.« Fassungslos ließ er das Handy auf den Beifahrersitz fallen. Sein Herz raste, die Hände zitterten. Es dauerte eine Weile, bis er sich wieder gefangen hatte und den LKW starten konnte. Mit Müh und Not bewältigte er den Arbeitstag. Er war am Ende seiner Kräfte und fasste einen Entschluss. Weder den Kindern noch sich selbst konnte er längerfristig diesen Tagesrhythmus zumuten. Zum Glück war sein Hausarzt verständnisvoll und schrieb ihn für eine Woche krank.

Wenige Tage nach Sabines SMS und seiner Krankschreibung klingelte das Festnetztelefon. Es war früher Vormittag, und die Kinder waren allesamt im Kindergarten und in der Schule.

»Schuster«, nahm Markus das Gespräch an.

»Hören Sie, so geht das nicht weiter. Sie müssen umgehend wieder zur Arbeit kommen, Krankmeldung hin, Krankmeldung her«, vernahm er die Stimme seines Vorarbeiters. »Sie sind gesund und können für Ihre Kinder eine Haushaltshilfe engagieren. Sie sind ein Mann, keine Hausfrau.«

»Es geht doch nur noch um diese eine Woche«, hielt Markus ihm entgegen. »Bringen Sie bitte Verständnis für meine Situation auf, denken Sie an die Kinder. Sie brauchen mich jetzt.«

»Wir brauchen Sie ebenfalls. Es ist Ihre Entscheidung«, blieb der Mann am anderen Ende der Leitung beharrlich. »Entweder Sie erscheinen morgen um viertel vor fünf wieder an Ihrem Arbeitsplatz, oder Sie brauchen nicht mehr wiederzukommen.« Ohne einen Abschiedsgruß beendete der Vorarbeiter das Telefongespräch.

Für Markus war klar, was dies bedeutete. Er würde binnen weniger Tage die schriftliche Kündigung erhalten.

Erste Wochen – Tim

Zunächst war Tim erleichtert, als die Pflichtbesuche in der Psychiatrie endlich ein Ende hatten. Weil er in der Vergangenheit einmal allein mit dem Aufzug steckengeblieben war, hasste er es, mit dem Aufzug zu fahren.

Aus diesem Grund hatte er bei den Besuchen im Gegensatz zu seinem Vater und den Geschwistern häufig die Treppe genommen und war an der geschlossenen Abteilung vorbeigekommen. Am liebsten hätte er seine Ohren mit den Händen bedeckt, um die Schreie der eingesperrten Patienten und Patientinnen nicht mitanhören zu müssen. War er endlich in der Station, in der seine Mutter betreut wurde, angekommen, bot sich ihm ein weiterer verunsichernder Anblick. Er sah Menschen, die den Vorhang begrüßten und mit sich selbst und den Pflanzen redeten.

Leider gestaltete sich die neue Lebenssituation nicht weniger unheimlich als die Besuche in der Evangelischen Stiftung Tannenhof. Sein Vater hatte es natürlich nicht übers Herz gebracht, seine Mutter einfach auf die Straße zu setzen. Diese hatte sich mit ihrem Laptop in das ehemalige Zimmer seines zweitältesten Bruders verkrochen und suchte nach einer freien Wohnung. Das Zimmer war direkt neben dem Schlafzimmer, das sie sich viele Jahre mit seinem Vater geteilt hatte. Seine Mutter lebte zwar wieder in der Familienwohnung, doch Tim erschien sie wie ein gespenstischer Schatten, der sich nur zeigte, um auf Toilette zu gehen oder sich etwas zu essen zu holen. Sein Vater hatte den vielversprechenden Job in der Spedition verloren und kümmerte sich nun in unheimlicher Ruhe um den Haushalt, um ihn und seine Geschwister und um das Zubereiten der Mahlzeiten. Diese Ruhe lag an den Beruhigungsmitteln und Stimmungsaufhellern, die die Ärzte ihm verschrieben hatten. Früher hatte seine Mutter den Haushalt geführt und gekocht, doch nach der Bekanntgabe, dass sie ihre

Freiheit zurückhaben wolle, hatte sie sich von ihrer Rolle als Hausfrau und Mutter verabschiedet. Interesse zeigte sie nur an den zwei Familienkatzen, die sie als die Ihren bezeichnete und mitnehmen wollte. Darüber waren die Kinder unglücklich, doch bald stellte sich heraus, dass es einen Hoffnungsschimmer gab. Zwar hatten sie den Kater kastrieren lassen, doch vorher war es ihm anscheinend noch gelungen, die Katze zu decken.

Im Januar 2017, nachdem seine Mutter in der Königsberger Straße eine Wohnung gefunden hatte, zog sie, mit dem Kater und der kugelrunden Katze im Gepäck, nach etlichen beklemmenden Wochen endlich aus. Tims Gefühle waren sehr zwiegespalten. Einerseits freute er sich, in der Wohnung in der Schützenstraße wieder frei atmen zu können, andererseits fieberte er der Geburt der Katzenbabys entgegen. Seine Eltern hatten sich darauf geeinigt, dass zwei der Kätzchen in die Familienwohnung einziehen sollten. Dies hatte zur Folge, dass insbesondere Tim, Mick und Lisa in den ersten Wochen nach dem Auszug ihrer Mutter viel von ihrer freien Zeit bei dieser wegen der Katzen verbrachten. Natürlich begleitete sein Vater ihn und seine Geschwister. Überhaupt kümmerte er sich zu Tims Erstaunen sehr um seine Mutter. Er fuhr sie mit dem Wagen zu allen Ämtern und unterstützte sie bei ihrer Arbeitssuche, gab ihr Geld, damit sie über die Runden kam. Er hatte Tim erzählt, das Arbeitsamt und sein behandelnder Arzt hätten ihm dringend angeraten, noch eine Weile Arbeitslosengeld zu beziehen, bis er sich psychisch wieder stabilisiert habe. Am meisten litt Tim unter den Weinkrämpfen, die Lisa überkamen, wenn sie nach den Besuchen bei ihrer Mutter zurück zur Schützenstraße fuhren.

Chefkoch – Markus

Eigentlich kocht er am liebsten allein, besonders an Feiertagen wie Ostern und Weihnachten. Seit Sabine vor etwas über drei Jahren ausgezogen ist, gehört die Küche ihm. Dabei kommt ihm zugute, dass er gelernter Koch ist. Soeben drückt er heiße Kartoffeln durch die Presse. An diesem Ostermontag wird es Rouladen mit Rotkohl, Klößen und Soße geben. Neben ihm bestreicht Josephine die ausgebreiteten Rouladen dünn mit Senf. Sie wollte ihm unbedingt bei der Zubereitung des Essens zur Hand gehen. Er glaubt, dass ihr etwas auf der Seele liegt. Sie hat vor einem Jahr das Abitur mit einem mittelmäßigen Notendurchschnitt gemacht und benötigt jetzt etwas Orientierungszeit. Damit sie nun etwas Geld verdient, arbeitet sie in derselben Schuhherstellungsfirma wie Markus. Er fährt die Waren mit dem LKW aus, sie ist für das Etikettieren zuständig.

»Papa, ich weiß nicht, was ich in Zukunft machen möchte«, bricht Josephine nach einer Weile das Schweigen. »Das Abitur habe ich mir hart erkämpft, und jetzt? Wie lange wird das Coronavirus uns noch einschränken? Macht es Sinn, in diesem Sommer eine Ausbildung zu beginnen?«

Markus überlegt eine Weile, bevor er seiner Tochter antwortet. Er selbst hat einen Beruf erlernt, in dem er nach der Ausbildung kaum gearbeitet hat.

»Ich bin stolz auf dich, weil du nicht aufgegeben und

Abitur gemacht hast. Der perfekte Notendurchschnitt ist nicht das Einzige, was zählt«, beginnt er schließlich, schiebt die gepressten Kartoffeln zur Seite und greift nach einem Messer und dem großen Kopf Rotkohl. »Jetzt verdienst du dein erstes Geld. Lass dir einfach etwas Zeit. Manchmal ist es besser, überraschende Antworten auf sich zukommen zu lassen, als sie krampfhaft zu suchen.«

»Warum arbeitest du eigentlich nicht als Koch?«, möchte Josephine wissen und verteilt Zwiebeln und Frühstücksspeck auf den Rouladen.

»Dafür gibt es eine ganz banale Erklärung«, erwidert Markus. »Ich koche zwar gerne, aber ich konnte die Gerüche in den Großküchen nicht mehr ertragen. Außerdem war es schwierig, eine familienfreundliche Anstellung zu finden. Mensch, das ist eine gefühlte Ewigkeit her.« Er legt das Messer auf dem Tisch ab und hält nachdenklich in der Bewegung inne. »Ich habe deine Mutter während der Ausbildung kennengelernt. Sie war vierzehn und ich achtzehn, als wir uns zum ersten Mal begegnet sind. Sie ist meine erste große Liebe. Als sie sechzehn wurde, zog sie von zu Hause aus und in eine Jugendwohngruppe. Sie merkte recht schnell, dass sie schwanger war. Zeitgleich musste ich nach Köln ziehen, weil ich mich für acht Jahre bei der Bundeswehr verpflichtet hatte, bevor ich von der Schwangerschaft erfuhr.«

»Warum hast du dich verpflichtet? Du bist doch ein friedliebender Mensch?«, hakt die Einundzwanzigjährige nach, rollt die Fleischscheiben auf und verschnürt sie mit Garn wie ein Paket.

»Aus demselben Grund, warum du jetzt bei uns in der Firma etikettierst«, gibt er Auskunft und greift erneut zu

Messer und Kohlkopf. »Ich wollte sowohl Zeit gewinnen als auch Geld verdienen. Bei der Bundeswehr setzten sie mich nur für ein Jahr als Koch ein, die restliche Zeit arbeitete ich als Kurier für die Sicherheitspost. In diesen Jahren habe ich für mich herausgefunden, dass mir die Freiheit beim LKW-Fahren und Transportieren mehr liegt als die Küchenarbeit.«

»Ich meine mich zu erinnern, dass Mama einmal gesagt hat, sie habe sich in Köln unglücklich gefühlt«, murmelt Josephine. Sie schüttet sich Orangensaft ein und trinkt ein paar Schlucke.

»Sie hat dort als junge Mutter keinen Anschluss gefunden. Autsch ...« Markus hat sich beim Zerkleinern des Kohls geschnitten, und Blut strömt aus der Schnittwunde am linken Zeigefinger.

Josephine springt auf, eilt zum Küchenschrank und sucht in einer der Schubladen nach einem Pflaster. Sie wird schnell fündig, kehrt zu ihm zurück und versorgt seine Wunde.

»Danke«, sagt er und grinst. »Ich werde es überleben. Das passiert, wenn wir uns beim Kochen über die Vergangenheit unterhalten.«

Auch Josephine lacht, doch nur Sekunden später wird sie wieder ernst. »Weißt du, Papa, ich möchte verstehen, warum Mama sich das Leben nehmen wollte, immer eifersüchtig war und jetzt nichts mehr von uns allen wissen möchte. Zuerst klammert sie sich an uns fest und kontrolliert all unsere Schritte, und jetzt ...« Sie bricht ab und faltet die Hände. Die Rouladen sind fertig, und ihre Aufgabe ist erledigt. Markus wird die restliche Arbeit übernehmen.

»Ich habe ihr nie einen Grund für ihre Eifersucht gegeben«, erwidert er und zieht gedankenverloren die Augenbrauen hoch. »Aber auch hier gilt, dass sich Gefühle häufig der Vernunft entziehen. Ich konnte ihr noch so sehr beteuern, dass ich mit Kollegin A und Kollegin B nur beruflich zu tun hatte, sie glaubte es einfach nicht. Und in der Zeit, in der die Spedition keine Aufträge bekam und ich arbeitslos wurde, verschlimmerte sich die Situation sogar noch.«

»Daran erinnere ich mich gut, Papa«, sagt Josephine und nickt. »Ich war damals elf Jahre alt.«

»Die Absurdität ihrer Vorwürfe kann ich dir an einem simplen Beispiel veranschaulichen«, erklärt Markus. »Stell dir vor, ich sitze mit deiner Mutter im Auto und halte vor einer roten Ampel. Wie der Zufall es will, ist dort ein Schild mit Werbung angebracht, Werbung für Bademode im schlimmsten Fall. Sabine drehte durch, wenn ich aus Versehen einen Blick auf die leicht bekleidete Dame warf. Manchmal hatte ich den Eindruck, sie war der Meinung, alle Frauen dieser Welt würden nur wegen mir durch die Stadt spazieren.«

»Heftig«, kommentiert seine Tochter. Sie dreht das Saftglas in den Händen hin und her und hält den Blick starr darauf gerichtet. »Papa?«

»Ja?« Markus blickt sie auffordernd an. Er kennt Josephine gut genug, um zu wissen, dass sie noch etwas loswerden möchte.

»Manchmal war es schrecklich mit Mama, weil sie uns Kinder auf dich angesetzt hat«, sagt sie schließlich und schaut auf.

Markus hat das Gefühl, eine Würgeschlange würde

ihm den Hals zuschnüren. Es ist noch nicht lange her, als Tim etwas Ähnliches angedeutet hat.

»Normalerweise freuen sich Kinder, wenn Schulferien sind«, fährt Josephine fort. »Bei Tim, Mick, Samira, Nadine und mir war das hingegen anders. Wir haben uns davor gegraut, so viel Zeit mit Mama allein verbringen zu müssen. Du warst arbeiten, ohne dich herrschte hier in der Wohnung eine andere Atmosphäre. Nur Lisa hat das nicht so empfunden. Sie ist auch die Einzige, die Mama schrecklich vermisst.«

Markus nickt betreten. Lisas Leid tut ihm in der Seele weh, und er kann es kaum ertragen, der Situation hilflos ausgeliefert zu sein.

»Mama hat uns Aufgaben gestellt, die wir erledigen mussten, bevor wir zum Spielen ins Freie durften. Damit wir nicht entwischen konnten, hat sie die Wohnungstür abgeschlossen. Sie hat uns eingesperrt. Außerdem hat sie uns dazu aufgefordert, dir nachzuspionieren. Weißt du noch, wo sie immer saß?«

Markus bemerkt, dass Josephines Augen zu glänzen beginnen. »Wie sollte ich das bloß vergessen?«

»Dass du das widerspruchslos hingenommen hast«, wundert sich Josephine, und Markus zuckt hilflos mit den Schultern.

»Im Nachhinein kann ich das auch nicht verstehen. Eigentlich sollten Partner sich vertrauen. Aber hätte ich mich dagegen gewehrt, dass nur sie das Passwort für den Laptop kannte, hätte sie mich angeschrien und gefragt, was ich vor ihr zu verbergen habe, warum ich allein am Computer sitzen möchte.«

»Der Laptop stand so auf dem Tisch, dass sie von ihrem Lieblingsplatz auf dem Sofa jederzeit den Bildschirm sehen konnte. Auch wir konnten nicht unbeobachtet im Internet surfen.« Jetzt kullern erste Tränen über Josephines Wangen. »Sie hatte den totalen Kontrollzwang. Wie konntest du das so lang aushalten, diesen Druck, diese andauernde Angst davor, einen Fehler zu machen?«

»Es gab auch gute Zeiten«, rechtfertigt sich Markus. »Ansonsten gäbe es euch nicht. Wir hatten unsere Hochphasen, diese glücklichen Momente, von denen ich lang gezehrt habe. Jede Geburt, jeder von euch war und ist ein Geschenk. Es sind Geschenke, die Sabine und ich gemeinsam bekommen haben. Ich habe fast bis zuletzt gehofft, sie würde irgendwann begreifen, dass …«, er schluckt, kämpft jetzt selbst mit den Tränen, »dass ich sie liebe und nicht betrügen würde. Aber es wurde schlimmer und schlimmer, bis es in dem Selbstmordversuch sein dramatisches Ende fand. Warum habt ihr mir nicht gesagt, dass ihr euch zu Hause in den Schulferien schlecht gefühlt habt?«

»Papa«, er spürt Josephines Hände auf den seinen, »das haben wir für dich gemacht, weil wir dich schützen wollten. Du hattest genug unter Mamas Eifersucht zu leiden.«

Treppenstufen nach unten – Tim

Tim war froh, dass sich das Jugendamt für seinen Vater eingesetzt hatte und er in dieser Krisensituation nicht arbeiten musste. Trotzdem bereitete ihm dessen Müdigkeit, der durch die Psychopharmaka verursachte Dämmerzustand Kummer. Seit kurzer Zeit hatte die Familie Unterstützung von der Familienhilfe Alpha e.V. bekommen. Zusätzlich besuchte Tim jetzt eine Therapeutin, mit der er über alles sprechen konnte.

Zufällig war er gemeinsam mit Josephine am Tag der Geburt der Katzenkinder bei seiner Mutter gewesen, ein schönes Erlebnis in merkwürdiger Umgebung. Sie hatten sich zwei Kätzchen ausgesucht, den einzigen braunen Kater unter seinen schwarzen Geschwistern und das schwächste der weiblichen Babys.

Sobald sie von ihrer Katzenmutter getrennt werden durften, hatte sein Vater die winzigen Wesen in die Schützenstraße geholt, und gemeinsam hatten sie sich auf die Namen Berti und Lilly geeinigt.

Nachdem die Kätzchen endlich zur Welt gekommen waren, verspürte Tim keinerlei Bedürfnis mehr, seine Mutter weiterhin zu besuchen. Doch sie bestand auf ihrem Besuchsrecht, wollte sogar ihren Wohnungsschlüssel zurückhaben und die Erlaubnis bekommen, jederzeit bei ihnen auftauchen zu können, zum Beispiel um Lisa ins Bett zu bringen. Lisa schien die Einzige zu sein, die ihr noch am Herzen lag. Das verwunderte Tim nicht, denn sie war immer ihre Prinzessin gewesen, die sich alles hatte erlauben dürfen. Aber seine Mutter hatte die Rechnung ohne ihren Mann gemacht. Dieser, die Verantwortlichen des Jugendamtes und die Familienbetreuerin hatten sich übereinstimmend dagegen entschieden. Tim war der Meinung, dass seine Mutter mit diesem Besuchsrecht einen weiteren Versuch unternehmen wollte, seinen Vater zu kontrollieren und Macht über ihn auszuüben. Sein Vater einigte sich schließlich mit ihr darauf, dass sie alle vierzehn Tage einige der Kinder sehen durfte.

Tim hatte mitbekommen, dass seine Mutter den Vater bei jedem ihrer Besuche um Geld bat, das er ihr zunächst bereitwillig gab. Doch nach einiger Zeit bestand er darauf, dass sie mit dem Arbeitslosengeld in ihrem Einpersonenhaushalt zurechtkommen müsse. Schließlich hatte er sechs von acht Kindern zu versorgen. Anscheinend ging es ihr tatsächlich nicht um den Kontakt zu den Geschwistern, denn nachdem ihre Geldquelle versiegt war, hielt sie sich nicht mehr an die vereinbarten Termine, und es hagelte Absagen in letzter Sekunde. Das hatte zerstörerische Auswirkungen auf die kleine Lisa, die Tim sehr leidtat. Sie sehnte den Kontakt mit ihrer Mutter herbei und wurde jedes Mal bitter enttäuscht. Anschließend beobachtete Tim seinen Vater dabei, wie dieser versuchte, seine kleine Schwester zu trösten. Tim wurde wütend. In seinen mittlerweile elf Lebensjahren war er schon oft wütend auf seine Mutter gewesen, doch jetzt hatte die Wut ein ihm bisher unbekanntes Ausmaß erreicht. Seiner Meinung nach durfte es in dieser Form der Ungewissheit nicht weitergehen.

Festmahl – Tim

»Tim, Essen ist fertig.« Die Stimme von Josephine holt ihn zurück in die Gegenwart. Er versucht, die neu in ihm aufkeimende Wut zu unterdrücken und atmet tief durch.

»Komm, Mick, jetzt gibt es Rouladen mit selbstgemachten Klößen vom Chefkoch und seiner Assistentin persönlich.« Er zwinkert seinem Bruder zu, und zusammen verlassen sie ihr Zimmer.

Der Wohnzimmertisch ist liebevoll gedeckt, und beim Anblick seiner Familie schleicht sich ein Lächeln auf sein Gesicht. Nein, er vermisst seine Mutter an diesem Ostermontag nicht.

»Ich habe die Rouladen gemacht«, verkündet Josephine stolz.

Tim füllt sich hungrig seinen Teller, und eine Weile machen sie sich schweigend über das Essen her.

»Wann dürfen wir wieder in die Schule, Papa?«, möchte Lisa nach einer Weile wissen. Sie sitzt zu seiner Linken, und ihre Lippen sind vom Rotkohl bläulich gefärbt. Tim freut sich, dass das schmale Mädchen Appetit hat. Gerade an Feiertagen geht es ihr oft schlecht. Seit Dezember haben sie nichts mehr von der Mutter gehört. Das ist jetzt vier Monate her.

»Ich fürchte, die Ausnahmesituation wird noch eine Weile andauern«, beantwortet sein Vater Lisas Frage. »Die Regierung wird erst in zwei Wochen die Auswirkung dieses Osterfests beurteilen können. Erst dann wird die Entscheidung über mögliche Lockerungen des Lockdowns gefällt.«

»Warum erst in zwei Wochen, und was bedeutet eigentlich Lockdown?«, hakt Lisa nach.

»Also, Lisa, das ist so«, sein Vater legt das Besteck am Tellerrand ab und wischt sich mit der Serviette Bratensaft vom Mund, »sollten Menschen ihre Verwandten über die Feiertage besuchen und die Abstandsregeln vernachlässigen, kann es zu Neuinfektionen mit dem Coronavirus kommen. Nach dem Zeitpunkt einer Ansteckung dauert es etwa zwei Wochen, bis die Erkrankung ausbricht. Vorher kann die Regierung die Situation nicht beurteilen.« Er nimmt das Besteck wieder an sich und widmet sich seiner Roulade. Tim erkennt an seiner gerunzelten Stirn, dass er überlegt, wie er Lisa den Begriff Lockdown erklären soll.

»Lockdown bedeutet wörtlich übersetzt Ausgangssperre«, greift er seinem Vater unter die Arme. »Doch in Deutschland wird der Lockdown anders interpretiert. Alle öffentlichen Einrichtungen sind geschlossen, aber wir dürfen, wie du weißt, raus an die frische Luft. Allerdings besteht Kontaktverbot, das bedeutet, wir dürfen uns mit niemandem verabreden und uns nur zu zweit draußen aufhalten. Für uns als Großfamilie gibt es eine Ausnahme.«

Plötzlich füllen sich Lisas Augen mit Tränen.

»Die Ausnahme für uns ist, dass dieser Lockdown nie mehr aufhört«, flüstert sie. »Mama«, sie bricht ab, »Mama will uns nicht mehr.«

Am Esstisch kehrt betretenes Schweigen ein. Keiner weiß so recht, wie er Lisa trösten kann. Weil sie die unbestreitbare Wahrheit mit kindlichen Worten auf den Punkt gebracht hat. Unwillkürlich muss Tim an ein Gespräch mit seiner Therapeutin denken, an ihre Reaktion auf seine Aussage, dass seine Mutter ihm nichts mehr bedeute, er abgeschlossen mit ihr habe und jegliche Bindung zu ihr fehle. Sie erwiderte daraufhin, dass sie eine solche Aussage von einem dreizehnjährigen Jungen nie zuvor gehört habe. Sie versuchte nicht, ihm ein schlechtes Gewissen deswegen einzureden, sondern brachte lediglich ihre ehrliche Bestürzung zum Ausdruck. Sie sagte außerdem, er sei für sein Alter ein sehr reifer, am Weltgeschehen und am Umweltschutz interessierter Junge. Tim hatte sich darüber gefreut, dass sie ihn wegen seiner fehlenden Gefühle für seine Mutter nicht verurteilte. Er ist froh, die Therapeutin an seiner Seite zu haben.

»Magst du mit mir rausgehen und Osterglocken suchen?« Er lächelt seine kleine Schwester an und deutet mit dem Finger auf die Blumenvase. »Ich glaube, ein paar werden bald die Köpfe hängen lassen. Wir müssen für Nachschub sorgen.«

Lisas Gesicht erhellt sich, und die Tränen versiegen. Zum Glück bricht sie in letzter Zeit seltener in Tränen aus, denn auch bei ihr scheinen die Wunden langsam zu vernarben.

Rote Grütze und Schokoladenpudding – Markus

Als Markus Tim und Lisa nachschaut, die sich auf den Weg nach draußen machen, ist er gerührt. Tim hat es geschafft, die Situation zu entspannen und Lisa auf andere Gedanken zu bringen. Er hört die Mädchen in der Küche hantieren, und wenig später kehren sie mit zwei großen Schüsseln und kleinen Schälchen in der Hand zurück. Zum Nachtisch gibt es Rote Grütze und Schokoladenpudding, nicht selbst gemacht, sondern selbst gekauft.

Samira verteilt die Schälchen, und Josephine und Nadine portionieren die Süßspeisen.

»Die zwei Schalen sind für Tim und Lisa«, bestimmt Josephine und stellt zwei Portionen beiseite.

»Tim und ich haben Mama zufällig in der Stadt getroffen«, erzählt Mick und greift nach einem der auf dem Tisch liegenden Löffel. »Kurz vor Beginn dieses Lockdowns. Zum Glück war Lisa nicht dabei.«

»Habt ihr mir ihr gesprochen?«, erkundigt sich Josephine.

»Sie hatte ihren neuen Typen dabei«, gibt Mick Auskunft und verdreht die Augen. »Sie kam natürlich auf uns zu und hat gefragt, wie es uns so geht, aber Tim und ich haben ihr nicht geantwortet und sind einfach weitergegangen.« Nachdenklich taucht er seinen Löffel in den Pudding.

»Weißt du noch, wie du Mama in einer Nacht- und Nebelaktion aus der Wohnung dieses Fünfundzwanzigjährigen geholt hast, den sie bei einem ihrer Aufenthalte in der Psychiatrie kennengelernt hatte?« Nadine blickt Markus fragend an.

»Tja, der war wohl doch nicht der Richtige für ihr zweites Leben«, entgegnet er schulterzuckend.

»Sie hat auch wieder einen Kater. Das hat sie auf Instagram gepostet«, wirft Mick ein. »Hoffentlich gibt sie den nicht wieder ab, so wie sie es mit den anderen gemacht hat.«

»Jetzt ist Schluss mit dem Gerede über Mama«, sagt Samira energisch.

Markus bemerkt, dass die Sechzehnjährige blass um die Nase geworden ist. Er kann bis heute nicht richtig einschätzen, wie sie es seelisch verkraftet hat, ihrer Mutter dabei zusehen zu müssen, wie sie die Tabletten geschluckt hatte, um sich das Leben zu nehmen. Wie schwer musste es für Samira gewesen sein, die Mutter kurz darauf halbtot im Bett liegend vorgefunden zu haben? Josephine und Nadine, die mit der Schule in England waren, müssen diese Erinnerung zu seiner Erleichterung nicht verarbeiten.

»Samira hat recht.« Er deutet mit dem Kopf demonstrativ auf sein Schälchen mit roter Grütze. »Lassen wir uns den Nachtisch schmecken.«

Als wenig später alle Schalen geleert sind, fragt Josephine: »Wer macht den Abwasch? Papa und ich haben gekocht.« Grinsend blickt sie ihre zwei jüngeren Schwestern an.

»Jawohl, wir übernehmen das«, erklären diese sich bereit.

»Prima«, freut sich Markus und steht auf. »Ich werde ein bisschen an die frische Luft gehen. Das Wetter ist wirklich ein Traum. Den Lockdown werde ich immer mit blauem Himmel und Sonnenschein in Verbindung bringen.«

»An die frische Luft möchtest du?« Josephine zwinkert ihm zu. »Gib es zu, du möchtest eine Zigarette rauchen.«

Markus lacht gutmütig. »Das eine schließt das andere nicht aus.«

Endzeit – Markus

Er steckt sich eine Zigarette an und genießt die wärmenden Sonnenstrahlen. Die Scheidung von Sabine liegt mittlerweile zwei Jahre zurück. Es gelingt ihm nur mit Mühe, die Ereignisse vollständig zu rekonstruieren, das Verdrängte zurück in die Gegenwart zu holen.

Ihm war nach der Krankschreibung binnen kürzester Zeit bewusst geworden, dass er zugedröhnt nicht leben wollte. Die Kinder gingen zur Schule, und ihm stand ein Zeitfenster offen, in dem er arbeiten konnte. Die Speditionen brauchten ihre LKW-Fahrer von frühester Morgenstunde an. Er ist bis heute froh, dem Sumpf der Betäubung widerstanden zu haben und aus eigener Kraft aufgestanden zu sein.

Die Familienhilfe gab damals alles dafür, dass die Verbindung zwischen Sabine und seinen Kindern erhalten blieb. Aufgrund ihrer Unzuverlässigkeit musste sie ihm die vollständigen elterlichen Rechte übertragen, damit er ohne ihre Unterschrift Entscheidungen treffen konnte. Briefe vom Jugendamt hatte sie einfach ignoriert und nicht beantwortet. All dies hat für die Gegenwart zur Folge, dass die Kinder Sabine ausschließlich in Begleitung einer Betreuerin der Familienhilfe treffen dürfen. Dies ist allerdings nur für Lisa und Mick von Bedeutung, denn alle anderen möchten keinen Umgang mit Sabine mehr pflegen. Diesen Entschluss haben sie von ihm völlig unbeeinflusst gefällt. Markus hat lange versucht, Verständnis für Sabine aufzubringen, für ihre seelische Instabilität, ihren Wunsch auszubrechen und ein zweites Leben als alleinstehende Frau mit wechselnden Liebesbeziehungen zu führen. Momentan, in dieser merkwürdigen Phase des Stillstands, der Kurzarbeit, des Homeschoolings, gelingt ihm das nicht mehr, steigen zu viele aufwühlende Erinnerungen in ihm auf.

In der Ferne sieht er Tim und Lisa die Straße herauf- und auf ihn zukommen. Anscheinend waren sie erfolgreich, denn sie halten Osterglocken in den Händen.

Fakt ist, dass Grabesstille herrscht, eine eiskalte Verweigerung, eine Endzeit. Es ist das Ende, auch für Lisa. Seit über vier Monaten hat Sabine nicht mehr um ein Treffen gebeten. Jetzt liegt es an ihnen allen, wie sie die Krisen überstehen, die eigene und die der ganzen Welt.

Tim winkt ihm zu, und Lisa strahlt übers ganze Gesicht.

»Habt ihr uns Pudding übriggelassen?«, ruft Tim fröhlich.

Verstohlen wischt sich Markus eine Träne aus dem Augenwinkel. Er streckt den Rücken durch und ruft zurück: »Logisch.« Lisa läuft auf ihn zu und präsentiert ihm stolz die frisch gepflückten Blumen. Er atmet tief durch und schließt sie in die Arme. Liebe ist alles, was jetzt noch zählt.

Kapitel 4: La Dolce Vita – Vittoria

Dolore dell'addio – Abschiedsschmerz

Nachdenklich streicht sich Vittoria Bianchi-Folyere die langen Haare hinter die Ohren. Sie sitzt an diesem frühen Mainachmittag auf dem Balkon ihres Einfamilienhauses in der Theodor-Heuss-Straße in Wuppertal Elberfeld, hat die schlanken Beine übereinandergeschlagen und blickt auf den kleinen, gepflegten Garten. Ihr Mann hat sich einen der Gartenstühle gesichert und schaut konzentriert auf seinen auf dem Tisch platzierten Laptop. Neben ihm sitzt ihre dreizehnjährige Tochter Antonia und malt an einem Bild für den Kunstunterricht. Sie hat Vittorias braune Haare geerbt, während ihr fünf Jahre jüngerer Bruder Frederico blond wie der Vater ist. Felix arbeitet momentan ausschließlich im Homeoffice, und die Kinder werden von ihren Lehrern per Homeschooling unterrichtet. Frederico benötigt dafür eine App und bekommt zusätzlich Arbeitsblätter und

Wochenpläne von den Lehrern per E-Mail zum Ausdrucken zugeschickt. Antonia hingegen greift auf die im St. Anna-Gymnasium genutzte Internetplattform *Moodle* zu, in die sie sich einloggen muss. Dort sind ihre Kurse aufgeführt, und sie kann Lernstoff herunter- und Hausaufgaben hochladen. Das Homeschooling ist ein ziemlicher Aufwand, der die ganze Familie auf Trab hält.

Vittoria ist die Einzige, die jeden Tag das Haus verlässt und nach Velbert zur Arbeit fährt. Sie arbeitet als Assistentin der Vertriebsleitung in einem mittelständischen Familienunternehmen, und neben ihren anderen Aufgaben unterstützt sie, insbesondere jetzt während der Pandemie, den Kundenservice. Dazu gehören Telefonate mit Fachhändlern und Endverbrauchern. Trotz des Ausnahmezustandes ist die Dreiundvierzigjährige froh, dass die Firma nicht für Homeoffice ausgerüstet ist, denn zwischenmenschliche Begegnungen sind ihr Lebenselixier. Zumindest eines der Beine, auf denen ihr Leben steht, ist ihr geblieben. Das andere ist gelähmt, außer Gefecht gesetzt.

Traurig betrachtet sie die vor ihr auf dem Tisch liegenden Seiten mit den Regieanweisungen für ihre Rolle im nächsten Theaterstück, in dem sie mitspielen soll.

Die Covid-19-Pandemie hat dem TiC-Theater in Wuppertal Cronenberg von heute auf morgen den Boden unter den Füßen weggezogen und es zur vorübergehenden Schließung gezwungen. Für das Ensemble, insbesondere für die im Stück *Urmel aus dem Eis* auf der Bühne stehenden Darstellerinnen und Darsteller, ist etwas gänzlich Unerwartetes geschehen, etwas, das in all den Jahren, in denen sich Vittoria dort als Laiendarstellerin engagiert hat, noch nie vorgekommen ist. Die Dernière von *Urmel aus dem Eis* wurde in allerletzter Sekunde abgesagt. In der letzten Vorstellung verabschieden sich die Schauspieler von ihren Rollen und dem Stück. Für gewöhnlich lassen sie sich kleine Scherze einfallen, die vom Publikum als solche nicht wahrgenommen werden. Beim Gedanken daran schleicht sich trotz der traurigen Situation ein Lächeln auf Vittorias Gesicht. Bei einer Inszenierung musste sie einem Schauspieler einen langweiligen, grauen Schlips umbinden, den sie bei der Dernière gegen einen mit dem Aufdruck der Comicfigur Tweety austauschte. Als Kind liebte sie die Looney Tunes, insbesondere die Jagdepisoden des Katers Sylvester auf den kleinen Vogel Tweety.

Das TiC-Theater wird von zwei engagierten Männern geleitet, die einmal im Jahr zum Casting einladen. Tatsächlich besteht das Ensemble ausschließlich aus Laiendarstellerinnen und -darstellern. Die Besucher des Theaters in der Borner Straße erreichen über eine Treppe das Foyer in der ersten Etage, in dem sie vor Veranstaltungsbeginn alkoholhaltige Getränke, Säfte und kleine Snacks genießen können. Nachdem eine Mitarbeiterin des Theaters die Glocke geläutet hat, betreten die Gäste nacheinander durch eine schmale Tür den Zuschauerraum. Als vor Jahren das Theater zum ersten Mal seine Pforten öffnete, mussten sich die Gäste mit Kirchenbänken bescheiden, heutzutage dürfen sie auf Stühlen Platz nehmen.

Vittoria lächelt nicht mehr, denn der Abschiedsschmerz ist mit voller Wucht zurückgekehrt. Seit September 2016 steht sie bei jeder Inszenierung auf der Bühne. Jetzt weiß sie nicht, wann und ob das Theater seine Pforten wieder öffnen wird. Für sie fühlt sich die Situation wie ein kalter Entzug an.

Außerdem sorgt sie sich um ihre geliebten Eltern, die in mehrfacher Hinsicht zu den Risikopatienten gehören. Zum Glück hat sie die beiden im Februar davon überzeugen können, dieses Jahr keine sechs Monate in Italien zu verbringen. Italien ist von der Pandemie extrem stark betroffen. Die Krankenhäuser haben nicht genügend Beatmungsgeräte, und die Toten müssen mit Armeefahrzeugen zu den Friedhöfen transportiert werden. Die Übertragung im Fernsehen bot einen grauenerregenden Anblick. Aus eigener Erfahrung weiß sie, dass das italienische Gesundheitswesen arg zu wünschen übriglässt. Ihr vierundachtzigjähriger Vater ist Diabetiker und leidet an Bluthochdruck, und ihre Mutter ist mit ihren sechsundsiebzig Jahren auch nicht mehr die Jüngste.

Vittoria lehnt den Kopf an die Hauswand und schließt die Augen. Die Strahlen der Nachmittagssonne wärmen sie, und sie erinnert sich an das, was ihre Eltern ihr von ihrem Kennenlernen berichtet haben …

Bella Italia – Schönes Italien

Es war im Sommer 1960, als Giovanni Bianchi verwundert seine Vespa vor der Statue des Schutzpatrons St. Ercolano anhielt. Dieser wachte über sein Heimatdorf Maderno. Auf der vor ihm angebrachten Parkbank saß das deutsche Mädchen, das ihm aus dem Vorjahr nur zu gut bekannt war. Auch damals hatte sie mit zwei weiteren Frauen ihren Sommerurlaub am Gardasee verbracht. Zu seinem Leidwesen war das braunhaarige Mädchen mit dem wunderschönen Gesicht und den üppigen Kurven nur an seinem Kumpel Gabriele interessiert gewesen. Dieser war in dieser Saison keine Konkurrenz, weil er der Arbeit wegen in Malcesine war, einem der beliebtesten Orte in der Region um den Gardasee.

Giovanni schaltete die Vespa aus, sprang ab und ging grinsend zu dem Mädchen. »Ciao bella, was machen bella ragazza solo auf Bank? Come ti chiami?« Er tippte sich mit dem Finger gegen die muskulöse Brust. »Io Giovanni.«

Die junge Frau sah ihn überrascht aus grün-braunen, mit schwarzem Lidstrich umrandeten Augen an. Ihre Haare waren, wie in den sechziger Jahren üblich, toupiert und die Lippen rot geschminkt. Sie schien sich nicht an ihn zu erinnern und musste einen Moment überlegen, ob sie ihm antworten sollte.

»Monika«, erwiderte sie schließlich und lächelte.

»Monika, che bella …« Er deutete eine Verbeugung an. Plötzlich schnipste er mehrmals mit den Fingern. »Sì, sì, sì.« Er strahlte und wusste, dass seine Zähne im Kontrast zu seinem braungebrannten Gesicht weiß blitzten. Das kam bei den deutschen Touristinnen gut an. »Ballare, ballare«, rief er und tanzte aufgeregt auf der Stelle.

Zu seiner Freude musste Monika lachen. Sie erhob sich von der Bank und fragte: »Tanzen? Du möchtest mit mir tanzen?«

Leider verstand Giovanni kein Wort, doch Monikas Lachen motivierte ihn. »Ballerini Stellari?« Das *Ballerini Stellari* war ein bekanntes und bei der Jugend beliebtes

Tanzlokal in Maderno. Anschließend hielt er die Hände in die Höhe und spreizte acht Finger ab.

»Das Lokal kenne ich«, hörte er seine neue Flamme sagen. Sie gefiel ihm außerordentlich gut. Weil sie ihn im letzten Jahr nicht beachtet hatte, war der Anreiz, sie zu erobern, für ihn noch größer.

Auch Monika erhob jetzt die Hände, spreizte acht Finger ab und zwinkerte ihm zu. »Wir sehen uns um acht Uhr im Ballerini Stellari. Ciao.« Sie wandte ihm den Rücken zu und ging davon. Nun blieb ihm nichts anderes übrig, als zu hoffen, dass sie am Abend tatsächlich zu ihrer Verabredung erscheinen würde.

*

»Giovanni ist so hinreißend.« Aufgeregt schlüpfte Monika in ihr Nachthemd. »Setzen wir uns noch einen Moment nach draußen? Es ist schön, dass wir in diesem Jahr eines der wenigen Zimmer mit Balkon bekommen haben.« Ihre Wangen glühten, und der Schweiß stand ihr auf der Stirn. Das lag nicht nur an den Temperaturen, die in Italien aktuell kurz davorstanden, die Vierziggradmarke zu überschreiten, sondern ebenfalls daran, dass sie von zwanzig bis vierundzwanzig Uhr fast ununterbrochen getanzt hatte. Weil Monika und Annemarie erst in etwas mehr als vier Jahren einundzwanzig und somit volljährig werden würden, hatte ihre Mutter den Ausflug um Mitternacht beendet.

»Von mir aus«, erwiderte ihre beste Freundin Annemarie, mit der sie sich das Zimmer in dem charmanten Drei Sterne Hotel *Eden* teilte.

Nacheinander betraten sie den winzigen Balkon und setzten sich auf die schlichten Stühle. Das Hotel Eden lag in der zweiten Reihe, doch sie hatten Glück und konnten durch die schmale Gasse einen Blick auf die Bucht von Maderno erhaschen. Nur vereinzelte Lichter durchdrangen die Dunkelheit. Tagsüber erfreuten die Freundinnen sich an der Aussicht auf die Segelboote, die sich im kleinen Hafenbecken aneinanderreihten und sich sanft in den Wellen hin und her bewegten. Zu dieser frühen Morgenstunde hörten sie die fröhlichen Stimmen der Menschen in den Cafés auf der kleinen Piazza in der Nähe des Hotels. Die Italiener liebten die Nacht und genossen das pulsierende Leben.

»Ich finde Giovanni ebenfalls sympathisch«, stellte Annemarie gähnend fest. »Erinnerst du dich an letztes Jahr und an deine Schwärmerei für Gabriele? Wegen ihm sind wir extra wieder hergekommen. Und jetzt …« Sie kicherte verhalten.

»Ach, an den verschwende ich keinen Gedanken mehr«, entgegnete Monika schulterzuckend. »Ich finde es niedlich, wie Giovanni sich mit Händen und Füßen mit mir unterhält.«

»Verlier bloß nicht dein Herz an ihn, du weißt, wie Italiener sind«, warf Annemarie mahnend ein. »Sie flirten immer mit den Touristinnen. Wenn wir wieder in Deutschland sind, schaut er sich bereits nach der nächsten um.«

»Es ist lieb von dir, dass du dir Sorgen um mich machst, aber ich kann dich beruhigen«, erwiderte Monika. »Ich werde die kommenden Wochen mein Leben genießen und jede Sekunde, die ich mit ihm habe, auskosten. Zu Hause wird schnell genug wieder der Alltag einkehren.«

Eine Weile saßen sie schweigend nebeneinander und lauschten den Geräuschen der Nacht. Doch irgendwann überwältigte sie die Müdigkeit. Sie reckten sich, standen auf und kehrten der Welt die Rücken. Anschließend schlüpften sie unter die federleichten Bettdecken. Zu ihrer Überraschung schlief Monika sofort ein. Sie träumte von der Sonne, dem See, den Feigenbäumen und Giovanni.

Arte – Kunst

»Mama?« Antonias Stimme reißt Vittoria aus ihren Gedanken. »Magst du mal schauen, was ich gemalt habe?«

Vittoria öffnet die Augenlider und lächelt ihre Tochter an. »Zeig her.« Sie streckt den Arm aus und greift nach der beendeten Kunsthausarbeit. »Wann hast du den Abgabetermin?«

»Erst heute Abend um einundzwanzig Uhr«, gibt Antonia Auskunft und setzt sich auf den freien Stuhl am anderen Ende des Tischs.

Verständnislos schüttelt Vittoria den Kopf. Es ist ihr ein Rätsel, wie die Lehrer des St. Anna-Gymnasiums auf diese Termine zu späten Stunden gekommen sind. Anscheinend möchten sie den Schülerinnen und Schülern ein größeres Zeitfenster zum Arbeiten zur Verfügung stellen, doch welches Kind sitzt um einundzwanzig Uhr noch am Schreibtisch?

Eingehend begutachtet sie die Tuschezeichnung. Schließlich runzelt sie die Stirn. »Was war die Aufgabenstellung?« Sie schaut ihre Tochter fragend an.

»Wir sollen malen, was uns im Lockdown besonders gutgetan hat«, gibt Antonia bereitwillig Auskunft.

Auf dem Papier entdeckt Vittoria eine feingezeichnete Vespa, auf der ein alter Mann und eine alte Frau sitzen. Vespa bedeutet wörtlich übersetzt *Wespe*. Sie ist ein Motorroller des italienischen Unternehmens Piaggio und zählt zu den weltweit bekanntesten und beliebtesten Rollertypen. »Du hast Nonno und Oma auf der Vespa gezeichnet«, sagt sie gerührt. Ihre Eltern sind der vierköpfigen Familie in dieser Zeit eine große Hilfe. »Was würden wir ohne die Oma und den Nonno machen? Ich bin froh, dass die Oma an einigen Tagen in der Woche für euch kocht und der Nonno das Essen mit seiner Vespa vorbeibringt.« Die Vespa hat für ihre Tochter eine besondere Bedeutung. In den Jahren 2014 bis 2018 hatte Antonia Teile ihrer Sommerferien bei ihren Großeltern in Italien verbracht und zurück in Deutschland von den gemeinsamen Fahrten mit Nonno auf dem Roller geschwärmt.

»Warst du als Kind traurig, Mama, weil du bis auf deine Nonna keine Großeltern hattest?«, möchte Antonia wissen.

»Traurig nicht, ich kannte es als Kind ja nicht anders«, erwidert Vittoria nachdenklich. »Als ich zur Welt kam, waren die Eltern meiner Mutter schon lange tot. Auch der Vater deines Nonnos lebte nicht mehr. Aber wenn andere Kinder im Kindergarten von ihren Omas und Opas erzählten oder von ihnen abgeholt wurden, war mir immer merkwürdig zumute.«

»Erzählst du mir die Geschichte von Nonna? Das wolltest du schon lange machen«, bittet Antonia.

»Meine Nonna!« Vittoria lächelt bei dem Gedanken an die kleine Italienerin. »Nonna habe ich erst, als ich bereits vier Jahre alt war, bewusst als Oma wahrgenommen. Zwar wurde ich sieben Monate nach meiner Geburt in Maderno am Gardasee getauft, doch meine Erinnerungen an Italien beginnen natürlich bedeutend später.« Gedankenverloren greift sie nach der Orangensaftflasche, die neben ihr auf dem Tisch steht, und schenkt sich ein. »In meiner ersten Erinnerung hat mich eine alte, weißhaarige Frau begrüßt. Sie war klein und zierlich, hat mich überschwänglich geküsst. Außerdem hat sie mich in die Wange gekniffen. Ich spürte, dass diese Geste liebevoll gemeint war, doch es tat richtig weh.« Sie hält einen Moment inne und nimmt ein paar Schlucke Saft. »Jedenfalls wusste ich zunächst mit der Situation überhaupt nichts anzufangen. Ich weiß noch, dass ich wiederholt gefragt habe, wer diese Frau eigentlich ist. Und dann erklärte mir mein Vater, dass sie meine Nonna Giulia sei.«

»Was ist aus Nonna Giulia geworden?« Antonia blickt sie fragend an.

Vittoria zögert einen Moment, überlegt, ob sie ihrer Tochter diese zugleich ergreifende und traurige Geschichte erzählen soll.

»Mama?« Antonia legt den Kopf schief und zieht auffordernd die Augenbrauen hoch. »Ich bin dreizehn Jahre alt und kein kleines Kind mehr wie Frederico.«

»Leider waren uns nur wenige gemeinsame Sommer vergönnt«, fährt Vittoria zögerlich fort. »Ich war gerade eingeschult worden, und die Osterferien standen bevor, als uns die traurige Nachricht erreichte. Zwei Tage vor ihrem achtzigsten Geburtstag ist Nonna Giulia an einem plötzlichen, unerwarteten Herzstillstand gestorben. Eigentlich wollten meine Eltern mit deiner Tante Lucia und mir in den Ferien wie jedes Jahr mit dem Auto nach Italien fahren, aber diese Nachricht veränderte alles. Deine Tante Lucia und ich wurden in der Schule entschuldigt, und bereits tags darauf saßen wir alle im Flugzeug. Dein Nonno hatte bei Alitalia reserviert. Was nach unserer Ankunft in Maderno geschah, werde ich mein Leben lang nicht vergessen.« Vittoria blickt ihre Tochter eindringlich an. Ihre Wangen sind von einem rosa Hauch überzogen, und sie hat die Hände auf die Oberschenkel gelegt. »In Italien ist es üblich, dass die Verstorbenen im offenen Sarg im heimischen Schlafzimmer aufgebahrt werden, damit jeder der Familienangehörigen Abschied nehmen kann. Um den Sarg herum waren viele Kerzen verteilt. Ich war damals sieben Jahre alt, und der Anblick der Leiche, meiner toten Nonna, war ein Schock. Ein Rosenkranz lag auf ihrer Brust, ganz so, als hätte sie ihn soeben erst gebetet, und sie trug ein schwarzes Kleid. Damals habe ich deinen Nonno zum ersten Mal weinen gesehen. Mehr noch als das, er hat am ganzen Körper gebebt und krampfhaft geschluchzt.«

»Der arme Nonno«, wirft Antonia ein.

»Er schluchzte: ›Mamma, perdonami! Mi dispiace tanto che tu eri solo quando Dio ti ha preso. Non lascarmi solo. Mamma, ti amo, per sempre …‹ Seine Hände hatte er zusammengepresst, so wie es Geistliche beim Gebet machen. Deiner Oma gelang es nicht, ihn zu beruhigen. Er konnte es nicht verkraften, seiner Mutter am Sterbebett nicht die Hand gehalten zu haben. Mich hat sein

Kummer zutiefst erschüttert. Das war unser Abschied von Nonna Giulia«, beendet Vittoria ihren Bericht.

»Nonno ist so lieb, zum Glück sind er und Oma nicht im Altenheim«, bemerkt Antonia leise. »Meine Freundin Melanie darf ihren Opa nicht besuchen und hat ihn lange nicht mehr gesehen.«

»Schatz, diese Zeit ist nicht einfach, nichts ist normal, auch wenn viele Menschen denken, dass ihnen nichts mehr passieren kann und die Ansteckungsgefahr vorüber ist, nur weil die ersten Lockerungen beschlossen worden sind.« Vittoria leert ihr Glas und schüttet etwas Saft für ihre Tochter in ein anderes. »Durch das Besuchsverbot sollen die alten Menschen geschützt werden.«

»Hoffentlich können wir bald wieder zur Schule gehen. Ich vermisse meine Freundinnen«, sagt Antonia traurig. Doch Sekunden später lacht sie bereits wieder, denn Bella, die siebenjährige Mischlingshündin mit dem flauschigen, schwarzen Fell, ist auf den Balkon gehuscht und hat den Kopf auf ihren Schoß gelegt.

»Bevor ich Abendessen mache, werde ich eine Runde mit dir drehen, was meinst du, Bella?« Vittoria steht auf und geht an der Hündin und ihrer Tochter vorbei ins Wohnzimmer. Wie immer fällt ihr Blick auf die von Felix liebevoll mit selbstgemachten Bildern geschmückte Wand. Teilweise sind es Fotos, die er bei ihren vielen Urlaubsreisen geschossen hat, doch ihr persönliches Highlight ist das von ihm in sorgfältiger Detailarbeit gemalte Bild vom Gardasee. Der Himmel scheint ins Wasser überzugehen, ein einzelnes Schiff hinterlässt eine feine Spur aus Wellen und steuert auf die hinter den für die Region typischen grünen Säulenzypressen halb verborgene Bucht zu. Vittoria geht davon aus, dass Antonia das Talent ihres Vaters geerbt hat.

Wenig später verlässt sie das Haus und geht die Theodor-Heuss-Straße hoch und am italienischen Restaurant vorbei. Sie möchte mit Bella an den Reiterhöfen am Westfalenweg entlangspazieren und in den Wald …

Amore – Liebe

Monika saß neben ihrer Oma Meta am Küchentisch und blätterte verträumt in den vor ihr auf dem Tisch liegenden Briefen, die Giovanni ihr geschrieben hatte. Vor wenigen Augenblicken hatte es geklingelt, und ihre Mutter war die Treppe hinuntergegangen, um an der Haustür nachzuschauen, wer an diesem Tag unangekündigt zu Besuch kam. Monikas achtzehnter Geburtstag stand kurz bevor, doch ihre Sehnsucht nach Giovanni trübte ihre Vorfreude. Das Geräusch der aufschlagenden Küchentür ließ sie aufblicken. »Was …«, entfuhr es ihr überrascht, während sie derart hastig vom Stuhl aufsprang, dass dieser hintenüberkippte. »Das darf nicht wahr sein. Giovanni?« Sie schlug die Hände vor der Brust zusammen und eilte zu dem übers ganze Gesicht strahlenden Vierundzwanzigjährigen. Dieser ließ seinen Reisekoffer achtlos zu Boden fallen, und Sekunden später lagen sie sich in den Armen.

»Na, was sagst du zu deiner Geburtstagsüberraschung?« Ihre Mutter griff lachend nach dem Koffer und stellte ihn ordentlich beiseite. »Oma Meta und ich konnten deine traurige Miene nicht mehr mitansehen. Deswegen haben wir mit Giovanni vereinbart, dass er für ein paar Wochen zu Besuch hierbleiben wird.«

Ihr Herz klopfte wie wild, als Giovanni ihre Hand losließ und eine kleine Verbeugung vor ihrer Mutter andeutete. »Cara Elfriede. Ich liebe deine Tochter.«

Monika war stolz auf Giovanni, denn er hatte nach Monikas Abreise aus Maderno damit begonnen, sich Deutschkenntnisse anzueignen.

»Mama, und was ist mit den Nachbarn? Werden die nicht über uns reden?«, erkundigte sich Monika besorgt.

»Was sollen sie sagen?«, warf Meta schulterzuckend ein. »Giovanni ist schließlich nicht bei dir allein zu Gast, sondern wir sind auch da.« Sie zwinkerte verschmitzt mit dem Auge. »Deine Mutter und ich werden über eure Tugendhaftigkeit wachen. Unsere Wohnung ist hundert Quadratmeter groß, wir werden einen Platz zum Schlafen für ihn finden.«

»Ich schlage vor, ihr macht einen Spaziergang durch Wuppertal. In der Zeit kümmere ich mich ums Mittagessen. Ich werde dem Herrn Italiener zeigen, wie köstlich die deutsche Küche ist«, kündigte ihre Mutter an, und Hand in Hand verließen Giovanni und sie die Küche.

*

Glücksgefühle durchfluteten Giovanni, als er Monika zum ersten Mal seinen Eltern vorstellte. Nach den vier gemeinsam in Deutschland verbrachten Wochen war ihnen klar geworden, dass sie für immer zusammenbleiben würden. Giovannis drei Jahre jüngere Schwester Alessia und ihr Mann Domenico lebten mit ihrer kleinen Tochter Theresa in einem Dorf ganz in der Nähe von Maderno und waren extra für dieses besondere Ereignis zu Besuch gekommen.

»Monika, piacere di conoscerti, sono Mamma Giulia.« Seine zierliche Mutter stellte sich auf ihre Zehenspitzen und küsste die wesentlich größere und korpulentere junge Frau auf die Wangen. »Mamma Giulia.«

Giovanni musste über seinen Vater schmunzeln, der an die Seite seiner Frau getreten war und Monika auf die Schulter klopfte. »Pappa Luigi.«

»Giovanni, congratulazioni«, riefen Alessia und Domenico im Duett.

»Zia Monica e zio Giovanni.« Theresa sprang aufgeregt auf und ab, sodass ihre Zöpfe wippten.

»Benvenuto à la famiglia! Vogliamo festeggiare un pò«, sagte Mamma Giulia fröhlich und klatschte begeistert in die Hände. Anschließend deutete sie auf den liebevoll eingedeckten Küchentisch. Giovanni hatte Monika, als sie durch die schöne, belebte Gasse zum Haus der Bianchis gegangen waren, erklärt, dass die Familienessen immer in der großen Küche mit dem roten Fußboden stattfanden.

»Danke, vielen Dank«, stammelte Monika, und Giovanni musste grinsen, weil er bemerkte, dass sie die überschwängliche Begrüßung überwältigte. Fürsorglich legte er den Arm um sie und begleitete sie zum Tisch, auf dem Bruschetta, Oliven und Antipasti lockten. Händchenhaltend nahmen sie nebeneinander Platz.

Laut singend ging Mamma Giulia zum Herd, nahm einen großen Topf in die Hände und erklärte munter: »La pasta è pronta.«

»Die Nudeln sind fertig«, übersetzte Giovanni stolz, während Mamma Giulia den ersten Gang auf dem Tisch abstellte. »Spaghetti aglio e olio.« Sie füllte Monikas Teller bis zum Rand. »Buon appetito.«

Indessen Monika das Nudelgericht kostete, rauschte es in ihren Ohren. Sie war nicht an die italienische Mentalität gewöhnt und fühlte sich von der Schnelligkeit, mit der sie in die Familie aufgenommen worden war, etwas überfordert. Während die Familie ununterbrochen und lautstark miteinander kommunizierte, konzentrierte sie sich aufs Essen. Im Vorfeld hatte sie versucht, ein paar italienische Worte zu lernen, doch sie musste sich eingestehen, dass sie so gut wie nichts von der temperamentvollen Unterhaltung verstand, in der fast in jedem Satz ihr Name fiel. Nachdem eine gefühlte Ewigkeit später auch die Hackfleischröllchen in Tomatensugo und eine Auswahl Käsespezialitäten verspeist waren, entschied sich Giovanni zu ihrer Erleichterung für einen Abendspaziergang am Lungolago, der langgezogenen Spazierpromenade entlang des Seeufers. Anschließend würden sie in getrennten Zimmern frühzeitig ins Bett gehen, um am morgigen Tag ausgeruht die notwendigen Behördengänge in Angriff nehmen zu können. Zu ihrer großen Freude hatte Giovanni beschlossen, um ihrer Liebe willen nach Deutschland zu ziehen und sich dort eine Arbeit zu suchen. Er war gelernter Schreiner, und das Handwerk war momentan sehr beliebt. Doch zunächst musste er sich um die Arbeitsgenehmigung und andere Dokumente kümmern.

Aria fresca – Frische Luft

Im Wald angekommen, leint Vittoria Bella ab und atmet mit tiefen Zügen die frische Luft des späten Nachmittags ein. Tatsächlich ist die Sonne hinter einer Wolkenbank verschwunden, ein ungewohnter Anblick seit Beginn des Lockdowns bis hin zu diesen Tagen der ersten Lockerungen. Die Geschäfte sind unter genau vorgeschriebenen Hygienebedingungen wieder geöffnet, in ihnen und in den öffentlichen Verkehrsmitteln herrscht Maskenpflicht. In wenigen Tagen wird das Reiseverbot ins Ausland aufgehoben, und bereits jetzt sind einige Grenzen wieder regulär passierbar, die zu den Niederlanden zum Beispiel. Dort besteht im Gegensatz zu Deutschland keine Maskenpflicht, und sie weiß, dass viele Menschen über Pfingsten dort hinfahren möchten. Felix und sie haben an diesem Wochenende einen Kurztrip an die Ostsee geplant und beschlossen, unabhängig von den Entscheidungen der Regierungen, ihren geplanten Sommerurlaub auf Sardinien ins nächste Jahr zu verlegen und dieses Jahr an der deutschen Ostseeküste zu bleiben. Vittoria ist eine Liebhaberin von Europa- und Fernreisen und möchte ihren Kindern zeigen, wie schön und vielseitig die Welt ist, aber unter den bestehenden Auflagen ist ihr die Lust auf Flugreisen vergangen. Bald wird auch Antonia wieder zur Schule gehen müssen, die Direktion von Fredericos Grundschule lässt ihre Schülerinnen und Schüler aktuell im Rotationsverfahren tage- und stundenweise den Schulunterricht besuchen. Vittoria ist kein übertrieben ängstlicher Mensch, doch die Corona-Krise macht sie nachdenklich, und sie ist entsetzt über die extrem vielen Todesfälle in Italien. Während sie tiefer in den Wald vordringt, das Rascheln der Tiere im Unterholz wahrnimmt und ihrer Hündin beim fröhlichen Spiel zusieht, wird ihr bewusst, wie gut es ihr geht. Sie hat einen wunderbaren Mann, zwei großartige Kinder und die besten Eltern, die sie sich vorstellen kann. In ihrer Vergangenheit liegen keine schweren Schicksalsschläge, sie besitzen ein Reihenhaus mit Garten, und sowohl sie als auch Felix haben einen sicheren Arbeitsplatz.

»Frau Bianchi-Folyere«, hört sie eine Frauenstimme rufen, und sie richtet den Blick auf den Weg rechts neben ihr.

»Frau Maier, schön, Sie zu sehen. Wie geht es Ihnen?« Sie geht der grauhaarigen, alten Dame ein Stück entgegen, bleibt jedoch zwei Meter von ihr entfernt stehen. Frau Maier hält ihren siebenjährigen Enkel an der Hand, der ein Spielgefährte von Frederico ist und in der Nachbarschaft wohnt.

»Den Umständen entsprechend gut«, gibt Frau Maier Auskunft. »Ich bin froh, meinen Enkel wiedersehen zu dürfen. Ich habe ihn sehr vermisst. Aber jetzt lasse ich mir den Kontakt mit ihm nicht mehr nehmen. Corona hin, Corona her.«

»Wie geht es Ihrer Familie?«, erkundigt sich Vittoria und lächelt Mark zu, der die Hand seiner Großmutter losgelassen hat und mit Begeisterung das Fell der zu ihm hingelaufenen Bella krault.

»Bisher sind wir alle von dem Virus verschont geblieben«, berichtet Frau Maier. »Mein Sohn kommt gut mit der Heimarbeit zurecht, ist jedoch froh, dass ich ihn jetzt bei der Kinderbetreuung unterstütze. Meine Schwiegertochter arbeitet zwar in einem systemrelevanten Beruf, aber weil mein Sohn zu Hause ist, hat Mark keinen Anspruch auf Notbetreuung. Meiner Schwiegertochter macht die Situation mehr zu schaffen. Sie meckert ständig, weil sie nicht ins Schwimmbad kann.«

»In anderen Ländern herrschte zeitweilig komplette Ausgangssperre, in Deutschland durften wir zumindest die ganze Zeit an die frische Luft«, entgegnet Vittoria. »Wir sollten uns nicht beklagen, sondern mit dem zufrieden sein, was wir haben.« Sie nimmt ihr Smartphone aus der Jackentasche und wirft einen Blick auf das Display. »Huch, schon kurz vor sechs. Ich muss los, Frau Maier. Richten Sie Ihrem Sohn und Ihrer Tochter bitte liebe Grüße aus.«

Vittoria zwinkert Mark zum Abschied zu und macht sich mit Bella auf den Heimweg. In Gedanken geht sie ihren Plan für den Abend durch. Sie wird Abendessen machen und sich um die weiteren Hausarbeiten der Kinder kümmern. In den späteren Abendstunden wird sie lesen. In diesen Tagen hat sie Zeit und Muße dafür. Vor der Covid-19 Pandemie hätte sie sich, wenn die Kinder im Bett wären, auf eine Rolle vorbereitet. In diesem Zusammenhang kommt ihr ein Theaterstück in den Sinn, in dem sie im Sommer des vergangenen Jahres mitgewirkt hat. *Maria, ihm schmeckt's nicht …*

Teatro – Theater

»Terribile, wenn nur diese Treppenstufen nicht wären«, stöhnte Giovanni Bianchi, der sich bei seiner Frau untergehakt hatte und mühsam die Stufen zum Foyer des TiC-Theaters erklomm.

»Denk an deine Tochter. In all der Zeit, die sie hier auf der Bühne steht, hast du dir erst zwei Aufführungen angesehen«, stellte Monika fest und zog ihn liebevoll, aber energisch weiter.

Giovanni murmelte ein paar unverständliche italienische Worte vor sich hin. Der dreiundachtzigjährige Diabetiker litt bei größeren Anstrengungen unter Atembeschwerden. Die Treppe des Theaters in Wuppertal Cronenberg war steil, und die Augusthitze staute sich im kleinen Foyer und im Bühnenraum.

»Vittoria hat uns Plätze in der letzten Reihe reserviert, dort ist ein besserer Luftaustausch als in Bühnennähe. Das ist ein ganz besonderes Stück für sie«, erklärte Monika.

»Ich bin schon total neugierig«, warf ihre beste Freundin ein. Annemarie begleitete seine Frau im Gegensatz zu ihm regelmäßig ins Theater.

»Geschafft, setz dich hier an den Tisch direkt neben dem Treppenaufgang, dort ist es luftiger. Annemarie und ich kümmern uns um die Getränke«, kündigte Monika gut gelaunt an.

Giovanni blickte den Frauen hinterher und war stolz auf seine Frau. Auch mit über siebzig Jahren sah Monika immer noch sehr attraktiv und gepflegt aus, und ihre lockigen, brünetten Haare waren frisch und modern frisiert.

Er hielt sich nicht gern im Theater in Cronenberg auf, weil die Gäste auf eng nebeneinander gestellten Stühlen sitzen mussten und er deswegen das Gefühl hatte, nicht richtig atmen zu können. Vittoria zuliebe hatte er sich jedoch bereit erklärt, der Inszenierung von *Maria, ihm schmeckt's nicht* beizuwohnen. Seine Tochter war in dieser Geschichte nicht nur von schauspielerischer Bedeutung, sondern sie hatte für die gesamte Besetzung als Sprachcoach fungiert. Nach der Aufführung würde er ihr sagen, ob sie ihrer Aufgabe gerecht geworden war.

»Zuckerfreie Zitronenlimonade.« Monika und Annemarie waren zu ihm zurückgekehrt und stellten zwei Limonadengläser und ein Weinglas auf den Tisch. In dem süßen Getränk schwammen Eisstücke, und ein Strohhalm lud zum Trinken ein. Annemarie hatte sich zur Einstimmung auf das Theaterstück ein Glas Rotwein gegönnt, denn Giovanni würde sie später nach Hause fahren. Er öffnete die obersten Knöpfe seines blau-weiß karierten Hemdes, das er zur leichten Stoffhose gewählt hatte, und atmete tief durch. Nachdem er einige Schlucke des erfrischenden Getränks genommen hatte, packte ihn zu seiner Überraschung eine vorfreudige Erregung. »Ragazza magnifica«, murmelte er.

»Ragazza?« Monika schüttelte lachend den Kopf. »Vittoria ist doch kein Mädchen mehr.«

»Aber *magnifica* beschreibt Vittoria sehr gut«, warf Annemarie ein, während sie genüsslich an ihrem Wein nippte. »Sie ist eine prächtige Frau.« Annemarie sprach zwar, obwohl ihr verstorbener Ehemann ebenfalls ein Italiener gewesen war, nicht gut italienisch, doch das Wort kannte sie.

Monika schmunzelte und wirbelte mit dem Strohhalm die Eisstücke im Glas durcheinander.

Eine gute Viertelstunde später ertönte eine Glocke, und die Gäste wurden aufgefordert, das Foyer zu verlassen und den Besucherraum zu betreten.

Fasziniert beobachtete Giovanni das Geschehen auf der Bühne. Die in Italien spielende, turbulente Komödie zog ihn von der ersten Szene an in seinen Bann. Die Geschichte begann in Deutschland, wo die junge Halbitalienerin Sara den Eltern ihren Freund Jan vorstellte. Ihr Vater, der gebürtige Italiener Antonio, betrachtete den jungen Mann mit Argusaugen. Seine Ehefrau Ursula, die von Vittoria gespielt wurde, beobachtete indessen amüsiert die Szenerie und den nervös vor sich hin stammelnden Jan. Mühsam brachte dieser schließlich hervor, dass Sara und er heiraten wollten. Antonio zeigte sich überhaupt nicht davon begeistert, dass Sara die Familie zu verlassen gedachte.

Giovanni musste grinsen, als Antonio auf der Bühne den verunsicherten jungen Mann auf Herz und Nieren prüfte. Sara wurde es alsbald zu bunt, und energisch bedeutete sie ihrem Freund, dass er aufstehen solle. Wie zwei Alpharüden gingen die ungleichen Männer aufeinander zu. Antonio begutachtete seinen zukünftigen Schwiegersohn von Kopf bis Fuß. Zur Erheiterung des Publikums sagte er plötzlich: »Du bisse gar nicht so schlechte.« Spontan zog er den verdatterten Jan an seine Brust. »Meine liebe Jung«, rief er begeistert. Anschließend klopfte er seinem zukünftigen Schwiegersohn fest auf die Schulter, und Sarah und Ursula lachten erleichtert und nickten sich augenzwinkernd zu.

Natürlich sollte die Hochzeit der jungen Leute in Italien stattfinden, deswegen stand eine Reise in den Süden an. Als Jan in einer der folgenden Szenen mitgeteilt wurde, dass er getrennt von Sara zu schlafen habe, und zwar auf einem Bett mit einer total durchgelegenen Matratze, und er übertrieben die Augen verdrehte, konnte Giovanni das Lachen nicht mehr unterdrücken. Die Enge im Publikum und die Schwüle des Hochsommers waren vergessen.

In der Nachtszene legte sich Jan probeweise auf die lädierte Matratze und rutschte augenblicklich wieder von dieser herunter. Genervt blieb er auf dem harten Fußboden liegen, zog sich die Decke über den Kopf und schlief weiter. In der folgenden Szene wurden bei einem fröhlichen Festmahl die Verwandten vorgestellt, die munter auf den Neuzugang in der Familie einredeten und ihm Berge von Essen auf den Teller häuften. Einzig Saras Cousin Marco verzog sich hin und wieder in eine Ecke, um von seinem Handy aus mit verschiedenen Damen zu flirten. Als die Nonna es ihm verärgert wegnahm, zückte er schulterzuckend sein Ersatzhandy und telefonierte emsig weiter.

Giovanni warf einen verstohlenen Seitenblick auf seine Frau, die herzhaft lachte. Auch er amüsierte sich köstlich. Ähnlich wie Jan auf der Bühne musste sie sich bei ihrer ersten Begegnung mit Mamma Giulia, Alessia und Domenico gefühlt haben.

Während der weiteren Aufführung verstand seine Tochter es gekonnt, ihm in unbeobachteten Momenten einen besonderen Blick zuzuwerfen oder ein kleines Lächeln zu schenken. Die Aussprache der Darsteller bei den italienischen Worten war fast akzentfrei, und er nahm sich vor, seine Tochter am Ende der Vorstellung dafür zu loben, dass sie gute Arbeit geleistet hatte.

Das Bühnenbild veränderte sich, und die Gesellschaft unternahm einen Ausflug an den Strand. Giovanni wurde es warm ums Herz, und er ließ sich von der gelösten Stimmung mitreißen. Als Cousin Marco das Lied *L'italiano* von Toto Cutugno anstimmte, fiel er gemeinsam mit den anderen Schauspielerinnen und -spielern in den Gesang ein:

>>*Lasciatemi cantare*
Con la chitarra in mano
Lasciatemi cantare
Una canzone piano piano

Lasciatemi cantare
Perché ne sono fiero
Sono un italiano
Un italiano vero<<

Nach einer Weile verdunkelte sich die Bühne und verwandelte sich zu einer kleinen Gaststätte in Deutschland. In einem Rückblick veranschaulichten die Schauspieler die erste Begegnung der jungen Ursula mit dem italienischen Kellner Antonio. Ursula saß mit ihrer Freundin Helga an einem Tisch, lauschte der Musik aus der Jukebox und warf verstohlene Blicke auf den Gastarbeiter. Dieser trat an ihren Tisch und servierte ihnen die Getränke, sehr zum Ärger eines deutschen Gastes, der ein Auge auf die Mädchen geworfen hatte.

»Du hast keine deutschen Frauen zu bedienen, du Gastarbeiter«, hallte es an Giovannis Ohren, und augenblicklich kippte seine Stimmung.

Auf einmal wurde die präsentierte Komödie für ihn zur Tragödie. Er fühlte sich in vergangene Zeiten zurückversetzt, war selbst der junge Italiener auf der Bühne, der von Horst aufs Übelste beschimpft wurde.

»Wir sind hier nicht in den Dolomiten. Hol mir ein Bier und arbeite gefälligst. Holladihiti, italiano.« Horst schubste Antonio weg in Richtung des Tresens, ging zur Jukebox und drehte die Lautstärke auf. Anschließend tanzte er wie verrückt durch die Gaststätte. »Ich zeig euch den richtigen Beat, ihr Hübschen.« Die Mädchen bewegten sich sanft zur Musik, und auch Antonio kreiste leicht mit den Hüften. Das nahm Horst zum Anlass, Antonio weiter zu beleidigen. »Der soll nicht tanzen, der soll arbeiten, verdammter Spaghettifresser.«

Tränen stiegen Giovanni in die Augen, als er beobachtete, wie Horst eine Prügelei anzettelte und Antonio zu Boden ging. Während er sich mühsam wieder aufrappelte, verließen Horst und die Mädchen die Gaststätte. Giovanni liefen die Tränen über die Wangen, und er schloss kurz die Augen, um sich wieder zu fangen. Auch wenn er derartige Anfeindungen in den sechziger Jahren in Deutschland nicht am eigenen Leib erfahren hatte, nahm ihn Antonios Geschichte arg mit. Vielen italienischen Gastarbeitern war es damals so ergangen.

»Alles in Ordnung?« Giovanni spürte Monikas Hand auf der seinen. Er nickte zaghaft, zog ein Taschentuch aus der Hose und wischte sich damit über die Augen.

Auf der Bühne war die junge Ursula inzwischen allein in die Gaststätte zurückgekehrt und trank ein Glas Wein mit Antonio. Nach einem ersten, flüchtigen Kuss wurde klar, dass die Liebe über die kulturellen Vorurteile gesiegt hatte. Giovanni rief sich in Erinnerung, dass er bei den Freunden von Monikas Familie von Anfang an sehr beliebt gewesen war und niemand Einwände dagegen erhoben hatte, dass sie vier Jahre in wilder Ehe zusammengelebt hatten. Die Anwesenheit von Monikas Mutter und Oma Meta in der Wohnung hatte potentiellen Kritikern im Vorfeld den Wind aus den Segeln genommen. Außerdem war ihm das Glück zuteil geworden, rasch eine Anstellung bei einem deutschen Schreiner gefunden zu haben, bei dem auch weitere Italiener arbeiteten. Noch dazu war er ein begnadeter Bowlingspieler gewesen und hatte im Verein rasch Anschluss gefunden, zahlreiche Pokale gewonnen und Meistertitel erhalten.

Langsam kehrte er in die Gegenwart und an die Seite seiner Frau zurück.

Die Schauspielerinnen und Schauspieler standen im Halbkreis auf der Bühne, eine Lichterkette wurde aufgehängt, und Blumen wurden verstreut. Ursula holte Sara, die nun ein Brautkleid trug, und Antonio führte das Paar zusammen, übergab seine Tochter dem Bräutigam. Stolz klopfte er Jan auf die Schulter. Als er wiederholt *Meine liebe Jung* sagte und sich gerührt über die Augen wischte, konnte sich das Publikum vor Lachen kaum auf den Stühlen halten. Derweil wanderte Giovannis Blick zu Vittoria, die fröhlich lächelte. Sie schien seinen Blick zu spüren, wandte leicht den Kopf und zwinkerte ihm zu. Ihm war, als ob sie in diesem Moment beide gleichzeitig an einen vergangenen Tag im Jahr 2002 dachten, an eine andere Hochzeit und ein anderes Paar. Giovanni registrierte, dass sich die Grübchen in den Wangen seiner Tochter vertieften und sich ihr Lächeln intensivierte. Vittoria hatte ihn zu einem sehr glücklichen Mann gemacht, als er sie als Brautvater zum Traualtar führen durfte. Seine älteste Tochter Lucia, die Jahre vorher getraut worden war, hatte zu seiner Enttäuschung darauf bestanden, Hand in Hand mit ihrem Freund zum Altar zu schreiten. Umso wichtiger war es für ihn gewesen, seine Vittoria zu dem bedeutendsten Augenblick ihres bisherigen Lebens zu geleiten.

Auf der Spielfläche wurde dem Brautpaar von der Nonna und dem Cousin Marco die traditionelle italienische Bonbonniere überreicht, und anschließend fanden sich die Akteure zu Paaren zusammen. Sie tanzten ausgelassen und beendeten das Theaterstück mit dem Lied Volare …

»Volare … oh, oh !…
Cantare … oh, oh, oh, oh!
Nel blu, dipinto di blu,
Felice di stare lassù.

Alarme rosso – Alarmstufe Rot

Zuhause angekommen, leint Vittoria Bella ab und sieht ihren Mann im Wohnzimmer auf dem Sofa sitzen. Neben ihm spielt Frederico angeregt mit den Modellautos, die jetzt nicht wie sonst aneinandergereiht auf dem Tisch liegen. Ordnung und Sauberkeit sind ihr sehr wichtig, dies vermittelt sie auch ihren Kindern. Trotzdem herrscht im Wohnzimmer keine sterile, sondern eine gemütliche Atmosphäre. Ihre Strickjacke hängt über der Stuhllehne am Esstisch vor dem Durchgang in die kleine Küche, und ein Aktenordner liegt auf einem Stuhl. Auf dem

Keyboard vor dem großen Bücherregal lädt ein aufgeschlagenes Notenbuch zum Klavier spielen ein, und vor dem Balkonfenster steht eine Voliere mit zwei Kanarienvögeln auf dem Kaninchenkäfig.

Erfrischt von dem Spaziergang und in bester Stimmung geht Vittoria zu ihrem Mann und drückt ihm einen Begrüßungskuss auf die Lippen.

»Radio Wuppertal hat in den achtzehn Uhr Nachrichten berichtet, dass sich in den Tagen vom vierundzwanzigsten bis zum achtundzwanzigsten Mai, also bis heute, die Fallzahlen in Wuppertal bedenklich erhöht haben«, stellt Felix fest und runzelt die Stirn.

»Immer Corona«, meckert Frederico und schiebt die Autos beiseite. »Ich kann es nicht mehr hören. Ich will wieder alles machen können.«

»Du möchtest, mein Lieber, du möchtest.« Vittoria nimmt neben Felix auf dem Sofa Platz.

»Ich gehe rauf in mein Zimmer«, kündigt Frederico an und springt auf.

»Aber erst legst du bitte die Autos wieder an ihren Platz«, sagt Vittoria streng. Widerwillig kommt Frederico der Aufforderung nach. Anschließend macht er sich auf den Weg in sein Zimmer.

»An jedem dieser Tage gab es fünf Neuinfektionen«, fährt Felix fort, als Frederico das Wohnzimmer verlassen hat.

»Fünf?«, wiederholt Vittoria, zieht die Augenbrauen hoch und zuckt mit den Schultern. »Das ist nicht viel.«

»Doch. Die fünf Infektionen sind nicht durch Hot-Spots verursacht, sondern Einzelinfektionen. Das heißt, die Dunkelziffer der symptomlosen Virusträger ist nicht einschätzbar. Die Gesundheitsbeauftragte von Wuppertal hat zur Vorsicht gemahnt. Alarmstufe Rot sozusagen«, berichtet Felix.

»Trotzdem sollen zwei Wochen vor den Sommerferien alle Grundschüler wieder zur Schule gehen. Ohne Sicherheitsabstände und Maskenpflicht.« Vittoria schüttelt verständnislos den Kopf. »Auch Antonia muss nach den Sommerferien wieder ran. Nicht, dass ich das Homeschooling vermissen werde.« Vittoria grinst und zwinkert Felix zu.

»Uns bleibt nichts anderes übrig, als abzuwarten, wie sich die Fallzahlen entwickeln.« Felix klappt seinen Laptop auf und fährt ihn hoch. »Ich freue mich jedenfalls auf Pfingsten und Ostseeluft. Endlich mal wieder einen Tapetenwechsel. Jetzt arbeite ich noch bis zum Abendessen.«

»Übertriebene Angst bringt uns nicht weiter. Wir werden diese Krise gemeinsam überstehen.« Vittoria drückt ihm einen weiteren Kuss auf die Wange und steht auf. »Gleich gibt es Pasta Primavera.«

Wenig später steht sie am Herd und erhitzt Olivenöl in der Pfanne, um darin das italienische Grillgemüse zu dünsten. Sie liebt Olivenöl und verwendet es für Salate, Pesto und zum Garnieren. Während sie das Nudelwasser aufsetzt, schweifen ihre Gedanken wieder in die Vergangenheit ab, in die neunziger Jahre …

Lezioni d'arte e Festa di Capodanno – Kunstunterricht und Silvesterparty

Vittoria war Schülerin des Erzbischöflichen St. Anna-Gymnasiums in der Dorotheenstraße, ganz in der Nähe des Wuppertaler Stadtbezirkes, der von seinen Anwohnern liebevoll *Ölberg* genannt wurde und ein Treffpunkt für Kunst- und Weinliebhaber war. In der Jahrgangsstufe elf wurde sie zum ersten Mal nicht in einem bestehenden Klassenverband unterrichtet, sondern besuchte unterschiedliche Kurse, in denen Schülerinnen und Schüler aus den ehemaligen Klassen von jetzt an zusammen lernten. Vittoria war Mitglied in einer beliebten Clique, die aus sieben Mädchen bestand. Der zentrale Kern jedoch setzte sich aus vier besten Freundinnen zusammen. Dazu gehörten Cora, groß, schlank, lange braune Locken, die immer einen flotten Spruch auf den Lippen hatte, und Jenny, eine klassische Schönheit mit ebenmäßigen Zügen und glatten, halblangen Haaren. Mit von der Partie waren noch Tine, blond, blauäugig und mit üppigen Kurven ausgestattet, und Vittoria selbst. Sie hatte die für die Italiener typische kleine Statur und war zu ihrem Leidwesen mollig und Brillenträgerin. Wenn sie lächelte, und das machte sie oft, zeigten sich zwei tiefe Grübchen in ihren Wangen. Das Auffälligste an ihr waren ihre stahlblauen Augen, die als Kontrast zu ihren braunen Haaren noch intensiver leuchteten. Woher sie diese Augenfarbe hatte, konnte niemand genau sagen. Ihre italienischen Gene waren dafür gewiss nicht verantwortlich, und auch ihre Mutter hatte braune Augen. Ihre Eltern vermuteten jedoch, dass der verstorbene Großvater mütterlicherseits ihr die blauen Augen vererbt hatte.

Die Mädchen standen vor einem der geschlossenen Räume im ersten Untergeschoss des modernen Schulgebäudes und warteten auf Frau Woyer-Glück. Vittoria ging mit gemischten Gefühlen zum Kunstunterricht. Einerseits mochte sie das Fach, andererseits begegnete sie bei diesen Unterrichtseinheiten drei Jungen, die sie absolut nicht leiden konnte. Peter, Ernst und Felix gingen ihr schrecklich auf die Nerven, weil sie ständig den Kurs störten und dumme Sprüche von sich gaben, die auf Lehrkraft und Mitschüler abzielten. Die arme Frau Woyer-Glück hatte das Pech, mit beiden Augen nach außen hin zu schielen. Einmal hatte einer der Jungs in ihrer Anwesenheit laut genug geflüstert, dass sie es hören musste: »Wenn man bei der in der Mitte sitzt, ist man im toten Winkel.« Zu Vittorias Ärger bekamen sie trotz ihrer Dreistigkeiten immer die besten Noten, weil sie intelligent genug waren, um sich den Unfug leisten zu können. Sie konnte nicht begreifen, was ihre Freundinnen an ihnen fanden, denn diese trafen sich des Öfteren mit den Jungs. Als die drei jetzt auftauchten, verdrehte sie die Augen und trat ein paar Schritte zurück. Sie begrüßten Cora, Tine und Jenny ausgiebig, an Vittoria verschwendeten sie keinen Blick. Während Peter sich mit Jenny unterhielt und Ernst sich mit Cora beschäftigte, verschlang Felix Tine mit den Augen. Diese genoss seine Aufmerksamkeit sichtlich. Vittoria wusste, dass ihre Freundin Felix bereits mehrmals zu Hause besucht hatte. Ein Paar seien sie jedoch nicht, hatte Tine beteuert. Als Frau Woyer-Glück endlich erschien und den Kunstraum aufschloss, war Vittoria erleichtert. Sie mochte die Kerle zwar nicht, aber derart offensichtlich ignoriert zu werden, verursachte bei ihr ein ungutes Gefühl.

*

Weil sie nicht die geringste Lust dazu verspürte, das Jahr 1996 in der elterlichen Wohnung zu begrüßen, hatte sich Vittoria nach reichlicher Überlegung dazu durchgerungen, an der Silvesterparty bei Felix teilzunehmen. Eine richtige Einladung hatte sie selbstverständlich nicht erhalten. Cora, Tine und Jenny hatten die Jungs gebeten, Vittoria mitbringen zu dürfen, weil sie zur Clique gehörte und sie mit ihr feiern wollten. Jenny hatte ihr verraten, dass die Freunde zunächst wenig begeistert gewesen waren und sie wegen ihrer Pfunde abfällig *Miss Piggy* genannt hatten. Vittoria hatte darauf mit Humor reagiert, aber vor sich selbst musste sie eingestehen, dass es sie verletzte, mit dem weiblichen Schwein aus der Muppet Show verglichen zu werden.

Als sie den Bungalowanbau betrat, den Felix' Vater ihnen für die Party zur Verfügung gestellt hatte, herrschte bereits reger Betrieb. Vittoria hatte das Gefühl, die gesamte Jahrgangsstufe sei anwesend, und tatsächlich entdeckte sie viele bekannte Gesichter. Sie würde genügend netten Leuten begegnen und den Idioten aus dem Weg gehen können.

»Wahnsinn, so hätte ich es mir hier nicht vorgestellt«, sagte sie staunend zu Tine.

»Schicker Anbau, nicht wahr?«, entgegnete diese grinsend. »In dem hübschen, alten Hauptgebäude leben Felix' Großeltern. Sein Vater feiert mit seiner Lebensgefährtin dieses Jahr in Düsseldorf, deswegen haben wir sturmfreie Bude.«

»Du hast zwar erwähnt, dass Felix in Velbert-Neviges am Waldrand wohnt, aber dass es hier so cool ist, hätte ich nicht erwartet«, stellte Vittoria fest. »Der perfekte Ort für eine Party.« Der Bungalow war eine große, ebenerdige Wohnung mit ausreichend Zimmern, in denen sich die Gäste verteilen konnten. In kleinen Gruppen saßen sie zusammen und plauderten angeregt miteinander.

Nachdem sich Vittoria eine Weile umgesehen hatte, wurde ihr bewusst, wie hungrig sie war, und sie schlenderte zum Buffet. Jeder hatte etwas mitgebracht, sodass sich die Tischplatte unter der bunten Mischung aus Salaten, Frikadellen, Brot, Würstchen, Saucen und Dips, Kuchen und Knabbereien bog. Sie nahm sich einen Teller und füllte ihn mit Salat und Frikadellen.

»Was hast du mitgebracht?«, hörte sie eine ihr nur zu gut bekannte Stimme fragen, und sie runzelte die Stirn. Felix war unbemerkt an ihre Seite getreten und packte Brot und Würstchen auf seinen Teller.

»Den italienischen Nudelsalat«, gab sie irritiert Auskunft.

»Den werde ich probieren«, sagte Felix zu ihrer Überraschung. Aus dem Augenwinkel heraus sah sie, wie er ordentlich zulangte.

Tatsächlich verwickelte er sie in ein Gespräch über Belanglosigkeiten, während er mit dem Teller in der Hand an ihrer Seite blieb. Vittoria entdeckte ein freies

Plätzchen, an dem sie essen wollte. Wie selbstverständlich nahm Felix an ihrer Seite Platz. Weil er in der Schule des Öfteren T-Shirts mit Aufdrucken bekannter Rennfahrer trug, wusste Vittoria, dass er ein Fan der Formel 1 war.

»Weißt du eigentlich, dass ich mir kein Autorennen der Formel 1 entgehen lasse, das im Fernsehen ausgestrahlt wird?«, bemerkte sie, nachdem sie sich eine Weile genüsslich über das Essen hergemacht hatten.

»Nee, woher sollte ich.« Felix zuckte mit den Achseln und schob sich das letzte Stück Wurst in den Mund. »Dass du dich für Motorsport interessierst, hätte ich nicht erwartet.«

»Bei uns Italienern schlägt das motorsportliche Herz, das Cuore sportivo, für den Rennstall Ferrari. Natürlich schauen echte Fans, echte Tifosi, alle Rennen«, entgegnete Vittoria schmunzelnd.

Nachdem sie sich eine Weile über Motorsport ausgetauscht hatten, trennten sich ihre Wege, und Vittoria sah sich nach ihren Freundinnen um. Bisher bereute sie es nicht, hergekommen zu sein, denn die Stimmung war gelöst und alle verstanden sich prächtig. Die Stunden vergingen wie im Flug, und als Mitternacht nahte, verteilten sich die Partygäste draußen auf der Straßenseite und hielten Sektflaschen und Raketen in den Händen.

»Zehn«, schrien sie im Chor. »Neun, acht, sieben, sechs, fünf, vier, drei, zwei, eins … Prosit Neujahr.« Die Korken knallten, Wunderkerzen versprühten ihre Funken, und sie warfen Böller auf die Straße, wobei sie penibel darauf achteten, dass sich kein Fehlschuss in der Menge verirrte. Auf einmal war Felix an Vittorias Seite und wünschte ihr grinsend ein frohes neues Jahr. Dabei schüttelte er energisch eine Sektflasche. »Hihi ...«

»Hey, was machst du?«, rief Vittoria aufgeregt und trat ein paar Schritte zurück. »Nein, das wagst du dich nicht.« Sie streckte abwehrend die Arme aus. »Nein ..., bitte, Felix, nicht ...«

Aber Felix lachte nur und ließ den Korken knallen. Anschließend übergoss er sie mit der prickelnden, klebrigen Flüssigkeit.

Vittoria kreischte entsetzt und war mit einem Mal pitschnass.

»Du blöder ...«, schrie sie und blickte fassungslos an sich herunter.

»Bei der Siegerehrung in der Formel 1 bekommen die Fahrer auch eine Sektdusche.« Felix kicherte ausgelassen.

Vittoria konnte nicht anders und musste mitlachen. In ihrem Inneren breitete sich, obwohl ihr Jacke und Shirt am Körper klebten, Wärme aus. Die Taufe hatte das Eis gebrochen. Felix mochte Miss Piggy.

Ein lauter Knall ließ nicht nur sie, sondern auch die anderen jungen Leute zusammenzucken. »Das ist mein Opa Hans«, klärte Felix sie auf und deutete auf den aus dem Haus getretenen älteren Herrn, der wie verrückt mit einer Schreckschusspistole in den Himmel ballerte. Das Spektakel dauerte zum Glück nur wenige Minuten, dann war sein Pulver verschossen. Vittoria war froh, als der Spuk vorüber war, denn die Schussgeräusche waren immens laut und beängstigend gewesen. Aber es war die Art und Weise von Opa Hans, das neue Jahre willkommen zu heißen.

Zu früher Morgenstunde packte Vittoria Jenny und Cora in ihr Auto, die stark angeheitert waren und kicherten. Von Vornherein war klar gewesen, dass Vittoria das Taxi spielen und kaum Alkohol trinken würde. Das fiel ihr nicht schwer, denn sie brauchte keine starken Getränke, um lustig zu sein und Spaß zu haben. Und dies, obwohl ihr Vater eine Großraumgarage in der Uellendahler Straße zum eleganten und geschmackvollen Weinverkostungslokal umgebaut hatte, um dort erlesene Weine anzubieten und zu vertreiben. Ihm war es wichtig, original italienische Weine zu präsentieren, und deswegen reiste er regelmäßig in sein Heimatland, um sich dort zu bevorraten. Außerdem fungierte er als Hausverwalter in den Nachbarhäusern und vertrieb bundesweit Möbel für einen exklusiven Möbelhersteller aus Italien. Er war sehr vielseitig und hatte seinen Platz in Deutschland und im Leben gefunden.

Nachdem sie ihre Freundinnen bei deren Eltern abgeliefert hatte, fuhr sie beschwingt nach Hause. Trotz ihrer Müdigkeit fühlte sie sich gut wie lange nicht mehr. Pfeifend parkte sie den Wagen, öffnete die Haustür und nahm die Treppenstufen zur elterlichen Wohnung. Soeben wollte sie das Bad betreten, als die Schlafzimmertür aufging und ihr Vater herauskam. Er schien auf ihre Rückkehr gewartet zu haben. »Buon anno«, murmelte er. Plötzlich stutzte er und runzelte die Stirn. »Vittoria? Du riechst wie ein Weinfass. Wie konntest du fahren Auto, nachdem du hast getrunken Alkohol?«

»Papa, ich habe gar nichts getrunken. Ein Junge hat mich mit Sekt überschüttet«, rechtfertigte sie sich.

»Wasse für eine Vollidiote ... Stronzo!«, regte sich ihr Vater auf.

»Hier, riech.« Hastig zog Vittoria ihre Jacke aus und reichte sie ihrem Vater. Dieser nahm sie entgegen und schnüffelte an ihr. Endlich entspannten sich seine Gesichtszüge. »Bist du lange gelaufen in den nassen Sachen? Hoffentlich du wirst nicht krank.«

»Mir war es unangenehm, den Gastgeber um ein frisches Shirt zu bitten«, erwiderte sie schulterzuckend. »Aber mach dir keine Sorgen. Es waren viele Leute da, und es war warm. Ich habe nur am Anfang leicht gefroren.«

Kurze Zeit darauf lag sie mit einem seligen Lächeln auf den Lippen im Bett und schloss die Augen.

Pentecoste – Pfingsten

Die Sonne lacht vom blauen Himmel, der nur an wenigen Stellen von Schäfchenwolken überzogen ist. Es ist Pfingsten, und endlich ist das Reisen innerhalb von Deutschland und in die Niederlande wieder erlaubt. Ab dem fünfzehnten Juni werden die Grenzschließungen aufgehoben und der komplette Flugverkehr innerhalb Europas wird wieder aufgenommen. Bereits am heutigen Tag hat Vittoria von Flugzeugen verursachte Kondensstreifen am Himmel entdeckt. Zu Beginn des Lockdowns im März vermisste sie die vielen Flugzeuge am Himmel, doch mittlerweile weiß sie die Ruhe, die bald wieder vorbei sein wird, zu schätzen.

Felix, die Kinder und sie verbringen das verlängerte Wochenende in Ostfriesland. Sie haben ein wunderschönes einstöckiges Backsteinhaus in Loquard nahe Rysum und Greetsiel angemietet. Das Häuschen steht direkt neben der Kirche an einem Burggraben, in dem sich hunderte Frösche und einige Enten tummeln. Sie genießt diese Idylle, fühlt sich wie neugeboren und in die Welt zurückgekehrt. Für sie ist es ein Hauch von Normalität. Das Coronavirus gerät für wenige, nach der Zeit der Beschränkungen wie ein Traum anmutende Momente in Vergessenheit. Im Augenblick ist die Familie das Einzige, was zählt.

Lange haben sie es nach der Ankunft am Mittag nicht im Haus ausgehalten. Sie hat nur rasch ein paar Sachen in den Schrank geräumt, anschließend sind sie zum kilometerlangen Sandstrand spaziert, auf dem das Mitbringen von Hunden erlaubt ist.

Jetzt sitzt sie, eng an Felix geschmiegt, auf einer Decke am Strand. Sie trägt ein rotes, ärmelloses Shirt, das ihre Tätowierungen an den Oberarmen entblößt. Antonia und Frederico sind nicht nur für immer in ihrem Herzen, sondern gehen ihr tief unter die Haut, sind dort eingraviert ein Leben lang. Vittoria hat sich noch eine weitere Tätowierung stechen lassen, die die Silhouette von Freddie Mercury zeigt, dem viel zu früh verstorbenen Sänger der Band Queen, ihrem Musikidol und Begleiter seit Jugendtagen.

Zwei Paar Schuhe liegen am unteren Deckenrand, ein kleines und ein etwas größeres. Vittoria blickt über ihre am Strand mit Bella spielenden Kinder hinweg auf die Weite der See. Die Hündin hat einen großen Stock gefunden, den sie stolz herumträgt. Nachdem Vittoria eine Zeit lang den Ausblick genossen hat, senkt sie den Kopf und schaut auf die von der Decke ausgehenden Spuren. Es sind Abdrücke von Pfoten und nackten Füßen, Spuren ihrer Kinder und ihrer Hündin, Spuren dreier Seelen …

Incidente drammatico – Dramatischer Unfall

Vittoria lag auf dem Hotelbett und strich mit den Fingern über die Postkarte, die sie später in den hoteleigenen Briefkasten werfen wollte. Die Karte war für Felix bestimmt, den sie nach der Silvesterparty vor fünf Monaten fast täglich vor Schulbeginn am Haupteingang getroffen hatte. Es hatte sich eingespielt, dass sie morgens früh als Erste eintrudelten, um vor dem Unterricht in Ruhe eine Zigarette zu rauchen. Allerdings hatte Felix selten Zigaretten dabei, und es wurde zum Ritual, dass sie ihm eine der ihren gab. Die Dauer einer Zigarettenlänge wurde zu einem kostbaren Moment, in dem sie sich über Dinge austauschten, die ihnen wichtig waren. Vittoria hatte recht schnell gemerkt, dass Felix, wenn er nicht in Begleitung von Peter und Ernst war, sich ihr gegenüber interessiert und aufmerksam verhielt. Schleichend war er ihr ein Kumpel geworden, dem sie mehr und mehr vertraute.

In der Sommerhitze auf Mallorca wurde ihr zum ersten Mal bewusst, dass sie Felix vermisste. Die schriftlichen und mündlichen Abiturprüfungen lagen hinter ihr, und ihr stolzer Vater hatte ihr eine Freude machen wollen und ihr eine Woche Rennrad-Urlaub auf der spanischen Insel geschenkt. Heute war ihr vierter Urlaubstag, und sie hatte wegen ihres Sonnenbrandes und des starken Muskelkaters entschieden, einen Tag auszusetzen und auf dem Hotelzimmer zu bleiben. Dort klopfte es jetzt energisch an die Tür, und sie warf einen überraschten Blick auf ihre Armbanduhr. Es war erst elf Uhr am Vormittag, und ihre Radtouren dauerten für gewöhnlich bis in den Nachmittag, daher erwartete sie ihren Vater zu dieser Stunde noch nicht. Vittoria sprang vom Bett und eilte zur Zimmertür, öffnete sie und erstarrte. Zwei in die typische Uniform der spanischen Polizei gekleideten Männer blickten sie ernst an. Sie gehörten der Policia Local an, einem der drei Polizeikörper.

»Senorita Bianchi?« Der ältere der beiden zog fragend die Augenbrauen hoch.

»Sí lo soy«, erwiderte sie ängstlich. Während sie den Schilderungen der Beamten lauschte, verkrampfte sich ihr Magen, und ihr wurde vor Angst übel. Ihre Spanischkenntnisse waren nicht die besten, doch sie genügten, um die Nachricht zu verstehen. Ihr geliebter Vater war auf seinem Rad ungebremst von einem Autofahrer erfasst worden, der angegeben hatte, ihn nicht gesehen zu haben. Zu ihrem Entsetzten musste sie sich anhören, dass er zunächst über die Motorhaube und anschließend meterweit geschleudert worden sei.

»Tiene lesiones muy graves en la espalda«, fuhr der Jüngere mitleidig fort.

Ihr Vater hatte schwerste Rückenverletzungen erlitten. Der Polizist nannte ihr noch den Namen des Krankenhauses, in das ihr Vater gebracht worden war, anschließend verabschiedeten sich die Beamten. Vittoria war verzweifelt, reagierte jedoch sofort. Sie griff nach der

Geldbörse, schlüpfte in ihre Sandalen und stürmte aus dem Zimmer. Bereits wenige Augenblicke später saß sie im Taxi, das sie zum Krankenhaus in Palma bringen sollte. Dort angekommen, fragte sie sich zur Ambulanz durch und schaute sich sorgenvoll um.

»Papa«, entfuhr es ihr plötzlich, denn, wie der Zufall es wollte, wurde ihr Vater auf einer Rolltrage an ihr vorbeigeschoben. Er bot einen erbärmlichen Anblick, noch seine zerrissene Radkleidung tragend und vor unsäglichen Schmerzen weinend. Vittoria zitterte am ganzen Leib, als er ihr signalisierte, erst geröntgt zu werden und anschließend zur Computertomografie zu müssen. Sie konnte nichts anderes machen, als zu warten. Und sie musste lange, sehr lange warten.

Giovannis Herz zog sich vor Kummer zusammen, als er auf seine Tochter blickte, die fassungslos an seinem Bett stand und seine Hand hielt. Einer der Ärzte mit Deutschkenntnissen hatte sie aus dem Wartebereich der Ambulanz geholt und zu ihm gebracht. Giovanni hatte fürchterliche Schmerzen und konnte die Tränen nicht zurückhalten. Zwar hatte er starke Schmerzmittel bekommen, aber auch die konnten seine Qualen nicht vollständig lindern. Drei seiner Rippen und der fünfte und der sechste Lendenwirbel waren gebrochen.

»Papa, was machst du für Sachen? Nie kann ich dich allein lassen. Was ist eigentlich genau passiert?«, hörte er seine Tochter fragen, deren Augen vor Tränen glänzten.

»Mi dispiace, cara«, flüsterte er verzweifelt. »Eine Auto hatte mich erfasst, und schon lag ich auf der Straße. Ich habe furchtbare Schmerzen. Es tute mir leid, dass du dich nun musst um alles kümmern. Ruf Mama an, sie soll versuchen herzukommen. Das kaputte Fahrrad bringt die Polizei zum Hotel.«

Vittoria versprach, alles zu erledigen, und blieb zu seiner Freude bei ihm, bis er alle Untersuchungen hinter sich hatte und auf sein Zimmer gebracht worden war. Schließlich verabschiedete sie sich mit dem Versprechen, später wiederzukommen.

Nachdem sie das Zimmer verlassen hatte, fühlte sich Giovanni schrecklich hilflos und allein. Was war, wenn er sich nicht mehr würde um seine Familie kümmern können, er gar zum Pflegefall werden würde? Die Gedanken kreisten in seinem Kopf und ließen ihn nicht zur Ruhe kommen.

Vittoria hatte mit dem Bus vom Krankenhaus zum Hotel nur dreißig Minuten gebraucht. Für den Rückweg hatte sie sich aus Kostengründen gegen ein Taxi entschieden. Zum Glück hatten sie ein Hotel in Playa de Palma gewählt und nicht eins mitten auf der Insel und weit von der Hauptstadt Palma entfernt. Während der Busfahrt hatte sie an Felix denken müssen. Sie hätte ihn gerne in diesem Augenblick an ihrer Seite gehabt, er hätte sich gewiss gut um sie gekümmert. Mehr und mehr wurde ihr deutlich, dass er ein wichtiger Mensch, ein guter Kumpel für sie geworden war. Aber sie war allein, musste sehen, wie sie diese Krise bewältigte.

Im Hotel angekommen, wählte sie an der Rezeption mit bebenden Fingern die Nummer des Reisebüros, in dem ihre Mutter arbeitete. Das Telefonat nahm eine liebe Kollegin entgegen, die ihr mitteilte, dass ihre Mutter gerade nicht erreichbar sei. Verzweifelt berichtete Vittoria ihr, was auf Mallorca geschehen war. Die Kollegin sprach ihr beruhigend zu und bat sie, ihr die Telefonnummer des Hotels zu geben, damit ihre Mutter sie zurückrufen könne.

Wenige Minuten später wurde sie von der Rezeptionistin darüber informiert, dass ein Gespräch für sie vorliege. So schnell sie es vermochte, eilte sie die Treppenstufen herunter und hörte nach kürzester Zeit die vertraute Stimme ihrer Mutter. Sie konnte sich nicht mehr zusammenreißen und brach in Tränen aus, während sie ihr die Ereignisse schilderte. Anschließend lauschte sie den Worten ihrer Mutter: »Moni hat mir schon das meiste erzählt. Ich habe augenblicklich versucht, meine Kontakte zu den Airlines und Reiseveranstaltern zu nutzen, um einen Flug nach Mallorca zu ergattern. Nichts zu machen. Im Mai ist alles ausgebucht, der Spitzenmonat für Kegel-Clubs, Radvereine und Männertouren. Ich stehe auf der Warteliste, falls ein Passagier abspringt. Bleib ganz ruhig, mein Schatz. Packe ein paar Sachen für Papa ein, und bringe sie ins Krankenhaus. Er lebt, das ist zunächst das Wichtigste überhaupt. Ich melde mich wieder.«

Es war später Abend und Vittoria schon lange wieder vom Krankenhaus zurück, als die Rezeptionistin sich erneut bei ihr meldete und ihr mitteilte, dass sie Besuch habe. Wie von einer Tarantel gestochen sprang sie auf und rannte runter zur Rezeption. Sie glaubte, ihren Augen nicht trauen zu können, als sie ihre Mutter vor sich stehen sah. Weinend fiel sie ihr in die Arme. Vor lauter Tränen versagte ihr die Stimme. »Mama, was …?«, hauchte sie.

Ihre Mutter wischte sich mit einem Tuch über die Augen, holte tief Luft und sagte: »Nach unserem Telefonat bin ich augenblicklich nach Hause gefahren, habe einen Koffer gepackt und mich auf den Weg zum Düsseldorfer Flughafen gemacht. Meine letzte Hoffnung war Frau Roberts, weißt du, das ist eine Kollegin, mit der ich oft telefoniere und die am Reiseterminal arbeitet. Sie hat das Unmögliche möglich gemacht. Einen Platz an Bord konnte sie mir zwar nicht vermitteln, jedoch durfte ich auf dem Notsitz direkt hinter dem Piloten Platz nehmen. Ja, und jetzt bin ich hier.«

»Wahnsinn«, erwiderte Vittoria kopfschüttelnd.

»Ich habe bereits einen Mietwagen organisiert, wir fahren morgen früh sofort zu Giovanni«, sagte ihre Mutter resolut, die sich rasch wieder gefangen hatte.

*

Nachdem Vittoria es mit ihrem schweren Gepäck, dem intakten und dem völlig zerstörten Rad durch die Kontrollzone des Düsseldorfer Flughafens geschafft hatte, erblickte sie zu ihrer grenzenlosen Erleichterung in der Menge vor dem Ausgang das vertraute Gesicht ihrer Schwester Lucia, die in der Begleitung ihres Freundes Marek war. Endlich bekam sie Unterstützung beim Transport der Räder.

»Vittoria!« Lucia schloss sie fest in die Arme. »Wie furchtbar. Komm, du kannst uns im Auto alles erzählen. Hauptsache, Papa lebt und Mama ist bei ihm.«

Wie in Trance ging Vittoria hinter Lucia und Marek zum Auto.

Als sie das Flughafengelände verließen und die Autobahnauffahrt nahmen, lehnte sie erschöpft ihren Kopf an die Nackenstütze.

»Wie geht's jetzt weiter?«, wollte Lucia besorgt wissen, die auf dem Beifahrersitz Platz genommen hatte.

»Mama konnte die Reservierung im Hotel problemlos verlängern«, gab Vittoria Auskunft. »Sie hat auch bereits einen Krankentransport nach Deutschland organisiert. Allerdings wird Papa wegen der schweren Rückenverletzungen frühestens in vierzehn Tagen transportfähig sein.«

Die restliche Fahrt über schwiegen sie, und jeder hing seinen eigenen Gedanken nach. Als sie am frühen Nachmittag vor dem vertrauten vierstöckigen Altbau in der Uellendahler Straße parkten, brach Vittoria vor Erleichterung in Tränen aus. Sie verstauten die Räder im Keller, schleppten das Gepäck in die Wohnung in der ersten Etage und setzten sich anschließend an den Küchentisch. Eine Weile redeten sie über die Geschehnisse auf Mallorca, doch bereits nach einer halben Stunde sagte Vittoria, dass die zwei gehen könnten. Sie wollte sich in Ruhe wieder zu Hause einfinden und durchatmen. Die Tür hatte sich gerade erst hinter den beiden geschlossen, als das Telefon schellte. Vittoria zuckte zusammen, eilte ins Wohnzimmer zu dem eleganten Sekretär aus Mahagoni, nahm das Telefon in die Hände und trug es zur großen Couch. Sie setzte sich und nahm das Gespräch entgegen. »Bianchi?«

»Hey, hier ist Felix. Alles gut bei dir? Wie war der Urlaub?«, vernahm sie zu ihrer Überraschung eine bekannte Stimme.

»Felix, es ist etwas Grauenhaftes geschehen.« Ohne zu zögern, erzählte sie ihm alles. Während sie keine der schrecklichen Minuten ausließ, die sie erlebt hatte, hörte Felix ihr aufmerksam zu. Er unterbrach sie kein einziges Mal. Als ihr Redefluss versiegt war, sprach er ihr Mut zu und lud sie ein, den Abend mit ihm im Luisencafé zu verbringen. In dem zentralen und beliebten Café des Wuppertaler Kunst- und Kulturviertels neben der Luisenstraße hatte er sich für neunzehn Uhr mit einem Freund verabredet.

»Triffst du dich mit Peter oder Ernst?«, wollte sie mit klopfendem Herzen wissen. Sie brannte darauf, die Einladung anzunehmen, aber auf einen der beiden Idioten konnte sie in dieser Situation gut verzichten.

»Ich treffe mich mit Marco«, hörte sie ihn zu ihrer Beruhigung sagen. Marco war der Schwarm ihrer Freundin Tine, und Vittoria konnte ihn gut leiden.

»Dann komme ich sehr gerne«, erwiderte sie glücklich. »Bis heute Abend.« Sie legte den Telefonhörer auf die Gabel und beendete das Telefonat.

*

Als sie am Abend im Bett lag, ging es ihr bedeutend besser. Es hatte gutgetan, den beiden Jungs in aller Ausführlichkeit ihr Leid zu klagen. Beide waren einfühlsame Zuhörer gewesen, und Felix hatte wiederholt seine Hand auf ihre gelegt. Sie verspürte neue Kraft und Hoffnung.

Aquiloni nel vento – Drachen im Wind

»Die Tage hier gehen viel zu schnell vorbei«, sagt Vittoria zu Felix, als sie sich am Tag vor der Abreise ein letztes Mal auf den Weg zum Strand machen. Sie haben zwei Drachen dabei, einen für Antonia und einen für Frederico, die sie steigen lassen wollen. Die Kinder laufen aufgeregt voraus, sie und Felix lassen es gemächlicher angehen. Vittoria nimmt die Hand ihres Mannes und drückt sie leicht.

»Weißt du noch damals kurz nach unseren Abiturprüfungen, als du mich im Luisencafé getröstet hast, weil ich wegen des Unfalls meines Vaters so traurig war?«, fragt sie leise, beim Anblick ihrer fröhlichen Kinder plötzlich zugleich glücklich und sentimental gestimmt.

»Natürlich«, erwidert Felix und wirft ihr einen zärtlichen Seitenblick zu. »An dem Abend habe ich zum ersten Mal deine Hand gehalten. Zum Trost.«

»Obwohl du früher nur Augen für Tine hattest«, sagt sie und zwinkert flüchtig mit dem Auge. Eine Brille verkleinert ihre Augen nicht mehr, sie hat sie vor ein paar Jahren lasern lassen. Das ist praktischer beim Sport. Für die Zukunft hat sie die Teilnahme an einem Halbmarathon geplant, von ihrer einstmaligen Molligkeit ist nichts mehr übriggeblieben. Das Bild, auf dem sie mit ihren Schulfreundinnen zu sehen ist und das bei einem Ehemaligentreffen gemacht wurde, zeigt sie als eine der Schlanksten.

»Ach«, Felix zuckt mit den Schultern. »Wer hat für Tine und Jenny nicht geschwärmt. Bei unserer Abiparty im Rick's Club haben mich die beiden nicht die Bohne interessiert.«

»Papa, Papa, schnell, der Wind ist toll«, ruft Antonia ihnen zu. Sie wedelt ungeduldig mit den Händen, und Frederico hüpft ausgelassen auf und ab. Schmunzelnd lässt Felix ihre Hand los, und sie beschleunigen ihre Schritte.

Sie rennen, kreischen, suchen die richtige Stelle und die perfekte Windstärke, lachen und heben zu Boden gefallene Luftdrachen auf. Wieder und wieder verfolgen sie die Spur des perfekten Augenblicks, solange, bis sie endlich in den Himmel steigen, der blaue Drache mit dem Seehundaufdruck und der gelbe, den ein Hund ziert …

Festa di laurea e festa di strada – Abiturfeier und Straßenfest

Wie bereits an Silvester hatte sich Vittoria angeboten, auf der Party im Ricks' Club in der Neumarktstraße keinen Alkohol zu trinken und die Mädels später nach Hause zu fahren. Dies konnte ihre Freude über das bestandene Abitur und die Rückkehr ihres Vaters nach Deutschland nicht trüben. Er war über den Berg und würde wieder vollständig gesund werden. Nachdem sie sich eine Weile unter die Leute gemischt und Smalltalk gemacht hatte, ging sie zur Bar, um sich eine Cola light zu bestellen. Sie hatte Felix am Tresen entdeckt und große Lust, sich mit ihm zu unterhalten. Eine Zeit lang plauderten sie über die Abiturprüfungen, darüber, dass Vittoria vorhabe, Deutsch und Englisch auf Lehramt für die Sekundarstufe II zu studieren, und dass es schade sein werde, naturgemäß einige Mitschülerinnen und Mitschüler aus den Augen zu verlieren. Bei diesen Worten wurden sie plötzlich ganz ernst. Sie blickten sich an, schweigend, und Vittoria merkte, wie sich ihr Körper nach vorne beugte, ganz langsam nur. Ihre Blicke versanken ineinander, und unversehens trafen sich ihre Lippen. Sie waren zwei Magnete, die sich gegenseitig anzogen. Sie küssten sich und küssten sich und küssten sich. Alles andere um sie herum verschwamm im Nebel. In diesem Meer aus Menschen gab es nur noch sie und ihn.

»Ihr seid *die* Sensation des Abends«, kreischte Cora begeistert.

»Miss Piggy und Felix, das darf nicht wahr sein«, fügte Jenny aufgeregt hinzu. »Mal ganz ehrlich, ich dachte, der steht auf Tine.«

»Wir sind wirklich nur gute Freunde, und außerdem seid ihr blind«, sagte Tine und kicherte. »Er hat mir viel von Vittoria vorgeschwärmt in den letzten Wochen.«

»Alle haben euch angestarrt, wirklich alle«, stellte Cora fest. »Ihr habt nichts mitbekommen und den ganzen Abend dauergeknutscht.«

Vittoria saß schweigend am Steuer und ließ ihre Freundinnen reden. In ihrem Inneren brannte es. Sie war verliebt. Sie war sehr verliebt. Felix und sie. Es gab keine Alternative.

*

Zur offiziellen Abiturfeier in der Aula des St. Anna-Gymnasiums, die aufgrund ihrer an ein Amphitheater erinnernden Architektur *Forum* genannt wurde, erschienen sie Hand in Hand. Am Nachmittag nach dem Abend im Rick's Club hatten sie sich bei Felix getroffen, seitdem waren sie offiziell ein Paar.

Zwar steckte Vittorias Vater in einem rückenstützenden Korsett, aber es ging ihm den Umständen entsprechend gut, und er war zum Fest erschienen. Er machte sogar Scherze über den Jungen, der seine *figlia* mit Sekt übergossen hatte. Nachdem die Abiturientinnen und Abiturienten ihre Zeugnisse in Empfang genommen hatten und feierlich verabschiedet worden waren, machten sich die jungen Leute auf den Weg zum Karlsplatz. Dort fand an diesem Tag das Straßenfest *Wuppertal à la carte* statt, und sowohl Vittoria als auch ihr Vater waren daran beteiligt. Die verschiedensten Nationen wurden beim Fest durch Wuppertaler Restaurants vertreten, die ihre Stände aufbauten und Speisen und Getränke anboten. Ein guter Freund ihres Vaters, Nino Salucci, führte ein italienisches Spezialitätenrestaurant und nahm an dem Ereignis teil. Vittoria half seit 1994 im Restaurant aus und ging auch heute bereitwillig ihrer Arbeit nach. Ihre Mutter und sie hatten ihren Vater nicht davon abhalten können, trotz seiner Rückenbeschwerden beim Standaufbau zu helfen und seine Weine bei dem drei Tage andauernden Fest zu präsentieren. Felix und zwei andere Jungs standen Nino und ihm tatkräftig zur Seite, und Vittoria würde an allen Festtagen mithelfen und die Besucher bewirten. Sie war glücklich wie noch nie zuvor in ihrem Leben und merkte ihren Eltern an, dass diese bereits damit begonnen hatten, Felix in ihre Herzen zu schließen.

Später, als alle Stände aufgebaut waren und die Menschen in Scharen auf den Platz strömten, atmete sie tief die Düfte der verschiedenen Spezialitäten ein, lauschte der fröhlichen Musik und genoss die ausgelassene Atmosphäre. In diesem Augenblick erschien ihr das Leben unendlich leicht und süß.

Eternamente tua, eternamente mio, eternamente nostri – Ewig dein, ewig mein, ewig uns

Müde von der Autofahrt und voller Erinnerungen an den Strand, die fliegenden Drachen und das Gelächter der Kinder schließt Vittoria die Haustür auf. Felix hat viele der schönen Momente mit dem Fotoapparat festgehalten, und vielleicht wird bald ein neues Bild die Wohnzimmerwand schmücken. Nachdem sie rasch ausgepackt hat und der erste Schwung Anziehsachen in der Waschmaschine ist, verlässt sie das Haus und tritt in den Garten. Sie beschließt, Felix zu bitten, den Rasen und die Blumen zu wässern. Die andauernde Sonne und der ausbleibende Regen hat die Wiesen ausgedörrt, doch ihre ist aufgrund der guten Pflege bis auf wenige gelbe Flecken grün.

»Felix?«, ruft sie zum Balkon herauf, auf dem dieser gerade den Laptop hochfährt, um die Fotos hochzuladen. »Denkst du an den Rasen?«

Sie sieht ihren Mann aufblicken, kurz überlegen und schlussendlich nicken.

Ihre Blicke schweifen über den Garten, wandern vom

Kugelgrill links in der Ecke zum Rhododendron gegenüber, der langsam violett zu blühen beginnt. Sie haben
sich ein kleines Paradies erschaffen, und so gerne sie
verreisen, so gerne kehren sie hierher zurück. Sie erinnert sich an ihre ersten Jahre mit Felix, die sie zusammen in einer Zweizimmerwohnung in der Uellendahler
Straße verbracht haben. Die Wohnung ihrer Eltern, in
der diese auch heute noch leben, war im Nachbarhaus.
Die fünfundvierzig Quadratmeter große Wohnung
hatte Vittoria schon in Kindheitstagen geliebt, als dort
die Mutter der besten Freundin ihrer Mutter lebte. Als
ihr Vater sie im Jahr 1998 darüber informierte, dass
die Wohnung frei geworden und sogar mit einer Küche ausgestattet sei, entschieden sich Felix und Vittoria, die Wohnung anzumieten und dem Vormieter die
Einrichtung für eintausendfünfhundert Deutsche Mark
abzukaufen. Ein Lächeln überzieht ihr Gesicht, als sie
an die dort verbrachten, vergnüglichen Stunden mit der
Clique denkt. Damals waren sie die einzigen gewesen,
die nicht mehr bei den Eltern lebten. Vittoria war mitten in der Ausbildung, das Lehramtsstudium hatte sie
nach wenigen Semestern abgebrochen, weil sie bei ihrem
ersten Einsatz in einer Schule gemerkt hatte, dass die
Arbeit als Lehrerin nichts für sie war. Allein hätte sie die
Wohnung nicht finanzieren können, doch gemeinsam
schafften sie es.

»Vittoria?«, reißt sie Felix' Stimme aus ihren Gedanken.
»Halte bitte kurz den Schlauch.«

Sie nimmt ihn entgegen und beobachtet Felix dabei,
wie er den Garten inspiziert. Kurz darauf verschwindet
er in der Ecke der Terrasse, hantiert am Außenanschluss

für das Wasser und ruft: »Ich drehe jetzt auf.« Sekunden später ist Felix wieder bei ihr und beginnt damit, Rasen, Sträucher und Blumen zu tränken. Bei diesem Anblick wird ihr einmal mehr bewusst, wie sehr sie ihn liebt, immer noch, nach vierundzwanzig Jahren. Für einen Moment verschwimmt der Garten vor ihren Augen, die Sonne erlischt, und es wird bitterkalt ...

*

Am Abend des zwanzigsten Januar 2001 saßen Vittoria und Felix neben zwei befreundeten Paaren in der Reihe I auf den eigens für sie im Cinemaxx Kino reservierten Logenplätzen. Vittoria war froh, endlich im Warmen zu sein. Gespannt warteten die Freunde auf den Beginn des Films *Cast away*, in dem der Schauspieler Tom Hanks die Hauptrolle spielte.

»Ich hole schnell Cola und Popcorn«, erklärte Felix, stand auf und verschwand im Saal. Der Raum war brechend voll und bis auf den letzten Platz ausverkauft. Das Kino mit den verschiedenen Sälen war ein Highlight in Wuppertal und *Cast away* lang erwartet.

»Hoffentlich verpasst Felix den Anfang nicht, er muss sich bestimmt in eine lange Schlange einreihen«, sagte Vittoria und schaute die zu ihrer Linken sitzende Bekannte besorgt an.

»Mach dir keine Sorgen, die spielen zunächst die Werbung ab, und dann kommt noch der Eisverkäufer, bevor es endlich losgeht«, erwiderte diese beruhigend.

Auf einmal ging ein überraschtes Raunen durch die

Menge, denn zwei Mitarbeiter des Kinos waren vor die Leinwand getreten.

»Einen wunderschönen Abend, verehrtes Publikum«, sagte einer der Männer und deutete eine Verbeugung an. »Vor der Werbung machen wir ein kleines Gewinnspiel mit Ihnen.« Er zeigte mit dem Finger auf einen Sektkühler, den sein lächelnder Kollege in der Hand hielt. »Was der Preis ist, wird vorerst noch nicht verraten. Im Kühler warten Zettel, auf denen Ihrer aller Sitzplätze notiert sind. Es kann nur einen Gewinner geben.« Er machte eine bedeutungsvolle Pause. »Der Gewinner oder die Gewinnerin muss nach vorne kommen und den Preis in Empfang nehmen.«

»So etwas mag ich überhaupt nicht«, flüsterte Vittoria kopfschüttelnd. »Ausgerechnet jetzt ist Felix nicht hier.«

Auf der Bühne wühlte der Redner theatralisch in dem Sektkübel. Schließlich zog er einen Zettel heraus, studierte ihn eindringlich und verkündete: »Der Gewinner sitzt auf Platz zwanzig in der Reihe I.«

»Das gibt's doch gar nicht«, entfuhr es Vittoria entsetzt. Mit einem Mal stand sie im Mittelpunkt aller Aufmerksamkeit.

»Vittoria.« Ihre Bekannte knuffte sie mit dem Ellbogen in die Seite. »Du musst aufstehen, sonst geht's nicht weiter und wir bekommen den Film nie zu sehen.«

Vittoria war äußerst unbehaglich zumute, als sie sich widerwillig von ihrem Sitzplatz erhob. Zu ihrem Ärger war der Weg von der Reihe I zur Bühne sehr weit, und jedes Augenpaar war auf sie gerichtet. Während sie auf die Leinwand zuging, meinte sie die Blicke der Anwesenden wie Nadelstiche in ihrem Rücken zu spüren.

»Und? Möchten Sie jetzt wissen, was Ihr Preis ist?« Der Kinomitarbeiter blickte sie freudestrahlend an. Vittoria nickte genervt und sehnte sich danach, auf ihren Platz zurückkehren zu dürfen.

Auf einmal erklangen die vertrauten ersten Klänge ihres momentanen Lieblingsliedes *I don't wanna miss a thing*, gesungen von der Band Aerosmith. Vittorias Handinnenflächen wurden feucht, und ihr Herzschlag erhöhte sich. Am Ausgang zum Foyer hatte sich eine Menschentraube gebildet, und in ihrer Mitte entdeckte sie Felix, der einen großen Strauß roter Rosen in der Hand hielt und langsam durch den Mittelgang auf sie zukam. Als er sie erreicht hatte, bemerkte Vittoria, dass seine Hände zitterten. »Vittoria«, sagte er, nachdem er tief Luft geholt hatte. »Ich liebe dich über alles. Willst du mich heiraten?«

Im Saal war es so still, dass sie eine Stecknadel hätten fallen hören können. Einen Augenblick lang stockte ihr vor Aufregung der Atem, doch schließlich erwiderte sie mit bebender Stimme: »Ja.«

Sie fielen sich in die Arme und küssten sich innig. In der gleichen Sekunde brach im Publikum der Beifallssturm aus.

»Popcorn und Cola gehen aufs Haus«, riefen die Mitarbeiter und klatschten in die Hände.

*

Ein Lächeln liegt auf Vittorias Lippen, als aufgeregte Hupgeräusche sie wieder in die Gegenwart zurückholen.

»Frederico, Antonia«, ruft sie. »Die Oma und der Nonno sind auf ihrer Vespa vor dem Garten.«

Sekunden später sieht sie die Kinder auf dem Balkon stehen und winken. »Nonno, Oma, huhu.«

Wieder ertönt die Hupe, dann brausen ihre Eltern davon. Gerührt wischt sie sich mit dem Handrücken über die feucht gewordenen Augen. Das hohe Alter hält ihren Vater nicht davon ab, sich auf die Vespa zu schwingen und mit ihrer Mutter eine Spritztour zu unternehmen.

Sie genießt den Anblick von Felix, der sich Zeit mit seiner Arbeit lässt und jede Stelle gründlich gießt. Vittoria denkt, dass er fast noch genauso aussieht wie am Tag ihrer Hochzeit …

*

Glücklich trat Vittoria auf den Rathausvorplatz. Sie trug einen dreiviertellangen, seidenen Hosenanzug und strahlte übers ganze Gesicht. Felix stand, in einen edlen, dunkelgrauen Anzug gekleidet, an ihrer Seite und hielt ihre Hand. Sie hatten sich vor wenigen Augenblicken, um elf Uhr dreißig am Vormittag, auf dem Standesamt das Ja-Wort gegeben. Der Kalender schrieb den fünften Juni 2002. Als Trauzeugen und Gäste waren ihre und Felix' Eltern dabei gewesen, ihre Schwester Lucia mit ihrem Mann und ihrem dreijährigen Sohn und sechs ihrer besten Freunde. Selbstverständlich waren auch Felix' stolze Großeltern unter den Gästen. Alle versammelten sich auf dem Platz und stießen mit Sekt auf das Hochzeitspaar an. Als ihre Freunde sie mit Reis bewarfen, kicherten Vittoria und Felix ausgelassen. Sie freuten sich auf die kleine Feier mit Kaffee und Kuchen auf der Empore im Weingeschäft von Vittorias Vater. Dieser hatte dort eine lange Tafel aufgebaut und alles feierlich mit Blumen und Papiergirlanden geschmückt.

»Los«, rief er jetzt auffordernd. »Andiamo tutti a casa nostra! Facciamo un bel' autocorso ...«

*

»Vittoria, bring mir bitte etwas vom Düngemittel«, ruft Felix. Er kniet vor dem Rhododendron und begutachtet mit gerunzelter Stirn den Boden und die Wurzeln.

»Sofort«, ruft Vittoria zurück und eilt in den Keller, in dem sie das Gartenwerkzeug aufbewahren. Sie findet das Gesuchte rasch und übergibt es Felix nur wenige Augenblicke später. Anschließend nimmt sie auf einem der Gartenstühle Platz und lauscht den zwitschernden Vögeln. Sie meint, das Gurren einer Taube zu erkennen, schließt die Augen und hört den in ihrem Inneren erklingenden Kirchenglocken zu …

*

»Du siehst aus wie eine griechische Göttin«, sagte ihr Vater stolz. Vittoria blickte an sich herunter auf das lange, cremefarbene Kleid, das oben schmal geschnitten und mit zarten Stickereien bedeckt war. Es hatte lange, flatternde Trompetenärmel, die bis zum Boden reichten und eine Schleppe, die von der Brust ausgehend weit nach hinten fiel. Ihre Haare waren zu Korkenzieherlocken aufgedreht, hochgesteckt und mit vielen kleinen Perlen geschmückt. »Es ist elf Uhr, bella gioia. Andiamo a sposarti …« Er reichte ihr seinen Arm, und sie sah die Liebe und den Stolz in seinen glänzenden Augen. Mehrmals atmete sie tief ein und aus, lächelte ihren Vater an und schritt an seiner Seite über die Schwelle der katholischen St. Mariä Empfängnis Kirche in Velbert-Neviges. Sie ließ ihre Blicke über die geladenen Gäste schweifen. Ihre italienische Verwandtschaft war für die Hochzeit angereist: Ihre Tante und ihr Onkel, ihre beiden Cousinen und deren Männer und der Sohn der älteren. Sie glaubte, vor Glück schier zu platzen, als die Musik einsetzte und sie gemächlich auf den am Altar wartenden Felix zugingen. *Ich gehör nur mir*, ein Lied aus dem in Essen aufgeführten Musical *Elisabeth*, hatte sie für diesen besonderen Moment ausgewählt. Sie liebte dieses Musical und hatte es sich bereits fünfmal angesehen. In der Regel war in der Kirche ausschließlich liturgische Musik erlaubt, doch der Franziskanermönch, der sie trauen würde, war weltoffen und hatte dieser Ausnahme zugestimmt. Im Vorfeld hatte Vittoria die Noten besorgt und der Organistin überreicht, damit diese das Lied einstudieren konnte. Aus dem Augenwinkel nahm Vittoria wahr, dass ihre Mutter vor Rührung mit den Tränen kämpfte. Weiterhin erblickte sie ihre Schulfreundinnen aus der Clique, die gemeinsam mit ihren Partnern im Kirchenschiff saßen. Sie schritten durch ein Meer aus Blumen, das Geschenk ihrer zukünftigen Schwiegermutter. Der Gang war ein Spalier aus hohen Stangen, an denen Blumengestecke angebracht waren, und alles leuchtete in Apricot und in Weiß.

Als ihr Vater endlich ihre Hand in Felix' legte, klopfte ihr Herz wie verrückt.

Wie in Trance vernahm sie das Eingangslied *Kommt herbei, singt dem Herrn*, hörte sie die einfühlsame Predigt und die Lesung, die sowohl in Deutsch als auch in Italienisch vorgetragen wurde, und konnte es kaum begreifen, dass alles Wirklichkeit war. Als schließlich die Trauzeugen, ein Freund von Felix und ein guter Kumpel von ihr aus der Berufsschule, neben ihnen vor dem Altar standen, sie die Ringe tauschten und ihre Ja-Worte sprachen, strömte das pure Glück durch ihre Adern. Die Trauringe hatte Jenny, die den Beruf der Goldschmiedin erlernte, nach einem Entwurf von Felix extra für sie angefertigt. Auf ihren Wunsch hin übersetzte der Franziskanerbruder auch den Trauspruch ins Italienische. Besonders tief bewegte es sie, als ihre Freundinnen die Fürbitten aufsagten, die ihr Vater anschließend in Italienisch rezitierte.

Nach dem Auszug aus der Kirche badeten Felix und sie in den Glückwünschen und den Umarmungen der Gäste. Als ihr Vater an der Reihe war, brach nicht nur er, sondern auch sie in Tränen aus. Es war eine Traumhochzeit, eine matrimonio del sogno. Die Glückwunschbekundungen dauerten eine gefühlte Ewigkeit. Als der letzte der zahlreichen Gäste ihre Hände geschüttelt hatte, ging die Karawane zum Pfarrsaal *Die Glocke*, in dem ein neunzigminütiger Sektempfang stattfand.

Anschließend verabschiedeten sie sich von den Gästen und fuhren mit Felix' Vater, dem gelernten Fotografen, in dessen Garten, der in den schönsten Farben leuchtete und die perfekte Kulisse für die Hochzeitsfotos bot.

Am frühen Abend erwarteten sie im Pfarrhaus erneut ihre Gäste. Zur abendlichen Party waren weniger Gäste geladen als zur Trauung selbst, aber sechzig Leute feierten mit ihnen. Felix' Mutter hatte sich auch hier bei der Dekoration selbst übertroffen: Die Tische waren als Rondell an den Wänden des kreisrunden Raumes aufgebaut, sodass in der Mitte Platz für die Tanzfläche war. Der Pfarrsaal war eine Oase aus grünen Bäumchen und bunten Blumen. Vor dem Festessen hielt Felix eine kleine, aber feine Dankesrede. Das Büffet hatte selbstverständlich Nino Salucci, der Freund ihres Vaters, geliefert. Es gab riesige Platten mit Antipasti, im ersten Gang Lasagne und Ravioli, im zweiten Gang Putenbraten und Saltimbocca a la romana mit mediterranem Grillgemüse und Backkartoffeln und zum Dessert das traditionelle italienische Tiramisu.

Nachdem sie die Köstlichkeiten verspeist hatten, tanzten und lachten sie. Vittoria und Felix eröffneten die Tänze mit einem klassischen Wiener Walzer zu Umberto Tozzis *Ti amo*. Die Feier dauerte bis in die frühen Morgenstunden, und Vittoria ließ sich in die von Freunden und Verwandten organisierte Welt der Spiele entführen.

Era il giorno piu bello che Dio mi ha dato … Es war der schönste Tag, den Gott mir gegeben hat.

*

»Jetzt habe ich fast alles gegossen.« Felix kommt mit einem breiten Grinsen im Gesicht auf sie zu. Er zieht die Augenbrauen hoch und wackelt mit dem Wasserschlauch.

»Nein«, erwidert Vittoria und tritt einen Schritt zurück. »Das wagst du nicht.«

»Du wolltest gleich sowieso duschen«, sagt er lachend, und eine Sekunde später ist sie pitschnass. Sie kreischt wie verrückt und ist glücklich. Es ist ihr Garten Eden, in dem sie nass und kichernd steht. Sie streicht die Haare hinter die Ohren, legt den Kopf in den Nacken und blickt in den Himmel, der Sonne entgegen.

Kapitel 5: Wellenbrecher – Bernd

Der Kapitän

Bernd Meier steht im Hobbyraum der achtundneunzig Quadratmeter großen Wohnung in der Nähe des ganzjährig beheizten Freibads Neuenhof und begutachtet sein aktuelles Werk. Seit 2013 lebt er mit seiner Frau Alexandra in dieser Wohnung im ersten Stockwerk. In der Neuenhofer Straße des Wuppertaler Stadtteils Cronenberg hat er fast sein ganzes Leben verbracht. Sitzt er mit Alexandra beim Grillen auf dem zur Wohnung gehörenden geräumigen Balkon, blickt er direkt auf das Einfamilienhaus mit dem ausgebauten Dachboden, das lange Jahre sein Eigenheim war. Er schaut nicht mit Wehmut dorthin, denn die steigenden Reparatur- und Unterhaltskosten wuchsen ihm und seiner Frau über den Kopf. Für sie ist es eine Befreiung, zur Miete zu wohnen.

»Bernd? Der Kaffee ist fertig.« Er wendet den Blick vom Modellsegelschiff ab und hin zu seiner Frau, die ins

Zimmer getreten ist. Sie trägt ihre lockigen Haare kurz und ist immer noch blond. Ihre üppigen Kurven, die er bereits beim ersten Kennenlernen an ihr geliebt hat, waren eine Zeit lang fast ausgeufert, doch jetzt hat sie ihr Gewicht im Griff. Er schmunzelt und schaut an sich herunter. Von ihm kann er das leider nicht behaupten. Der sechsundsiebzigjährige Rentner hat einen gesegneten Appetit und war immer korpulent. Dieser Tage ist er übergewichtig, das weiß er, und das stört ihn keineswegs. Er schätzt gutes Essen und backt leidenschaftlich gerne. Heute werden sie die Reste des von ihm am Wochenende gebackenen Rührkuchens mit Rosinen verspeisen.

Bernd verlässt den Werkraum, in dem sogar eine Liege an der Wand gegenüber der Arbeitsfläche steht. Nicht, dass er sie oft nutzt, ganz selten nur für einen kurzen Mittagsschlaf, aber es ist eine Möglichkeit für seinen in Solingen lebenden Sohn, bei ihnen zu übernachten. Bernd durchquert den an der Küche vorbeiführenden Flur und betritt das Wohnzimmer. Alexandra hat den Esstisch liebevoll gedeckt, und bei der Aussicht auf ein Stück Kuchen läuft ihm das Wasser im Mund zusammen. Wie jedes Mal, wenn er in diesen Raum hineingeht, denkt er, dass sie mit dem Hausverkauf alles richtig gemacht haben. Durch die große Fensterfront direkt neben dem Balkon fallen die Sonnenstrahlen und fluten das Zimmer. Die Wand links neben dem Esstisch schmücken seine kleinen Kunstwerke, aus Holz geschnitzte Stillleben, auf die er mächtig stolz ist. Besonders gut gefällt ihm die rustikale Hütte mit Wanduhr, Kreuz und einem altmodischen, gusseisernen Ofen. Durch das Fenster kann der Betrachter die Landschaft entdecken, in die die Hütte gebaut ist. Grüne Wiesen vor einem Bergrücken versprühen das Flair frei gewählter Einsiedelei.

»Bernd, setz dich«, macht sich Alexandra ungeduldig bemerkbar, und er nimmt ihr gegenüber Platz. Den Kuchen hat er für seinen Sohn gebacken, den sie am vergangenen Wochenende zum ersten Mal nach dem Lockdown wiedergesehen haben. Carlos hat es erst Mitte Juni geschafft, sie zu besuchen, weil er wegen der Trennung von seiner langjährigen Partnerin einen Umzug hinter sich bringen musste.

»Carlos hat mir am Sonntag gut gefallen«, bemerkt Bernd, derweil er sein Kuchenstück dick mit Butter bestreicht. »Der gereizte Tonfall in seiner Stimme ist fast komplett verschwunden.«

»Zum Glück hat er Sabine nicht geheiratet«, murmelt Alexandra und schenkt ihnen Kaffee ein. Anschließend fügt sie Milch hinzu, normale Milch, keine Kondensmilch.

»Eine gescheiterte Ehe mit zwei Töchtern reicht. Es ist schlimm genug, dass er derart viel Geld in Sabines Haus gesteckt hat«, stellt Bernd stirnrunzelnd fest. »Seine Entscheidung, sich heimlich eine eigene Wohnung zu suchen, war goldrichtig. Unmöglich von ihr, ihn ins Gästeschlafzimmer zu verbannen. Eine Auszeit von der Beziehung wollte sie, stell dir das bloß vor. Aber so sind die jungen Leute von heute.«

»Junge Leute …«, wiederholt Alexandra und schmunzelt. »Carlos ist zweiundfünfzig. Er hat nie einen Draht zu Sabines Tochter bekommen. Gut, die lebt seit einiger Zeit in einer eigenen Wohnung, aber das hat die Beziehung zwischen den beiden von Anfang an belastet.«

Alexandra sticht sich ein Stück Kuchen ab und steckt es sich in den Mund. Eine Weile kaut sie stumm. Schließlich meint sie: »Na ja, es ist, wie es ist. Hauptsache, er hat ein gutes Verhältnis zu seinen Töchtern und der Ex-Frau. Schön, dass er mit ihnen essen war. Jetzt ist das zum Glück wieder erlaubt.«

»Er geht ja so gern essen. Ist eben mein Sohn.« Bernd zwinkert mit dem Auge und streicht sich mit der Hand über den Bauch. »Die Welt ist komplett verrückt geworden. Ich hätte nie geglaubt, einmal erleben zu müssen, eingesperrt zu werden bzw. nicht selbst entscheiden zu dürfen, wen ich treffe und wohin ich mit ihm gehe.«

»Unseren Besuch beim Italiener mit deinem Bruder und seiner Frau letzte Woche fand ich unheimlich«, wirft Alexandra ein. »Außer uns, Hartmut und Christa waren nur sechs weitere Gäste anwesend, und als ich meinen Namen und unsere Anschrift auf die Anwesenheitsliste setzen musste, habe ich mich wie in einem Überwachungsstaat gefühlt.«

»Ich hoffe, Mario überlebt diese wirtschaftliche Krise, die das ganze Land, die ganze Welt befallen hat«, sagt Bernd und schneidet sich ein zweites Stück Kuchen ab. »Das Essen bei ihm ist vorzüglich.«

Eine Zeit lang widmen sie sich schweigend dem Kaffee und dem Kuchen.

»Meine Mutter trotzt der Krise, wie sie dem Krieg getrotzt hat«, stellt Bernd schließlich fest. »Wenn das Virus es zulässt, wird sie im September ihren hundertersten Geburtstag feiern, wie jedes Jahr im Hotel-Restaurant *Zur Post*.«

»Sollten die Restaurants zu der Zeit wegen einer zweiten Welle wieder geschlossen sein, feiert sie eben ihren hundertzweiten Geburtstag wieder. Sie hat den Lockdown putzmunter in ihrer Seniorenwohnung, die zum Cronenberger Altenheim gehört, ausgesessen«, fügt Alexandra hinzu. »Stell dir vor, sie hätte diese Zeit auf einer der Pflegestationen des Heims verbringen müssen.« Alexandra schlägt die Hände vor der Brust zusammen. »Die Isolation der alten Menschen mag sinnvoll sein, ist jedoch grausam. Ich durfte deine Mutter zum Glück besuchen, ihr die Haare schneiden und etwas im Haushalt zur Hand gehen. Das hat der Zwei-Personen-Regel nicht widersprochen.«

»Es war praktisch, dass Hartmut bei ihr um die Ecke wohnt und jeden zweiten Tag für sie eingekauft hat.« Bernd klopft mit dem Kaffeelöffel gegen die Tasse und schüttelt den Kopf. »Sofort, als die Lockerungsmaßnahmen eingeleitet worden sind, ist sie mit ihrem Rollator die wenigen Meter zum Rewe-Markt gelaufen. Meine Mutter ist ein biologisches Wunder. Sie wollte schnellstmöglich ihre Unabhängigkeit zurück. Beim Friseur soll sie auch bereits gewesen sein, hat Hartmut erzählt. Natürlich ist es ein Segen, dass sie ihre eigene Wohnung hat. Die Altenheime in der Stadt hat die Pandemie hart getroffen, allen Isolationsmaßnahmen zum Trotz. Wenn ich mich nicht irre, ist Wuppertal die Stadt in Nordrhein-Westfalen mit den bisher meisten Todesfällen durch das Corona-Virus. Das liegt ausschließlich an den Hot-Spots in den Altenheimen.« Versonnen rührt Bernd in seinem Kaffee.

»Kommst du gut mit deinem Projekt voran?«, erkundigt sich Alexandra nach einer Weile.

»Sehr gut, aber es ist noch eine Menge Präzisionsarbeit, bevor der Kapitän das Schiff auf die Reise schicken kann«, entgegnet Bernd augenzwinkernd und reckt sich. »Mein Rücken schmerzt.«

»Dir wird das Schwimmen fehlen«, vermutet Alexandra. Sowohl Bernd als auch seine Frau sind von Kindesbeinen an Mitglieder in Schwimmvereinen gewesen, und auch in diesem Jahr haben sie am vom Freibad Neuenhof angebotenen Winterschwimmen teilgenommen. Der Lockdown im März hat die Renovierungsarbeiten am Becken verzögert, teilweise unmöglich gemacht. Auch wenn die Bäder wieder öffnen dürfen, im Neuenhof wird die Sommersaison später beginnen.

»Natürlich, aber es ist nicht mehr wie früher«, erklärt Bernd schulterzuckend.

Früher, ja früher war Wasser sein Lebenselixier …

Der Sprung zueinander

Sein Körper war bis aufs Äußerste angespannt, als er auf das im Sonnenlicht glitzernde Wasser starrte. Bernd war sechzehn Jahre alt und ein sehr guter Schwimmer. Heute stand er für seinen Verein SV Hütterbusch am Beckenrand des Freibads SV Neuenhof.

»Auf die Plätze!« Er streckte die Arme aus, legte die Hände übereinander und senkte den Kopf. »Fertig!« Sein rechter Fuß machte einen Schritt nach hinten, und er beugte sich weit vor. »Los!« Kopfüber sprang er ins Wasser und kraulte, was das Zeug hielt. Zehn Meter, zwanzig Meter, fünfundzwanzig Meter. Er hatte das Ende der

Bahn erreicht und wendete elegant mit einer Rolle. Unter Wasser stieß er sich ab und bemerkte zu seiner Freude, dass seine Konkurrenten eine gute Körperlänge hinter ihm herschwammen. Jetzt, jetzt musste er richtig Gas geben, das Letzte aus sich herausholen. Sekunden später schlug er an und ballte die Hand zur Siegesfaust. Er hatte gewonnen. Glücklich blinzelte er in die Sonne und entdeckte sie ganz vorne in der Zuschauermenge. Er stützte sich mit den Händen am Beckenrand ab und kletterte geschmeidig aus dem Wasser. Alexandra klatschte begeistert in die Hände. Sie trug Badeanzug und Badekappe und wartete auf ihren Wettkampf. Weil sie zum SV Neuenhof gehörte, hatte er sie auf den vielen Freundschaftswettkämpfen bereits des Öfteren getroffen. Sie war mollig, aber auf die attraktive Art und Weise, in der sich die Pfunde an den richtigen Stellen verteilten. Dankbar nahm Bernd das Handtuch entgegen, das der Trainer ihm reichte, trocknete sich ab und grinste sie an. »Du wirst dich mächtig anstrengen müssen, um unsere Mädels zu schlagen.«

Alexandra zwinkerte ihm keck zu und ging zu ihrem Startplatz. Tatsächlich schaffte sie es, als Zweite anzuschlagen und die Silbermedaille zu ergattern.

»Hey, ich krieg deine Medaille.« Bernd rannte auf die noch nasse Alexandra zu, und diese lief kreischend davon. Doch Bernd hatte sie schnell eingeholt und umfing ihre Hüfte mit den Armen. Alexandra kicherte verlegen, aber Bernd kitzelte und neckte sie solange, bis sie sich zu ihm umdrehte und ihm direkt in die Augen blickte. Übermütig und im Siegesrausch drückte er ihr einen Kuss auf die Wange. Der überraschte Ausdruck ihrer grünen Augen amüsierte ihn. Sie schlug die Lider nieder und rannte davon.

Beim abendlichen Grillen entdeckte er sie zwischen den anderen Mitgliedern des SV Neuenhof, die auf Klappstühlen neben den Duschen saßen. Sie biss herzhaft in eine Wurst, trug ein leichtes Sommerkleid und hatte von der Sonne gerötete Wangen. Er schlenderte zum Grill, ließ sich den Teller füllen und bahnte sich seinen Weg durch die Menge direkt zu ihr hin.

Eine Zeit lang plauderten sie über Wettkämpfe und die Vor- und Nachteile der zwei Cronenberger Freibäder. Den Erzählungen nach war das Freibad Hütterbusch im Sommer 1932 aus der Idee dreier Männer entstanden, die sich die Langeweile vertreiben wollten. Mit einundachtzig Mitstreitern hoben sie einen Badeteich mitten im Wald aus, der den Anwohnern als Planschbecken dienen sollte. Doch der unterhalb der Siedlung Hütterbusch ausgehobene Tümpel wurde rasch zur zentralen Anlaufstelle aller Cronenberger. Leider machte der Zweite Weltkrieg auch hier keinen Halt, und das Bad wurde komplett zerstört. Doch der bereits gegründete Natur- und Wassersportverein Hütterbusch hatte Glück und bekam Unterstützung durch Carl Putsch, den Besitzer des Zangenunternehmens Knipex. Er verhalf den Hütterbuschern zu neuen Erfolgen und ermöglichte die Beheizung des Naturbads. Gleichzeitig stattete er es mit der ersten Wuppertaler Wasserrutsche aus. Zwar war der Weg dorthin beschwerlich, doch davon ließen sich die Vereinsmitglieder und Freunde des Bads nicht beirren.

»Ich liebe es, den Kindern schwimmen beizubringen und die Kleinen auf Wettkämpfe vorzubereiten. Das ist das Schönste am Vereinsleben, schöner noch, als selbst beim Wettkampf anzutreten«, sagte Bernd zu dem Mädchen an seiner Seite.

»Seit ich denken kann, schwimme ich hier im Neuenhof«, entgegnete Alexandra. »Egal, wie kalt das Wasser war, meine Freundinnen und ich sind hineingehüpft. Wir konnten auf den Luxus von beheiztem Wasser gut verzichten.«

Einem inneren Impuls folgend, legte Bernd den Arm um Alexandra und blickte ihr tief in die Augen. Anschließend tauschten sie ihren ersten Kuss.

Baupläne

»Warum grinst du?«, möchte Alexandra neugierig wissen.

Bernd nimmt den letzten Schluck Kaffee und steht auf. »Ich musste daran denken, wie wir uns kennengelernt haben, ich dich nach deinem Wettkampf ums Becken gejagt habe.«

»Du kannst das gerne wieder einmal probieren.« Alexandra stapelt das Geschirr aufeinander, zwinkert ihm zu und deutet auf seinen Bauch. »Ich glaube nicht, dass du mich fangen würdest.«

Bernd lacht gutmütig und geht zurück ins Arbeitszimmer. Auch dieser Raum ist hell und freundlich und grenzt an den Balkon, auf den er durch die große Fensterscheibe blicken könnte. Im Moment jedoch ist sein Augenmerk auf das Schiff auf dem Arbeitsbereich vor der Wand gerichtet. Es ist aus hellem Holz gefertigt, und er sieht die Spuren des Leims, mit dem er die Einzelteile des Rumpfes zusammengeklebt hat. Ein Teil der Kajüte ist bereits fertig, darauf liegen die Leitern aus Kupferdraht. Sogar einer der Masten für die Segel steht schon. Neben dem Schiff liegen die Baupläne, die er jetzt eingehend studiert. Er möchte die Fenster und Bullaugen verglasen.

»Bernd«, reißt ihn erneut die Stimme seiner Frau aus der Konzentration, und er stöhnt leise.

»Was gibt's?«, fragt er resigniert.

»Karina möchte dich sprechen.« Alexandra betritt sein Zimmer und kommt mit dem Telefon in der Hand auf ihn zu. Karina ist seine Schwester, die in einem kleinen Ort in der Nähe von Düren lebt. Karina und Hartmut sind zweieiige Zwillinge und der ganze Stolz seiner Mutter. Als sein Vater im Alter von sechzig Jahren verstarb, waren sie ihr eine große Stütze. Auch Bernd ist ein Zwillingskind, doch seine Schwester kam tot zur Welt. Außer den drei Kindern war seiner Mutter noch für eine sehr lange Zeit eine Schwester geblieben. Erst im hohen Alter von fünfundneunzig Jahren war seine Tante von ihnen gegangen.

»Karina, hallo, alles in Ordnung?«, fragt er und nimmt auf dem Stuhl vor dem in der Raummitte platzierten Schreibtisch Platz. Schweigend lauscht er den Schilderungen seiner Schwester. Sie erzählt, dass sie so bald wie möglich eine Kreuzfahrt machen wolle und sich nicht um die Corona-Krise schere. Karina hat eine schlimme Zeit hinter sich, von der sie sich auf ausgiebigen Reisen erholt. Vor ein paar Jahren war ihr wesentlich älterer

Mann gestorben, nachdem sie ihn lange Zeit als Pflegefall zu Hause versorgt hatte.

»Eine Kreuzfahrt kannst du vergessen, und ich würde dir auch dringend davon abraten«, sagt Bernd und runzelt die Stirn. »Erinnerst du dich an die Kreuzfahrtschiffe, die wochenlang vor Anker lagen und unzählige Passagiere in Quarantäne an Bord hatten? Ab heute sind Reisen mit dem Auto in die Nachbarländer erlaubt, aber ich weiß, dass du ungern hinter dem Steuer sitzt.«

Während er sich geduldig die Unmutsbekundungen seiner Schwester anhört, greift er nach dem mit Saft gefüllten, auf dem Tisch stehenden Glas, nimmt ein paar Schlucke und wirft einen sehnsüchtigen Blick über die Schulter auf das unfertige Segelschiff.

»Ja, das habe ich auch gehört«, sagt er schließlich und schaut auf den Kalender. »Ab dem ersten Juli sind Flugreisen innerhalb Europas wieder erlaubt, das heißt, theoretisch könntest du dich in vierzehn Tagen in den Flieger setzen.«

Er versucht noch eine Weile, sie von ihrem Reisevorhaben abzubringen, dann beendet er das Telefonat.

Derweil er mit der Arbeit am Schiff fortfährt, im Blick immer die Baupläne, denkt er an Pläne der ganz anderen Art, die ihn und seine Frau einen Großteil seines Lebens begleitet und einen Widerhall in die Gegenwart behalten haben …

Junge Talente

So lange er denken konnte, wartete Bernd einmal in der Woche mit der Schwimmtasche in der Hand an der Cronenberger Haltestelle auf den Schienenbus, den *Samba*, wie die Wuppertaler ihn nannten. Die Burgholzbahn war eine elf Kilometer lange, eingleisige Eisenbahnstrecke, die die Wuppertaler Stadtteile Cronenberg und Elberfeld miteinander verband. Bernds Ziel war die Schwimmoper, eines der größten Wuppertaler Hallenbäder, das durch die Bomben im Zweiten Weltkrieg zerstört und in den Fünfzigerjahren wiederaufgebaut worden war. Ursprünglich hatten die Bauherren geplant, die Schwimmstätte durch eine Oper zu ersetzen, doch während der Bauphase wurde umentschieden. Deswegen bekam das Bad den Namen *Schwimmoper*, denn optisch erinnerte die Architektur an ein Opernhaus.

Als Junge hatte Bernd dem Sprung ins Wasser und dem Training entgegengefiebert, heute freute sich der Sechsunddreißigjährige auf seine Aufgaben am Beckenrand. Er war dem Verein treu geblieben, konnte sich ein Leben ohne den Sport und seine Schwimmschützlinge nicht mehr vorstellen.

Als der Zug eintrudelte, stieg er in der Gesellschaft von über sechzig Kindern, die für den SV Hütterbusch schwammen, in die Eisenbahn ein. Er genoss die Fahrt und das muntere Stimmengewirr und ging in Gedanken die Trainingspläne durch. Auch sein Sohn Carlos, der das Talent und das hervorragende Wassergefühl von ihm geerbt hatte, war mit von der Partie.

Während die versammelte Mannschaft das imposante Gebäude neben der Historischen Stadthalle in Wuppertal Elberfeld erreichte, durchflutete ihn wie jedes Mal die vertraute Mischung aus Aufregung und Glücksgefühlen. Doch leider hatte sich in letzter Zeit ein weiteres Gefühl hinzugesellt: Unzufriedenheit.

»Ihr schwimmt jetzt sechsmal hundert Meter in steigendem Tempo«, ordnete Bernd wenig später an, als er in Badehose und kurzärmeligem Shirt am Beckenrand stand. »Die erste Runde lasst ihr locker angehen, in der letzten gebt ihr Vollgas.« Im Bad waren Bahnen für den Trainingsbetrieb gespannt und einige davon für den SV Hütterbusch reserviert. Neben ihm erteilten die anderen Trainer ihre Anweisungen, und er schaute auf die in einer Reihe im Abstand von anderthalb Körperlängen hintereinander herschwimmenden Kindern. Er war der hauptverantwortliche Jugendtrainer des Vereins und besaß ein geschultes Auge, das Talente entdeckte. Diese pickte er heraus und trainierte sie höchstpersönlich. Er hatte ein Händchen dafür, aus den ungeschliffenen Edelsteinen Diamanten zu machen. Sechs Kinder stachen in ihrer Altersklasse besonders aus der Menge heraus. Es war deutlich zu erkennen, dass sie eine sportliche Karriere vor sich hatten. Leider war der SV Hütterbusch zu klein, um ihnen ein angemessenes Training zu ermöglichen. Bernd bekam nur einmal wöchentlich Bahnen in der Schwimmoper zugeteilt, doch die sechs Kinder benötigten Training an mehreren Tagen in der Woche, um das in ihnen schlummernde Potential voll entfalten zu können. Er seufzte, denn er trennte sich nur ungern von seinen Schützlingen. Doch er war sich seiner Verantwortung bewusst und nahm sich vor, heute nach Trainingsende mit ihnen zu sprechen und ihnen einen Vereinswechsel ans Herz zu legen. Zu diesen Kindern gehörte sein eigener Sohn.

*

Eine dunkle Vorahnung beschlich ihn, als er mit seiner Aktentasche in der Hand das kleine Vereinsgebäude am Freibad Hütterbusch betrat. Hier war seine Heimat, hier hatte er sich seit seiner Kindheit für den Verein engagiert. Doch heute erschien ihm das vertraute Häuschen erdrückend. Er atmete tief durch und setzte sich an den für den Sportwart reservierten Platz. Ernst sahen ihn die Vorstandsmitglieder an.

»Wir blicken auf eine lange Tradition zurück«, bemerkte der erste Vorsitzende. »Jeder der hier Anwesenden hat seinen Teil dazu beigetragen, den Bestand des Vereins zu sichern.« Er wandte Bernd den Kopf zu. »Wie kann es sein, dass unsere sechs besten Pferde im Stall geschlossen aus dem Verein ausgetreten und den Wasserfreunden und dem SSC Hellas beigetreten sind?«

Bernd schwieg und öffnete den Ordner mit den Ergebnissen der Jugendförderung.

»Bernd? Möchtest du dich dazu nicht äußern?«, fragte Eberhard Marx und zog auffordernd die Augenbrauen hoch.

»Sechs Jahresbeiträge fallen weg und noch mehr werden folgen, wenn die Eltern der sechs uns ebenfalls verlassen, um bei ihren Kindern zu sein«, fügte der erste Kassierer hinzu.

»Was möchtet ihr von mir hören?«, stellte Bernd die Gegenfrage. Ihm stand der Schweiß auf der Stirn, denn es war ein heißer Tag im Juli 1980 und er hatte einige Pfunde zugelegt, seitdem er selbst nicht mehr leistungsmäßig schwamm. Zudem kochte Alexandra ausgezeichnet.

»Was wir von dir hören möchten?« Eberhard schlug mit der Faust auf den Tisch. »Du machst unseren Verein kaputt. Die Kinder haben nicht aus eigenem Antrieb den Verein gewechselt, sondern weil du ihnen Flausen in den Kopf gesetzt hast.«

»Ich bin Mitglied im SV Hütterbusch, solange ich mich erinnern kann. Ich bin mit dem Verein groß geworden, habe ihn groß gemacht«, erwiderte Bernd und rang um Beherrschung. In ihm brodelte es vor Wut.

»Und warum machst du ihn jetzt klein?«, bohrte Eberhard weiter. »Gönnst du uns keine Wettkampferfolge? Mit deinem Sohn und den anderen hatten wir endlich Gewinner auf den Startblöcken.«

»Was seid ihr nur für Egoisten«, regte sich Bernd auf. »Natürlich könnten die Kinder für uns Medaillen holen, zumindest eine Zeit lang. Aber sie können etwas Besseres aus ihren Talenten machen und zu Spitzenschwimmern von internationaler Bedeutung werden. Dafür benötigen sie mehr Training, viel mehr Training. Ich kann doch nicht tatenlos mitansehen, wie sie ihr Talent vergeuden!« Er stand auf und schlug seinen Ordner zu. Anschließend warf er ihn Eberhard vor die Füße. »Unsere Funktion ist es, Kindern das Schwimmen beizubringen, kleine

Nichtschwimmer zu Wasserratten zu machen. Wie viele Kinder können sich aufgrund meines Einsatzes frei und sicher im Wasser bewegen? Zählt das nichts? Ist das nicht eine wichtige Aufgabe, die unser Verein zu leisten hat? Ihr werft mir vor, den Verein kaputtzumachen? Gut, dann seht zu, wie ihr ohne mich zurechtkommt. Ich bin draußen, mich seht ihr hier nicht wieder.« Wütend verließ er das Gebäude, schaute auf das glitzernde Wasser, in dem er jahrelang seine Bahnen gezogen hatte, betrachtete ein letztes Mal die Lichtung im Wald und verließ den Ort, der ihm so viel bedeutet hatte.

Zu Hause angekommen, erstattete Bernd Alexandra Bericht, die fassungslos am Küchentisch saß und den Kopf schüttelte. »Alles aus«, flüsterte sie.

Alexandra hatte sich nach der Hochzeit ebenfalls für den SV Hütterbusch stark gemacht und einen Übungsleiterschein erworben, damit sie bei Wettkämpfen als Schiedsrichterin, Kampfrichterin oder Protokollantin tätig und in Bernds Gesellschaft sein konnte. Bernd wusste, wie viel Spaß ihr diese Aufgabe und das gemeinsame Hobby gemacht hatte, und er verspürte das Bedürfnis, sie zu trösten. »Jetzt nehmen wir uns mehr Zeit für uns. Du wirst sehen, der ganze Stress wird uns nicht fehlen.« Er legte seine Hände auf ihre und drückte sie sacht. »Ich habe Arbeit genug.« Bernd war technischer Angestellter und Experte für die komplizierten Maschinen der Solinger Schneidewarenindustrie. Diese komplexen Maschinen bedurften Einweisung vor Ort. Aus diesem Grund war Bernd in aller Welt unterwegs, um deren Bedienung zu erklären. Zusätzlich sanierte er ein

Haus ganz in der Nähe. Dort lebte eine alte Dame, die von Geburt an schwerbehindert war. Sie hatte angeboten, ihnen das Haus kostengünstig zu vermachen, wenn sie im Gegenzug dazu bereit wären, sie für den Rest ihres Lebens im Alltag zu unterstützen und sie zu pflegen. »Am Haus ist viel zu tun, jetzt kann ich meine Zeit verstärkt dort verbringen und es ausbauen. Umso eher können wir dort einziehen.«

Alexandra nickte traurig. »Ja, das wird schön«, sagte sie leise.

Bernd registrierte, dass sich Tränen in ihre Augen geschlichen hatten. Er konnte Alexandras Kummer nur zu gut nachvollziehen. Der Abschied vom Trainingsbetrieb ging ihm näher, als er zugab.

Das Album der Erinnerungen

Bernd hat es sich auf der Couch im Wohnzimmer gemütlich gemacht. Der Fernseher läuft, und Alexandra schaut eine Liebeskomödie, die ihn nicht interessiert. Neben ihm steht ein Glas Weißwein, und in den Händen hält er das Fotoalbum, in dem er alles gesammelt hat, was mit seinen Erfolgen als Schwimmtrainer zu tun hat. Er sieht sich die Bilder des alten Freibads Hütterbusch an, das heutzutage als Hundeschule und zum Hundeschwimmen genutzt wird. Er ist während des Lockdowns einmal allein dorthin gegangen. Natürlich war der Platz um das Becken menschenverlassen, doch er hat es genossen, sich dort an die frohen Stunden zu erinnern, die er an diesem magischen Ort mitten im Wald erlebt hatte.

Bernd blättert weiter durch das Album und entdeckt ein Foto von Alexandra, die im Protokollraum sitzt und freudestrahlend in die Kamera lächelt. Besonders stolz ist er, wenn er die Zeitungsberichte aufblättert, in denen die großen Erfolge bekannter Wuppertaler Schwimmerinnen und Schwimmer gewürdigt werden, die er in jungen Jahren dazu motiviert hat, vom SV Hütterbusch zu den Wasserfreunden und dem SSC Hellas zu wechseln. Damals waren diese Vereine die richtige Wahl, heute haben sie nicht einmal mehr eine eigene Mannschaft, und die aktiven Mitglieder treten in Startgemeinschaften an. Im Laufe der Jahre hat sich im Schwimmsport viel geändert, und die aktuelle Situation ist eine weltweite Katastrophe. Weil alle Schwimmbäder wochenlang geschlossen waren, konnten Spitzen- und Breitensportschwimmer nicht trainieren. Wem diese Sportart unbekannt ist, der weiß nicht, welche Konsequenzen das für die Schwimmer hat. Andere Sportarten können durch Alternativen ausgetauscht werden, um die Form zu halten, doch Wassergefühl, diese spezielle Kombination aus Krafteinsatz gegen den Wasserwiderstand und Ausdauertraining, ist durch nichts zu ersetzen. Aus lauter Verzweiflung hatten sich einige Athleten im Internet Neoprenanzüge gekauft, um, vor der gröbsten Kälte geschützt, im Freiwasser zu trainieren. Er hat gehört, dass sich Schwimmer Erfrierungen im Gesicht, an den Fingern und an den Füßen zugezogen haben. In diesem Monat hat das Schwimmsportleistungszentrum endlich seinen Betrieb wieder aufnehmen dürfen, und er hat von befreundeten Trainern, die noch aktiv sind, erfahren, wie dramatisch sich die individuellen Bestzeiten der Schwimmer verschlechtert haben. Der einzige Trost für die Sportler ist, dass die Corona-Krise weltweit alle gleich getroffen hat. Beim Gedanken an das Schwimmsportleistungszentrum erhellt ein Lächeln sein Gesicht …

Unerwartete Briefe

Es waren gerade einmal vier Wochen vergangen, als die ersten Briefe eintrudelten. Bernds Abwesenheit bei den Wettkämpfen war der Wuppertaler Vereinslandschaft nicht entgangen, und sein Bruch mit dem SV Hütterbusch hatte sich schnell herumgesprochen.

»Und?«, fragte Alexandra neugierig, die ihm die Briefe auf den Wohnzimmertisch gelegt und ihm beim Öffnen zugesehen hatte. »Was möchten die Wasserfreunde und der SSC Hellas von dir?«

Bernd faltete die Schriftstücke zusammen, legte sie auf dem Tisch ab und seufzte. »Sie möchten mich zurück an den Beckenrand holen.«

Die Wohnzimmertür öffnete sich, und der zwölfjährige Carlos betrat mit einer Banane in der Hand den Raum. Es war der erste Samstag im August, und er hatte ausgeschlafen.

»Morgen«, begrüßte er ihn und Alexandra.

»Morgen, Carlos, setz dich bitte einen Moment zu uns«, bat Bernd seinen Sohn, dessen T-Shirt sich über seinem breiten Schwimmerkreuz spannte. Er war für sein Alter sehr groß und durch den Sport muskulöser als die meisten Kinder seiner Altersklasse.

»Sowohl die Wasserfreunde als auch der SSC Hellas

haben mich angefragt, ob ich daran interessiert sei, ihre Jugend zu trainieren. Schwerpunktmäßig wollen beide Vereine mich für die E- und D-Jugend, also für die Altersklassen acht bis neun und zehn bis elf Jahre«, ließ Bernd die Bombe platzen.

»Das ist toll, Papa, du kommst natürlich zu uns, oder?« Carlos strahlte vor Begeisterung übers ganze Gesicht. Er ähnelte von den Zügen her Bernd, die hellen Haare jedoch hatte er von Alexandra geerbt.

Bernd gab vor, eine Weile zu überlegen, doch im Inneren hatte er sich bereits entschieden: Er würde zurück an den Beckenrand kehren.

»Alexandra, hast du Lust, wieder Protokolle zu schreiben und Zeiten zu stoppen?«, fragte er schließlich grinsend.

»Wasserfreunde, Wasserfreunde, Wasserfreunde, Papa, bitte«, bettelte Carlos aufgeregt. Die Banane lag unangetastet auf dem Tisch.

»Natürlich habe ich das«, erwiderte Alexandra und klatschte überschwänglich in die Hände.

Gelassen stand Bernd auf und ging zum Telefon auf dem Sideboard. Er nahm den Hörer ab und drehte mehrmals die Wählscheibe.

»Papa, wen rufst du an, nicht den SSC Hellas, oder?«, hörte er seinen Sohn aufgeregt hinter seinem Rücken fragen. Auch ihn hatte es nicht auf seinem Stuhl gehalten.

»Hallo, Albert, hier ist Bernd«, begann er das Gespräch. Er freute sich über den entzückten Ausruf am anderen Ende der Leitung. Das Telefonat dauerte nicht lange. Der erste Vorsitzende der Wasserfreunde und er wurden sich schnell einig. »Dann ist es abgemacht«, sagte Bernd

endlich. »Wir sehen uns übermorgen im Schwimmsportleistungszentrum.« Er legte den Hörer zurück auf die
Gabel und drehte sich zu seinem Sohn um. »Ab Montag
siehst du deinen Papa wieder am Beckenrand stehen, um
die Jugend der Wasserfreunde zu trainieren.«

Ausgelassen tanzte Carlos durch die Wohnung. »Papa
ist bei den Wasserfreunden, Papa ist bei den Wasserfreunden«, sang er vor sich hin. »Ich muss sofort die anderen informieren.«

Meeresluft

Bernd lehnt den Kopf an die Balkonwand und zieht voller Behagen die Luft ein. Ihm gegenüber am Grill sitzt
Carlos und wendet Würstchen und Bauchspeck. Dass er
früher Leistungssport betrieben hat, würde heute kaum
jemand für möglich halten, denn er hat die korpulente
Statur eines Liebhabers der guten Küche. Er lässt sich
gern von seiner Mutter kulinarisch verwöhnen, ist jedoch
selbst ein begeisterter Hobbykoch. Sein Beitrag zu diesem Grillabend ist selbstgemachter Zaziki mit original
griechischem Joghurt.

»Hier kommt der Kartoffelsalat.« Alexandra tritt auf
den Balkon und stellt Carlos' Leibgericht mitten auf den
Tisch. »Angemacht mit Essig, Öl und Speck.« Mit dem
Rücken zum Haus, das früher das Ihre war, nimmt sie
zwischen Bernd und Carlos Platz.

»Die Würstchen sind auch soweit.« Carlos greift nach
den Tellern, nimmt die Grillzange in die Hand und mit
ihr die Thüringer Rostbratwürste vom Rost. Sie packen

sich die Teller mit Grillgut, Salat und Brot voll und erfreuen sich an dem zweiten entspannten Zusammensein nach dem Lockdown. Eine Zeit lang genießen sie schweigend ihr Abendessen, schließlich erzählt Bernd von seinem Besuch im früheren Freibad Hütterbusch. »Gestern Abend habe ich in meinem Erinnerungsalbum geblättert«, berichtet er weiter, wischt sich mit einer Papierserviette über den Mund und nippt an seinem Sauvignon Blanc. »Es war schon eine tolle Zeit bei den Wasserfreunden.«

»Was ich besonders geliebt habe, sind unsere dreiwöchigen Ferienfreizeiten auf Sylt«, stellt Alexandra fest und erhebt sich von ihrem Stuhl. »Möchte außer mir noch jemand Bauchspeck?« Bernd grinst Carlos an, und beide nicken zustimmend.

»Logisch«, sagen sie im Duett. »Bauchspeck passt immer noch rein.«

»Ich muss oft an die Fahrten nach Hörnum denken.« Carlos streckt Alexandra seinen Teller entgegen.

»Kein Wunder, wir waren jedes Jahr im Sommer auf der Insel!« Alexandra legt zwei Scheiben Bauchspeck auf den Teller und fügt eine gute Portion Kartoffelsalat hinzu.

»Das Fünf-Städte-Heim in Hörnum gibt es heute noch, ich habe die Unterkunft vor Kurzem erst gegoogelt«, sinniert Carlos. »Allein in meiner neuen Wohnung und in Kurzarbeit habe ich Zeit für die Vergangenheit.«

»Ich sehe das Haus noch genau vor mir: Das hohe, aus roten Steinen gebaute Hauptgebäude mit dem schwarzen Spitzdach und die zwei flacheren Anbauten.« Alexandra schenkt sich gedankenverloren ein wenig Wein ein. »Ich meine, den Duft der Algen zu riechen, die frische Meeresluft auf der Haut zu spüren und die das Gebäude umgebenden kilometerlangen Sandstrände unter den nackten Füßen zu spüren. Ach …«

»Mama!« Carlos grinst übers ganze Gesicht und kneift Alexandra liebevoll in die Wange. »So poetisch kenne ich dich gar nicht.« Er lacht, und Bernd tut es ihm gleich.

»In das Haus passen bis zu sechshundert Kinder rein. Wir von den Wasserfreunden haben gleich fünfzig mitgebracht«, erinnert sich Bernd. »Drei Wochen kein Schwimmtraining, drei Woche nur Sonne, Sand und Spaß. Ich kann mich kaum an eine Freizeit entsinnen, in der nicht die Sonne geschienen hat.«

»Früher war das Klima anders und auf die Jahreszeiten Verlass«, fügt Alexandra hinzu, entfernt ein besonders fettes Stück von ihrem Fleisch und schiebt es an den Tellerrand.

»Wisst ihr noch die Überfahrt nach Helgoland?«, fragt Bernd und tunkt ein Stück Fleisch in den Zaziki.

»Das war ein Abenteuer.« Alexandra lacht bei der Erinnerung. »Kurz vor Erreichen der Insel, die *lange Anna* war gefühlt bereits in greifbarer Nähe, mussten wir mit dem wilden Haufen in kleine Boote umsteigen, die uns an Land brachten.«

»Wie hoch ist die lange Anna eigentlich?« Carlos runzelt nachdenklich die Stirn. »Hundert Meter? Ich fand den Brandungspfeiler als Kind extrem beeindruckend.«

Bernd schüttelt den Kopf. »Ganz so hoch ist er nicht, aber als Junge ist dir der neunundvierzig Meter hohe Fels gewiss doppelt so groß erschienen. Jedenfalls war es im Nachhinein ein Glück, dass ich mich mit dem Vorstand des SV Hütterbusch überworfen hatte. Die Wasserfreunde waren das Beste, das mir jemals passiert ist.« Bernd greift zum Eiskübel und holt eine zweite Weinflasche heraus. Fragend blickt er seine Frau und seinen Sohn an, die ihm beide ihre Gläser hinhalten. »Natürlich nach dir, Alexandra, und deiner Geburt, Carlos.«

»Auf mich wartet niemand in Solingen«, stellt Carlos achselzuckend fest, derweil Bernd den Korken zieht. »Ich werde im Hobbyraum schlafen heute Nacht.«

Bernd füllt die Gläser, nimmt einen Schluck und sagt: »Ein Riesling vom Weingut Meyerhof in Hessen. Nicht nur die ausländischen Weine schmecken gut.«

»Papa, der Sommelier«, scherzt Carlos.

Bernd lacht und sagt: »In Solingen wirst du es nicht mitbekommen haben, aber das Freibad der Wasserfreunde in der Bendahler Straße war Ende Mai das erste Bad in Wuppertal, das die geforderten Hygienevorschriften gewährleisten und die Abstandsregeln einhalten konnte. Es ist seit fast drei Wochen für die Mitglieder geöffnet.«

»Wie soll das im Wasser funktionieren, wenn der Schnellere den Langsameren überholen möchte?« Carlos zieht skeptisch die Augenbrauen hoch.

»Die haben Doppelbahnen gespannt, sodass ausreichend Platz zum Überholen ist«, erläutert Bernd.

»Ich bin pappsatt«, stellt Alexandra fest. »Habt ihr Lust auf eine Partie Rommé?«

»Gerne«, erwidert Carlos und stapelt die geleerten Teller ordentlich aufeinander.

Alexandra steht auf, räumt sie auf die Ablage neben den Grill und verlässt den Balkon. Wenig später kehrt sie mit dem Rommé-Spiel in der Hand zurück.

»Ich mache nicht mit«, sagt Bernd und gähnt. Der Wein hat ihn schläfrig gemacht. »Spielt ihr nur. Ich döse etwas vor mich hin.« Er lehnt den Kopf erneut gegen die Balkonwand und schließt die Augen …

Vier Mannschaften

Gut gelaunt öffnete Bernd die Eingangstür des Schwimm-sportleistungszentrums im Wuppertaler Wohnquartier Küllenhahn, ganz in der Nähe der Cronenberger Müll-verbrennungsanlage und des Freibads Neuenhof. Wuppertal hatte in den achtziger Jahren eine beeindruckende Bäderlandschaft. Zusätzlich zu den privaten und städtischen Freibädern besaß fast jeder Stadtteil sein eigenes Hallenbad. Das Schwimmsportleistungszentrum war das größte Hallenbad der Stadt und Bernds zweite Heimat geworden. Seit knapp vier Jahren trainierte er hier die Wasserfreunde-Kinder zwischen acht und elf Jahren.

»Tag, Bernd«, begrüßte ihn einer der Bademeister, der den Boden des Raums vor dem Drehkreuz wischte, von dem aus Besucher durch die Glasscheibe einen ersten Blick auf das hellblau gestrichene, fünfzig mal fünfundzwanzig Meter große Becken werfen konnten.

»Huhu, ist meine Truppe schon unten?«, erkundigte sich Bernd und hob seine Sporttasche über das Drehkreuz, bevor er sich selbst hindurchquetschte.

»Alle Mann«, gab der Bademeister augenzwinkernd Auskunft.

Fröhlich vor sich hin summend ging Bernd den langen, schmalen Gang entlang zur Herrenumkleidekabine. Dort angekommen, schlüpfte er in Shorts und Shirt und verstaute seine Tasche in einem der Spinde. Anschließend verließ er die Großraumkabine und trat auf die langgezogene Terrasse. Er vernahm die für den Schwimmsport so typischen, vertrauten Geräusche: Das Klatschen, wenn Hände aufs Wasser trafen, das andauernde Plätschern, die besondere Melodie seiner Welt. Er ging die geschwungene Treppe herunter, grüßte die bekannten Gesichter und nahm seinen Platz am Beckenrand ein. Hinter ihm führten große Stufen mit Geländer, auf die sich Zuschauer beim Wettkampf stützen konnten, hinauf zur großen Fensterfront. An diesem späten Nachmittag im Februar des Jahres 1984 jedoch fiel kein Sonnenlicht hindurch, und das Bad war in das weiche Licht der Lampen getaucht.

Im Juni würden sich seine Kinder in Staffelmannschaften bei der Westdeutschen Meisterschaft unter Beweis stellen dürfen. Dieses Jahr fanden die Endläufe in Essen statt. Wie schon in den letzten Jahren blickte er den Wettkämpfen zuversichtlich entgegen. Er hatte je zwei D-Mädchen- und zwei D-Jungenmannschaften, die er an vier Nachmittagen in der Woche trainierte. Zusätzlich gab es eine weitere, die Spitzenmannschaft, in die sich die talentiertesten und engagiertesten Kinder hereinschwimmen konnten.

Nachdem sich die Kinder fünfhundert Meter locker eingeschwommen hatten, begann er mit dem Training. Zunächst sollten sie sich ausschließlich auf einen kräftigen Beinschlag konzentrieren. Dafür umfassten sie mit den Händen ein Brett. Seiner Ansicht nach waren die Beine der Motor eines Schwimmers. Natürlich durften die Arme nicht vernachlässigt werden, und er machte regelmäßig mit seinen Schützlingen technische Übungen für einen effektiven Armzug, der sie voranbrachte und keine unnötige Kraft vergeudete. Während er die nach Chlor riechende Luft einatmete, begutachtete er mit Argusaugen die Leistungen seiner Kinder. Ab und zu machte er sich auf einem Block Notizen, um später die individuellen Stärken und Schwächen der Kinder mit ihnen zu besprechen. Seine Auswahl für die Meisterschaft hatte er jedenfalls getroffen.

Brust, Rücken, Delfin und Kraul

Bernd wird vom Geräusch der aufgehenden Balkontür aus seinem Dämmerzustand gerissen. Schläfrig reibt er sich die Augen. Seine Frau scheint mit Carlos aufgeräumt zu haben, denn er kann kein benutztes Geschirr mehr entdecken.

»Gut geschlafen?« Sein Sohn schaut ihn grinsend an.

Leider passiert es Bernd häufig, dass er in einer geselligen Abendrunde einschläft. Er verträgt den Wein nicht mehr so gut wie früher.

»Ich war im Traum beim Schwimmtraining«, erklärt er und grinst ebenfalls. Gemächlich steht er auf und folgt seinem Sohn ins Wohnzimmer. Nebeneinander nehmen sie auf der Couch Platz. Das Album, in dem er am vorigen Abend geblättert hat, liegt noch auf dem Wohnzimmertisch, und Carlos begutachtet interessiert die zuletzt aufgeschlagene Seite.

»Heutzutage beherrscht der SV Bayer die Schwimmszene«, stellt er fest und tippt auf den ausgeschnittenen WZ-Artikel.

»Aber alle, auch Bayer, haben Schwierigkeiten mit dem Nachwuchs. In der D-Jugend haben sämtliche Vereine Mühe, überhaupt eine Staffelmannschaft auf die Beine zu stellen«, erwidert Bernd kopfschüttelnd. »Ich konnte jedes Jahr mit eigener Mädchen- und Jungenmannschaft antreten. Meistens hatte ich sogar jeweils zwei.«

»Deswegen hat der deutsche Schwimmverband die Regel eingeführt, dass Mädchen und Jungen in gemischten Mannschaften an den Start gehen dürfen, sonst würde gar nichts mehr laufen«, entgegnet Carlos und greift dankbar nach dem Wasserglas, das Alexandra, die aus der Küche zurückgekehrt ist, ihm anreicht. »Danke, Mama, das tut jetzt gut.«

»Schau dir bloß die Distanzen an.« Bernd legt die Stirn in Falten und blättert ein paar Seiten weiter. »Zu meiner Zeit mussten die Kinder je Lage hundert Meter schwimmen, ganz am Anfang sogar auch im Delfin-Schwimmstil. Gut, das war zu anstrengend, ich habe verstanden, dass die Strecke auf fünfzig Meter reduziert wurde, aber heute?«

»Fünfzig Meter Brust und fünfzig Rücken, fünfundzwanzig Meter Delfin und zum Schluss fünfzig Meter Kraul«, listet Carlos auf. »Darüber hätte ich als Kind gelacht.«

»Schade, dass du den Sport drangegeben hast«, bemerkt Bernd, der es heute noch bedauert, dass Carlos sich in der Pubertät vom Leistungssport verabschiedet hat.

»Ach, Papa.« Carlos legt ihm die Hand auf die Schulter. »Du hast genügend andere tolle Sportler entdeckt und bei ihnen die Grundsteine für ihre sportliche Laufbahn gelegt. Wie viele von ihnen engagieren sich nach Beendigung ihrer aktiven Karriere selbst als Trainer!«

»Nadja sehe ich manchmal, wenn ich im Neuenhof ins Becken springe«, entgegnet Bernd.

»Möchtest du wissen, wie sie deinen Vater im Neuenhof nennen?« Alexandra kneift Bernd zärtlich in die Wange. »Sie nennen ihn den Wellenbrecher, weil er seinen ...«, sie grinst, »seinen vollschlanken Körper mit einem Bauchklatscher ins Wasser stürzt, sodass überall die Wellen schlagen und es nur so spritzt.«

Carlos lacht lauthals. Doch wenig später wird er wieder ernst. »Für mich bist du einer der besten Jugendtrainer, die es in Wuppertal jemals gegeben hat.«

Bernd deutet bedächtig mit der Hand in Richtung des Flurs. »Dort hängt der Beweis dafür ...«

Medaillenregen

Bernd platzte fast vor Stolz und drückte Alexandras Hand, als seine Jungs und seine Mädels ihre Medaillen in Empfang nahmen. Die Jungenstaffel in der Lagendisziplin hatte Silber geholt, die Mädchen sogar Gold. Seine Kinder hatten sich in der Abfolge aus Brust, Rücken, Delfin und Kraul ganz nach vorne geschwommen. Doch auch in den Einzeldisziplinen waren seine Staffeln erfolgreich gewesen. Die Jungen hatten im Freistilschwimmen Gold und im Delfinschwimmen Bronze geholt, die Mädchen waren die Zweitbesten im Freistilschwimmen geworden und hatten sich in der Brust-Disziplin Gold erkämpft. Mit dieser Gesamtleistung in der D-Jugend ließen die Wasserfreunde die anderen Vereine weit hinter sich. Gerade wollte Bernd seinen Platz an Alexandras Seite verlassen, um zu seinen an der Tribüne wartenden Kindern zu gehen und sie zu beglückwünschen, als ein Sprecher des Schwimmverbandes hervortrat und zur Ruhe gemahnte.

»Im Namen des Westdeutschen Schwimmverbandes möchte ich mich zunächst ganz herzlich bei allen Sportlerinnen und Sportlern, den Schwimmvereinen, den Kampfrichterinnen und Protokollanten und natürlich den Trainerinnen und Trainern für ihre großartige Leistung und ihr Engagement danken.« Er hielt in seiner Ansprache inne und blickte anerkennend in die Runde. Schließlich wandte er sich direkt an die Kinder der Altersklassen D und E, die Kinder zwischen acht und elf Jahren. »Es macht mich stolz und glücklich zu sehen, welche Bestzeiten ihr schwimmt, wie ihr für euren Verein und unseren Sport alles gebt. Ich weiß die viele Freizeit wertzuschätzen, die ihr nach der Schule dem Schwimmen widmet.« Wieder machte er eine Pause, und die Anwesenden nutzten die Zeit, um zu applaudieren. »Ohne Sie, liebe Trainerinnen und Trainer, gäbe es die Trainingsstunden der Kinder nicht. Sie opfern Ihre Abendstunden dem guten Zweck, Ihrem Ehrenamt. In diesem Jahr, im Jahr 1984, möchten wir einem besonderen Menschen die verdiente Ehre erweisen. Herr Meier, würden Sie bitte einmal zu mir zur Tribüne kommen?«

»Was ist los?« Bernd blickte Alexandra fragend an, die verständnislos den Kopf schüttelte.

»Los, geh schon.« Sie gab ihm einen leichten Schubs, und er setzte sich in Bewegung, ging am Becken mit den gespannten Bahnen, den Startblöcken und den von der Decke hängenden Fähnchen für die Rückenschwimmer vorbei und erreichte endlich die Empore.

»Herr Meier, Sie haben ein einzigartiges Jugendkonzept entwickelt, das Ihrem Verein sehr zugutekommt. In den letzten Jahren haben Ihre Kinder von den Wasserfreunden in der D-Jugend immer mindestens vier Medaillenplatzierungen geholt. Somit überreiche ich Ihnen und Ihrem Verein den Preis für die beste Jugendarbeit.«

Bernd musste mit den aufsteigenden Tränen kämpfen, so sehr freute er sich über diese Auszeichnung. Seine neben dem Sprecher auf ihn wartenden Kinder klatschten aufgeregt in die Hände. Ihre Begeisterung berührte ihn zutiefst. Nur mühsam brachte er seinen Dank zum Ausdruck, denn er konnte nicht glauben, dass alles Wirklichkeit war und nicht einfach nur ein Traum. Die Westdeutsche Meisterschaft in Essen würde er für immer in Erinnerung behalten, diesen unbeschreiblichen Augenblick nie vergessen.

*

Als ein paar Tage später der Bote schellte und ihm das Paket anreichte, war Bernd sehr auf den Inhalt gespannt. Er wusste natürlich, dass das flache Päckchen in einem Zusammenhang mit seiner bei der Westdeutschen Meisterschaft erhaltenen Auszeichnung stand; Genaueres war ihm jedoch nicht bekannt. Er machte sich auf den Weg zu Alexandra, die mit der behinderten, alten Dame im Garten saß und Kaffee trank. Bernd nahm die paar Stufen nach unten und verließ das von ihm restaurierte Haus, in dem die dreiköpfige Familie seit Kurzem wohnte. Das Zusammenleben mit Frau Knorr gestaltete sich problemlos, sie war sehr genügsam und dankbar dafür, dass er und seine Frau sich um sie in ihren letzten Lebensjahren kümmerten. Alexandra begleitete sie nach der Arbeit zu den Ärzten, putzte und kochte für sie. Frau Knorr hatte Wohnrecht auf Lebenszeit und ihnen das Haus überschrieben.

»Ich habe ein Paket vom Schwimmverband bekommen«, sagte er aufgeregt und setzte sich den Frauen gegenüber an den Gartentisch. Die Sonne lachte vom Junihimmel an diesem wettkampffreien Samstag. Es war der perfekte Tag für ein Geschenk. Er riss an der Verpackung und zog einen in durchsichtige Schutzfolie gehüllten Teller aus Zinn heraus.

»Oh«, entfuhr es Alexandra, die ihn vorsichtig von der Folie befreite. Der Teller hatte einen bronzefarbenen Rand und war innen schlicht und braun, sodass die eingeritzte Inschrift besonders gut zur Geltung kam:

Wasserfreunde Wuppertal

Für die beste
sportliche Jugendarbeit
im Schwimmen
1984

im Westdeutschen
Schwimm-Verband e.V.

Flottenschiff

Carlos ist kurz nach dem Mittagessen zurück nach Solingen gefahren, und Bernd hat sein Arbeitszimmer wieder für sich. Manchmal ist er selbst erstaunt darüber, wie er mit seinen großen Händen und massigen Fingern derart filigrane Kunstwerke entstehen lassen kann. Er wirft einen Blick auf den Bauplan und beschließt, sich zunächst den Fenstern und anschließend den weiteren Aufbauten zu widmen. Er schneidet und lötet Kupferdraht, formt ihn zu einem Bullauge. Bevor er den Draht an die runden Fensterausschnitte klebt, schneidet er Kunststoff zurecht, den er innen vor den Löchern anbringt. Als die Bullaugen fertig sind, sehen sie wie richtige winzige Schifffenster aus. Während der Klebstoff trocknet, verlässt er mit kleinen Holzblöcken in der Hand sein Zimmer und geht zum Balkon. Dort, neben dem Grill, steht seine Werkbank. Er klemmt den ersten Block Lindenholz zwischen die Bretter und greift nach der elektrischen Säge. Eine Steckdosenleiste, die über eine Verlängerungsschnur mit einer Stromquelle verbunden ist, versorgt ihn hier draußen mit Elektrizität. Bernd nimmt sich heute die Schiffspoller vor, an denen die Taue befestigt werden, die ein Segelschiff sicher im Hafenbecken halten. Während er Millimeter um Millimeter des ersten Holzblocks absägt, denkt er an das gestrige Gespräch mit seinem Sohn. Es hat Bernd zugleich gutgetan und aufgewühlt, in Erinnerungen zu schwelgen. Die Jahre zwischen 1984, als er die Auszeichnung des Westdeutschen Sportverbandes erhalten hatte, bis zum dramatischen Wendepunkt in seinem Leben waren wie im Flug vergangen. Zwei Jahre nach seiner ersten Ehrung gewährte ihm die Stadt Wuppertal gleich die zweite. Im Rathaus überreichte ihm der Oberbürgermeister eine Plakette, die ihn als besten Wuppertaler Jugendschwimmtrainer auszeichnete.

»Autsch«, flucht Bernd. Sein gedanklicher Ausflug in die Vergangenheit hat ihn abgelenkt, und er hat sich geschnitten. Zum Glück ist der Schnitt nicht tief, und es genügt, die Wunde mit einem Pflaster vor Dreck zu schützen. Pflaster und Verbandsmaterial hat er grundsätzlich neben der Werkbank liegen, da kleinere Unfälle zu seinem Hobby dazugehören.

Er lässt sich von dem Zwischenfall nicht irritieren, arbeitet konzentriert weiter und kommt gut voran. Zufrieden mit dem Ergebnis legt er die Säge beiseite und befreit den letzten Schiffspoller aus der Werkbank. Geruhsam verlässt er den Balkon und geht zurück in sein Arbeitszimmer. Dort angekommen, setzt er sich an seinen Schreibtisch und fährt den Computer hoch. Er öffnet die Suchmaschine Google und gibt ein: *Schwimmsportleistungszentrum Wuppertal, April 1995 …*

Der Anfang vom Ende

Gelassen fuhr Bernd mit der Hand über sein Kinn. Seine Haut war nach der morgendlichen Rasur glatt, und er konnte gepflegt in den Arbeitstag starten. Während er das Badezimmerfenster zum Lüften öffnete, ging er in Gedanken noch einmal seine Trainingspläne für den späten Nachmittag durch.

»Was …«, entfuhr es ihm entsetzt. »Alexandra, komm schnell ins Bad. Es brennt.«

Sekunden später stand Alexandra an seiner Seite und hielt sich erschrocken die Hand vor den Mund. »Der Brand muss in der Nähe der Müllverbrennungsanlage ausgebrochen sein, vielleicht dort selbst«, murmelte sie. »Hoffentlich ist er nicht auf das Freibad Neuenhof übergesprungen. Das schöne Bad meiner Kindheit bezieht seine Energie von dem Heizkraftwerk.«

»Ich mache einen Umweg und fahre vor der Arbeit dort vorbei«, erklärte Bernd bestimmt. Er drückte seiner Frau einen flüchtigen Kuss auf die Wange, verließ das Bad, griff nach seiner Sporttasche und eilte davon.

Wenig später versperrten ihm zahlreiche Feuerwehr- und Polizeifahrzeuge den Weg. Doch zu seiner Überraschung standen die Wagen nicht an der Abbiegung, die zur Autobahn und zum Müllheizkraftwerk führte, sondern sie blockierten die Fahrbahn in Richtung des Sportleistungszentrums. Der weitläufige Komplex beherbergte eine Schule, Sporthallen und das Schwimmbad. Ein Blick auf seine Armbanduhr machte ihm bewusst, dass er schleunigst aufbrechen musste, wenn er sich nicht verspäten wollte. Somit blieb ihm nichts anderes übrig, als sich bis zum Nachmittag zu gedulden. Um siebzehn Uhr würde er erfahren, welches der Gebäude in Flammen gestanden hatte.

*

»Sie dürfen leider nicht auf das Gelände«, wiegelte ihn ein Polizeibeamter unwirsch ab.

»Was ist passiert? Ich muss ins Schwimmbad zum Training«, wollte Bernd aufgeregt wissen. Wie immer war er nach der Arbeit unverzüglich zum Leistungszentrum gefahren, um seine Kinder zu trainieren.

»Hier findet gewiss kein Training statt. Heute Abend wird es eine offizielle Pressemitteilung geben«, erklärte der Beamte und winkte mit der Hand weitere Schaulustige weg. »Ich bin nicht dazu befugt, Ihnen Auskunft zu erteilen.« Er wandte sich zwei jungen Männern zu, die sich über die Absperrung beugten und versuchten, einen Blick auf die Unglücksstelle zu erhaschen. »Hey, Sie da. Haben Sie nicht verstanden, dass es hier nichts zu sehen gibt? Verschwinden Sie, sonst nehme ich Ihre Personalien auf.«

Bis ins Mark erschüttert, startete Bernd seinen Wagen. Der Weg vom Trainingsgelände bis zu ihm nach Hause war kurz, und er erreichte sein Haus innerhalb weniger Minuten.

»Carlos hat schon angerufen«, begrüßte ihn Alexandra, deren volle Wangen vor Aufregung gerötet waren. Sein mittlerweile siebenundzwanzig Jahre alter Sohn arbeitete bei der Polizei und hatte Alexandra mitgeteilt, was geschehen war. Ihre Augen füllten sich mit Tränen, als sie berichtete: »Das Sportleistungszentrum ist bis auf die Grundmauern niedergebrannt. Die Hallen und …«, sie schluckte, »und das Schwimmsportleistungszentrum sind von den Flammen vernichtet worden.«

Bernd ließ die Sporttasche zu Boden fallen und trat zitternd über die Schwelle. Benommen ging er durch den

Flur ins Wohnzimmer und schaltete den Fernsehapparat ein. Alexandra und er mussten nicht lange warten, bis die ersten Bilder des kompletten Ausmaßes der Zerstörung ausgestrahlt wurden.

»Die Schule, das Bad, die Sporthallen, alles nur noch Ruinen«, stammelte Alexandra fassungslos und drückte seine Hand. Sie hatten sich vorsorglich in die Nähe des Telefons gesetzt, das jetzt im Minutentakt schellte. Verstörte Mütter fragten Bernd, wie es jetzt weitergehe, und Trainerkollegen brachten ihr Entsetzen zum Ausdruck.

»Was wird jetzt bloß?«, fragte Alexandra und blickte ihn traurig an.

»Tja, ich schätze, das Sport- und Bäderamt wird die Vereine und Schulklassen auf andere Schwimmbäder verteilen«, entgegnete Bernd. »Das bedarf einer umfangreichen Planung und wird einige Wochen Zeit in Anspruch nehmen. Eines steht mit Gewissheit fest: Der Trainingsbetrieb der Wasserfreunde ist fürs Erste beendet.«

*

Bernd sollte mit seiner Vermutung recht behalten. Es war für die Stadt Wuppertal ein kompliziertes Unterfangen, allen Schulen und Vereinen gerecht zu werden. Die Schwimmoper in Wuppertal Elberfeld wurde schon immer als Trainingsstätte genutzt, und es war unumgänglich, die Zeiten für Freizeitsportler stark einzuschränken, um den Vereinen Bahnen zur Verfügung stellen zu können.

Die Wasserfreunde waren in der glücklichen Lage, ein vereinseigenes Freibad in der Bendahler Straße in Wuppertal Barmen zu besitzen, sodass das Training in sehr reduziertem Maße ab dem ersten Mai dort fortgesetzt werden konnte. Bernd arrangierte sich gut damit, ein- bis zweimal in der Woche dort seine frühen Abendstunden zu verbringen. Dennoch fürchtete er sich davor, was die Zukunft bringen würde.

*

Mit gesenktem Kopf öffnete Bernd die Haustür. Aus der Küche drang der verlockende Duft von Sauerbraten, Rotkohl und Klößen. Normalerweise war das eines seiner Leibgerichte, doch heute war ihm der Appetit vergangen. Müde stellte er seine Sporttasche im Flur ab und betrachtete sie einen Moment lang niedergeschlagen. Heute würde er sie zum letzten Mal auspacken. Er riss sich zusammen und machte sich auf den Weg in die Küche.

»Wie ist es gewesen?«, fragte Alexandra leise, indessen sie Teller und Besteck auf dem Tisch platzierte.

»Wie soll es gewesen sein?«, entgegnete er und ließ sich auf einen Stuhl fallen. »Die Kinder und deren Mütter waren natürlich sehr traurig. Aber sie haben verstanden, dass es so für mich nicht weitergehen kann. Jeden Tag in der Woche soll ich in einem anderen Schwimmbad Training machen, und ich muss quer durch die Stadt fahren. Das würde ich vielleicht noch in Kauf nehmen, wenn ich mich wenigstens auf feste Trainingszeiten ab siebzehn Uhr verlassen könnte.«

Alexandra nickte verständnisvoll und nahm die Töpfe vom Herd.

»Ich kann meinem Chef und den Kollegen nicht einfach sagen: *Ich muss nach Wuppertal und meine Kinder trainieren, ich komme nachher wieder und erledige den Rest*«, sagte Bernd traurig, während Alexandra ihm gegenüber Platz nahm und die Teller füllte. »Auch der Vorschlag, an einigen Tagen meine Mittagspause zu verlängern und zum Training zu nutzen, lässt sich nicht realisieren. Die Fahrzeiten dauern zu lang, daran ist nicht zu rütteln.« Er schüttete etwas Bratensoße über seinen Kloß. »Das Training im Leistungszentrum um siebzehn Uhr war perfekt für mich. Ich kann es nicht ändern. Das Schicksal möchte, dass ich meine Trainer-Shirt im Schrank lasse. Der Brand im Leistungszentrum bedeutet das Aus für meine Laufbahn als Jugendschwimmtrainer.« Er merkte, dass seine Augen feucht wurden und Alexandra ihn besorgt ansah, also atmete er tief durch. »Was meinst du, sollen wir uns im SV Neuenhof anmelden und dort an den Wochenenden zusammen schwimmen, nur aus Spaß, du und ich, wie früher?«

»Das ist eine gute Idee«, erwiderte Alexandra und lächelte ihn aufmunternd an. »Jetzt müssen wir an den Wochenenden nicht mehr bei Wettkämpfen am Beckenrand stehen und haben Zeit für uns.«

Das Rettungsboot

Im Freibad Neuenhof schwimmen Alexandra und er bis heute. Jetzt sogar unter der Woche am frühen Morgen. Sie sind beide in Rente und genießen die viele freie Zeit. Aktuell kann das Bad leider trotz der Corona-Lockerungen nicht öffnen, weil die alten Rohre undicht sind und ausgetauscht werden müssen. Dennoch hofft er, ab Mitte Juli das Wasser wieder in Wallung bringen zu dürfen. Was wird, sollte es in Deutschland zu einer zweiten Welle der Pandemie kommen, mag er sich nicht vorstellen. Das finanzielle Rettungspaket der Regierung konnte bei den Unternehmern das Schlimmste abwehren, doch ein weiterer Lockdown würde den meisten den Boden unter den Füßen wegziehen. Geplant ist, dass nach den Sommerferien alle Schülerinnen und Schüler wie gewohnt zur Schule gehen sollen, frisch heimgekehrt aus den Urlauben, die die Eltern mit ihnen irgendwo in Europa verbracht haben. Es bleibt abzuwarten, welchen Einfluss das Reisen und der Schulbetrieb auf die Infektionslage haben werden.

Bernd fährt den Computer runter, steht auf und kehrt seinem Schreibtisch den Rücken. Er denkt, dass heute ein guter Zeitpunkt dafür ist, den letzten Aufbau anzufertigen: Das Rettungsboot. Das Holz dafür hat er an den Tagen zuvor bereits zurechtgesägt, er muss nur noch die Einzelteile zusammenkleben.

Während er die kleinen Ruder an den Seiten befestigt, denkt er an die Zeit zurück, als er mit Peter Jung, dem Vorsitzenden des Bürgervereins Küllenhahn und späteren Oberbürgermeister, und Heinz Hoffmann, einem Spitzentrainer der Erwachsenen, der unter anderem Peter Nocke und Folkert Meeuw im Wasser betreut hatte, Unterschriften sammelte, um die Stadt Wuppertal davon zu überzeugen, dass der Neuaufbau des Schwimmsportleistungszentrums wichtig sei. Die Stadt hatte einen Kostenvoranschlag für den Wiederaufbau eingeholt und entschieden, dass der Preis zu hoch sei. Doch Heinz Hoffmann war es gelungen, einen Architekten zu finden, der das Unterfangen zu deutlich günstigeren Konditionen umsetzen würde. Letztendlich stimmte die Stadt dem Wiederaufbau zu. Bernd ist bis heute stolz darauf, sich dafür stark gemacht zu haben. Immer, wenn er mit Alexandra zum Freibad Neuenhof fährt und links zur Müllverbrennungsanlage abbiegt, freut er sich darüber, dass nur wenige Meter von ihm entfernt Schüler und Schülerinnen, Schwimmerinnen und Schwimmer dort ihre Bahnen ziehen.

Er befestigt das Rettungsboot auf dem Segelschiff und betrachtet zufrieden sein Werk.

Plötzlich öffnet sich die Zimmertür.

»Bernd«, hört er Alexandra sagen. »Das Abendessen ist fertig.«

»Und?« Überrascht stellt er fest, wie hungrig er schon wieder ist. »Was gibt es?«

»Sauerbraten«, antwortet Alexandra leise. »Mit Rotkohl und Klößen.«

Kapitel 6: Wupper-Berner – Petra

Ostseesonne

»Bitte nicht schon wieder! Ich möchte unseren Urlaub nicht vorzeitig abbrechen müssen.« Mit gerunzelter Stirn blickt Petra Herbst ihren neben ihr auf dem Balkon sitzenden Mann Fritz an. Beim Frühstück haben sie im Radio gehört, dass am dreiundzwanzigsten Juni in Nordrhein-Westfalen, genauer gesagt in den Landkreisen Gütersloh und Warendorf, zum zweiten Mal der Lockdown verhängt worden ist. In einer Filiale des Familienbetriebes Tönnies haben sich über tausendfünfhundert Mitarbeiter der Fleischproduktion mit dem Corona-Virus infiziert. Das Hauptwerk des Unternehmens in Rheda-Wiedenbrück musste den Betrieb einstellen, alle Mitarbeiter befinden sich aktuell in Quarantäne.

»Du kannst mir nicht erzählen, dass die sich in dem Laden an die Hygieneregeln gehalten haben«, erwidert Fritz verärgert. Er ist von der Chemotherapie erschöpft, auf die er auch in den Ferien nicht verzichten kann. Dafür fährt Petra ihn extra nach Lübeck in das zuständige

Krankenhaus. »Die extreme Kälte in den Räumen, in denen die Angestellten das Fleisch zerteilen, hat dem Virus die besten Voraussetzungen geboten.«

»Hinzu kommen die Wohnverhältnisse der Arbeiter, die überwiegend Bulgaren, Rumänen und Polen sind, kaum richtig Deutsch verstehen und schon gar nicht sprechen. Die schuften für einen Hungerlohn und beschweren sich nicht, wenn sie zu zehn Mann in einer Drei-Zimmer-Wohnung eingepfercht werden«, fügt Petra hinzu. Der Anblick ihres Mannes betrübt sie, weil er ausgemergelt und nur noch ein Schatten seiner selbst ist. Begonnen hat alles damit, dass er nicht mehr essen wollte. Irgendwann konnte Petra ihn dazu bewegen, zum Arzt zu gehen und ihm seine Beschwerden zu schildern, doch es war bereits zu spät. Es wurde Bauchspeicheldrüsenkrebs diagnostiziert, der bereits gestreut hatte. Petra und Fritz jedoch sind optimistische Menschen, die sich an dem Funken Hoffnung festhalten, dass die Chemotherapie anschlägt, die Tumore verkleinert und sie operativ entfernt werden können. Trotzdem ist Petra bewusst, dass dieser Urlaub der letzte für Fritz sein könnte. Deswegen möchte sie ihn nicht wieder wegen eines Lockdowns abbrechen müssen. Im März hatte es sie getroffen, und sie mussten ihre Zelte in Grömitz an der Ostsee, ihrer zweiten Heimat, vorzeitig abbrechen und mit ihren zwei Berner Sennen-Hündinnen zurück nach Wuppertal fahren.

»Nach Österreich und Bayern darf keiner mehr einreisen, der in Nordrhein-Westfalen lebt, es sei denn, er kann einen tagesaktuellen, negativen Corona-Test vorweisen«, stellt Petra fest und krault der vierjährigen Fienchen gedankenverloren den Kopf. Fienchen hat bereits drei Würfe hinter sich, den G-, H- und I-Wurf. Der I-Wurf erfolgte am fünfundzwanzigsten April dieses Jahres, gegen Ende des ersten Lockdowns.

»Zum Glück müssen aktuell nur die Leute aus den betroffenen Landkreisen Gütersloh und Warendorf Mecklenburg-Vorpommern und Schleswig-Holstein verlassen, nicht alle Menschen aus Nordrhein-Westfalen, sonst könnten wir unsere Koffer packen«, sagt Fritz und greift mit zitternder Hand nach seinem Wasserglas.

»Mach dir keine Sorgen, solange nicht in ganz Nordrhein-Westfalen alles dichtgemacht wird, können wir den Urlaub genießen.« Petra lässt ihren Blick über die grüne Wiese hin zum Deich schweifen, hinter dem sich der Hundestrand verbirgt. Ihre Freude an dem Ostseeaufenthalt ist durch die Sorge getrübt, was die Zukunft bringen wird. Wird Fritz dem Krebs ein Schnippchen schlagen? Wie wird es mit dem Virus weitergehen? Kommt es durch den Hot-Spot bei Tönnies zu einer flächendeckenden Ausbreitung des Virus und somit zu einem landesweiten Lockdown? Sie seufzt schwer und erhebt sich von ihrem Stuhl. »Ich gehe mit den Damen zum Strand«, kündigt sie an. »Brauchst du noch etwas?«

Fritz greift nach der halbvollen Mineralwasserflasche, die neben ihm auf dem Tisch steht, hebt sie kurz an und schüttelt schließlich den Kopf. »Das reicht für die nächste Stunde.« Zwar geht er auf Anraten seines Arztes noch ab und an mit den Hunden, die sein Ein und Alles sind, doch heute ist er wegen der Chemotherapie zu geschwächt.

Petra verlässt den Balkon und durchquert die kleine Wohnung. Die hellen Rollos sind heruntergelassen, und

das Licht im Inneren ist gedämpft. Sie geht an Fritz'
Lieblingssessel vorbei und langt nach den auf der Fensterbank neben dem Segelschiff liegenden Hundeleinen. Fienchen tapst munter hinter ihr her, ihre Tochter
Helena hat es sich auf dem Boden vor der modernen,
schwarz-weißen Schrankwand mit dem Flachbildfern-
seher gemütlich gemacht. Petra ist Hundezüchterin und
spezialisiert auf Berner Sennenhunde. Sie hat bereits viele
Hunde besessen, geliebt und irgendwann über die Regenbogenbrücke schicken müssen. Jedes einzelne Tier
berührt ihr Herz auf individuelle und einzigartige Art
und Weise. In Helena lebt ihre Oma Amba weiter, eine
ihrer Hündinnen, die sie als *Seelenhündin* bezeichnet.
Der schmerzhafte Verlust ereignete sich im November
2018 völlig überraschend drei Wochen nach Helenas
Geburt. Zu diesem Zeitpunkt bevölkerten drei Berner
Sennen-Hündinnen ihr mehrstöckiges Haus am Wil-
helmring in Wuppertal Cronenberg: Fienchens Mutter
Amba, Fienchen und Isolde, eine Hündin aus Polen, die
fremdes Blut in die Zuchtlinie ihrer Berner vom Burgholzer Wäldchen bringen sollte, sich jedoch nie decken
ließ und einfach nur geliebt wurde. Amba hatte bereits
seit einigen Tagen gezeigt, dass ihr Rücken schmerzte,
doch mit einem Rückenmarksinfarkt hatte niemand gerechnet. Der Tierarzt ihres Vertrauens, Dr. U. W. aus
Gevelsberg, musste die Hündin schlussendlich von ihrem Leid erlösen. Damals gab es bei ihrem Mann noch
keine Anzeichen auf eine Tumorerkrankung, und, um
Petras unendlichen Schmerz zu lindern, behielten sie
eine Hündin des H-Wurfes für sich selbst. Als Isolde im
September 2019 von ihnen ging, war Fritz' Krankheit

bereits diagnostiziert, daher leben im Augenblick lediglich zwei Hündinnen in ihrem Haushalt. Sollte Fritz den Kampf gegen seine Krankheit verlieren, wäre Petra mit drei Hündinnen überfordert.

Gedankenverloren öffnet sie die Haustür und macht sich auf den Weg zum Strand. Die Sonne lacht nur so vom Himmel, als würde sie versuchen, Petras Sorgen zu vertreiben. Sie geht gemächlich, weil sie Probleme mit ihren Knien hat. In der Vergangenheit war sie sehr stark übergewichtig und hat mit Hilfe der Weight Watchers konsequent vierundvierzig Kilo abgenommen. Jetzt, durch den Lockdown und ihre Angst um ihren Mann, hat sie wieder sechs Kilo mehr auf den Hüften, aber ihr fehlt die Kraft, sich durch Gewichtsreduktion zusätzlich unter Druck zu setzen. Sie versucht, ihr Gewicht zu halten und später weiter abzunehmen. Ein weiterer Faktor erschwert ihr das Abnehmen: In gewöhnlichen Zeiten schwimmt sie jeden Morgen in aller Früh im Freibad Neuenhof, ganz in der Nähe ihres Eigenheims. Wegen der defekten Rohre, die ausgetauscht werden, wird das Bad jedoch voraussichtlich erst Mitte Juli seine Pforten öffnen. Das Cronenberger Gartenhallenbad ist ebenfalls wegen Renovierungsarbeiten geschlossen, und zu einem der anderen Wuppertaler Bäder zu fahren, die unter strengen Hygienevorschriften und Abstandsregeln wieder geöffnet haben, ist ihr zu zeitaufwendig und kompliziert.

Als sie den Hundestrand erreicht, zwingt sie sich dazu, die Gedanken an die Zukunft zu verdrängen. Sie richtet ihr Augenmerk auf die großen Fellknäuel mit den freundlichen, braunen Augen, die zum Wasser laufen und sich begeistert in die Fluten stürzen. Beide haben die Leidenschaft fürs Schwimmen von Amba geerbt. Petras Blick bleibt auf Fienchen hängen, die auf hundetypische Art und Weise munter durchs Wasser paddelt. Nur ihr breiter Schädel mit dem mäßig langen Fang und ein Teil des kurzen, kräftigen Halses lugen aus dem Wasser hervor. Petra ist stolz auf die Hündin, die ihren dritten Wurf in den ersten acht Lebenswochen gut versorgt hat. Auch Helena hat sich als liebevolle große Schwester erwiesen und sich von der temperamentvollen Bande in die Beine und den Bauch zwicken lassen. Bei der Erinnerung daran muss Petra unwillkürlich lächeln.

Sie züchtet, um die Rassestandards aufrechtzuerhalten. Geld verdient sie damit nicht, im Gegenteil, meist zahlt sie drauf, aber das Züchten ist seit vielen Jahren ein wichtiger Bestandteil ihres Lebens. Den I-Wurf hat sie mit Bedacht nicht aufs nächste Jahr verschoben, auf eine Zeit, in der es hoffentlich einen Impfstoff gegen Covid-19 geben und das Leben nicht mehr vom Virus bestimmt wird. Sie hat ihre Entscheidung für Fritz getroffen, denn er sollte zumindest einmal noch in seinem Leben Teil der Welpen-Aufzucht und des Geschehens sein …

Das Licht der Welt

Völlig erschöpft blickte Petra auf Fienchen, die den siebten Welpen herauspresste. Die Babys hatten im Zwanzig-Minuten-Takt das Licht der Welt erblickt, und Fienchen hatte in Sekundenschnelle die Fruchthüllen entfernt, damit die Welpen atmen konnten. Auch bei dem letzten Welpen brauchte Petra die Hündin bei diesem lebenswichtigen Vorgang nur insoweit zu unterstützen, als sie ihr den Kleinen anreichte. Obwohl Fienchen fast am Ende ihrer Kräfte war, schlug sie die Reißzähne fest in die letzte, kleine Nabelschnur und durchtrennte sie. Die Reißzähne waren im Gegensatz zur allgemeinen Meinung nicht die großen Eckzähne, sondern die dahinterliegenden. Gesunde Zähne waren eine der Voraussetzungen dafür, um Zuchthündin zu werden. Denn nur mit vollständigem Scherengebiss konnten die Hündinnen die Nabelschnur selbstständig abbeißen.

Stolz beobachtete Petra Fienchen dabei, wie sie dem Letztgeborenen eifrig das Bäuchlein leckte, um dessen Kreislauf anzuregen und ihn zu reinigen. Unmittelbar danach robbte der Kleine bereits zu ihrer Zitze und nuckelte genüsslich.

Mühsam rappelte sich Petra vom Wohnzimmersofa auf, das in den nächsten Wochen ihr Bett sein würde. Es war elf Uhr dreißig am Vormittag und sie seit über sechsundzwanzig Stunden auf den Beinen.

Gestern, am vierundzwanzigsten April 2020, hatten bei Fienchen die Vorwehen eingesetzt. Sie hatte sich aufgerichtet und gehechelt, hingelegt und wieder aufgesetzt. In regelmäßigen Abständen hatte Petra die Körpertemperatur der Hündin gemessen, die etwa sechs Stunden nach Beginn der Wehen auf sechsunddreißig Komma fünf Grad abgesunken war. Im Unterschied zu den Menschen lag die Kerntemperatur bei Hunden um die achtunddreißig Grad Celsius, und der Abfall hatte angekündigt, dass in zwanzig Stunden die Geburt stattfinden würde.

Die Nacht über hatte Petra Fienchen keine Sekunde aus den Augen gelassen, beruhigend auf sie eingesprochen und die Wurf-Box vorbereitet. Helena war eine vorbildliche Tochter gewesen, die ihre Mutter in Ruhe gelassen und das Geschehen vom Sofa aus beobachtet hatte.

Vor einer Stunde war Dr. U. W. zum Hausbesuch gekommen und hatte Fienchens Muttermund untersucht, der zu ihrer Freude bereits weit geöffnet gewesen war. Fritz hatte mit einer Maske Mund und Nase bedeckt und sich bei der Untersuchung aus Sicherheitsgründen im Hintergrund gehalten. Tatsächlich war der Tierarzt noch keine vierzig Minuten weggewesen, als die kleine Isolde zur Welt kam.

Die nächsten Stunden würden die Welpen und ihre Mutter ausschließlich mit Schlafen und Säugen verbringen, und Petra entschied, sich etwas Ruhe und Schlaf zu gönnen.

»Fritz, ich lege mich zwei Stunden aufs Ohr. Behältst du unsere frisch gebackene Mutter und die Babys im Auge?« Sie blickte ihren Mann auffordernd an, und Fritz nickte zustimmend, erhob sich von seinem Stuhl am Wohnzimmertisch und ging zum Sofa, vor dem sie die Welpen-Landschaft aufgebaut hatten. Damit die kleinen Feger in den nächsten Tagen nicht unkontrolliert im Haus herumtoben würden, hatten sie einen weitläufigen Spiel- und Lernbereich abgetrennt, in den natürlich auch

Helena bald hineindürfen würde. Fritz nahm auf dem Sofa Platz, und Petra registrierte den Glanz in seinen Augen, als er den Babys beim Säugen zusah. Helena hopste auf ihren Lieblingsplatz an seiner Seite, kuschelte sich eng an ihn, und er legte den Arm um sie. Bei diesem Anblick wurde es Petra ganz warm ums Herz. Allen Unkenrufen zum Trotz hatte sie im Februar die richtige Entscheidung getroffen.

Die Berner vom Burghauser Wäldchen

Petra hat mit den Hündinnen einen ausgiebigen Strandspaziergang unternommen, und das wärmende Sonnenlicht hat das dichte Fell der Tiere getrocknet. Prüfend streicht sie Helena über den Rücken, der sich nicht mehr feucht anfühlt, und tritt den Rückweg über den Deich und die ausgedörrte Wiese an. Als sie das große Appartementhaus erreicht und die Wohnung im Parterre betritt, ist es erstaunlich ruhig. Für gewöhnlich läuft bei ihnen immer das Radio oder der Fernsehapparat. Sie leint die Hündinnen ab und lässt ihre Blicke suchend durch die Wohnung schweifen. Weder im Wohnzimmer noch in der kleinen Küche kann sie Fritz entdecken, und auch auf dem Balkon sitzt er nicht mehr. Sie öffnet die Tür zum Schlafzimmer, nur um sie Sekunden später wieder zu schließen. Fritz liegt, unter seine blau-gelb gestreifte Decke gekuschelt, im Bett und schläft tief und fest. Sie schiebt seine Müdigkeit auf die Nachwirkungen der heutigen Chemotherapie, setzt sich im Wohnzimmer an den Tisch und fährt ihren Laptop hoch. Sie möchte die stille

Zeit nutzen, um ihren Internetauftritt zu überprüfen und auf den aktuellen Stand zu bringen.

Für den Herbst hat sie keinen Deckakt geplant, weil sie im Stillen befürchtet, dass sich Fritz' Zustand verschlechtern und er intensivere Pflege benötigen wird. Somit ist nicht gewährleistet, dass sie den Welpen ihre volle Kraft und Aufmerksamkeit schenken kann.

Die Beschäftigung mit ihrer Webseite bekommt ihr gut und bringt sie auf andere Gedanken. Sie ist stolz auf ihre Homepage und auf die vielen tollen Hunde, die den Namen *Vom Burghauser Wäldchen* tragen.

Auf der Startseite blicken sie Fienchen und Helena an, die nebeneinander auf dem roten Sofa ihres Wohnzimmers in Wuppertal sitzen. Petra muss schmunzeln, denn wer genauer hinsieht, entdeckt einen Männerarm, in den sich Helena gekuschelt hat. Sie schließt einen Moment die Augen und denkt, dass der Kontakt mit den Tieren ein Segen für Fritz ist. Sie atmet tief durch und flüstert: »Vielleicht wird doch alles gut.« Sie öffnet die Lider wieder und beugt sich weiter vor. Mit einem Lächeln auf den Lippen liest sie die Worte unter dem Foto.

Dass mir der Hund das Liebste sei,
sagst du, o Mensch, sei Sünde.
Der Hund blieb mir im Sturme treu,
der Mensch nicht mal im Winde!
Franz von Assisi

Als Nächstes klickt sie auf die eigens für den I-Wurf eingerichtete Unterseite. Dort sind die Welpen abgebildet, als sie erst wenige Tage alt waren. Es sind drei Rüden,

Idefix, Idol, Isaak, und vier Hündinnen, Isabella, Inka, Isolde und Irmchen. Alle hat sie in gute Hände abgegeben. Grundsätzlich entlässt sie die Welpen nur in ihr Hundeleben, wenn sie in Kontakt mit ihnen und den neuen Besitzern bleiben kann. Sie freut sich über die zahlreichen Bilder von den Hunden, die sie per Whats-App oder E-Mail erhält. Viele der glücklichen Hundebesitzerinnen und -besitzer sind ihr zu engen Freunden geworden. Es macht sie froh, alles Wesentliche über den Werdegang der Hunde aus den verschiedenen Würfen zu erfahren. Selbst vom A-Wurf von 2009 leben noch zwei Hunde, und der B-Wurf von 2010 ist fast komplett.

Kurz hält sie in der Begutachtung ihrer Webseite inne, legt die Computermaus beiseite und ballt kämpferisch die Hände zu Fäusten. Sie wird sich nicht unterkriegen lassen, weder vom Corona-Virus noch vom Krebs ihres Mannes. Egal, was geschieht, ihren Traum wird sie sich nicht nehmen lassen und weiter für die Reinheit dieser wunderbaren Rasse Verantwortung übernehmen.

Petra lockert ihre Finger, atmet mehrmals tief durch und greift erneut zur Maus. Sie scrollt weiter die Seite herunter zu den Ultraschallbildern von Fienchens Gebärmutter. Sie hat sie bei ihrem Tierarzt in Gevelsberg machen lassen, um auszuschließen, dass es ein Einer-Wurf werden würde. Auf den Bildern können die Webseiten-Besucher mindestens vier schlagende Herzen entdecken. Sobald die Aufnahmen online waren, erhielt sie die ersten E-Mails und Anrufe von Interessenten. Die Trächtigkeit der Hündinnen dauert acht Wochen, ebenso lange sollten die Welpen nach der Geburt bei der Mutter bleiben.

Sie scrollt etwas höher zu dem Eintrag, den sie am vierundzwanzigsten Februar hochgeladen hat.

Am 22. und 23. Februar 2020 hat (Boy) Orest Nelielskie Moczary mit Freude unser Fienchen vom Burgholzer Wäldchen gedeckt.

Die Worte *mit Freude* sind ihr ausgesprochen wichtig, denn sie legt Wert auf einen Deckakt, der auf gegenseitiger Sympathie zwischen Hündin und Rüde beruht. Niemals würde sie eine ihrer Hündinnen künstlich besamen lassen oder gar zum Deckakt zwingen. Fienchen zum Beispiel gefällt noch lange nicht jeder Rüde. Sie kann sich nur zu gut an den Deckakt im Februar des vergangenen Jahres erinnern …

Hundehochzeit

Enttäuscht schlug Petra die Kofferraumtür ihres VW Caddys zu und winkte dem befreundeten Hundezüchter zum Abschied. Fienchen schaute sie durch das Heckfenster aus ihren schönen, braunen Augen an und wedelte leicht mit der Rute.

»Ja, schon gut, Fienchen«, murmelte sie, seufzte und umrundete den Caddy, der hinten sehr tief gebaut war, sodass ihre Hunde ohne spezielle Rampe hineinspringen konnten.

Die zweistündige Anreise von Wuppertal nach Bad Wünnenberg in der Nähe von Kassel war nicht von Erfolg gekrönt gewesen. Dieter und sie hatten Fienchen und den Deckrüden hochmotiviert zusammengeführt, und zunächst zeigten sich die beiden sehr aneinander interessiert. Der Rüde hatte Fienchen ausgiebig beschnüffelt und wollte sogar einen ersten Begattungsversuch starten, als sich die Hündin spontan umentschied. Sie war ihm davongelaufen und hatte ihm die kalte Schulter gezeigt. Dieter und sie hatten die zwei in der Hoffnung voneinander getrennt, dass dies den Reiz für eine zweite Begegnung erhöhen würde. Doch alle Bemühungen waren umsonst gewesen, Fienchen hatte sich einfach nicht für den Deckrüden begeistern lassen.

Petra lief die Zeit davon. Die Läufigkeit von Hündinnen war in vier Phasen unterteilt, die Vorbrunst, die Brunst, die Nachbrunst und die Ruhephase. Das Ganze zog sich über mehrere Wochen hin, wirklich paarungs- und empfängnisbereit waren sie jedoch nur an drei Tagen während der Brunst. Dr. U. W. hatte festgestellt, dass bei Fienchen heute Tag zwei der Hitze war, und ein Deckakt musste, um mit Gewissheit erfolgreich zu sein, an zwei Tagen in Folge stattfinden.

Petra langte nach der auf dem Beifahrersitz liegenden Winterjacke und zog ihr Smartphone aus der Tasche. Sie suchte nach der unter *Joker 1* gespeicherten Telefonnummer und drückte auf den grünen Hörer. Zum Glück dauerte es nicht lang, bis ihr Bekannter in Aachen das Gespräch entgegennahm.

»Ja, Petra hier«, sagte sie hastig. »Fienchen hat dem Rüden aus Bad Wünnenberg einen Korb gegeben, darf ich mit ihr zu dir kommen?« Sie lauschte der Antwort ihres Gesprächspartners, und Erleichterung breitete sich in ihrem Inneren aus. »Laut Navi müsste ich in weniger als drei Stunden in Aachen sein. Bis gleich und noch mal danke.«

Sie beendete das Telefonat, packte das Smartphone weg und gab Gas.

*

»Deine Lady ist aber auch wählerisch.« Manfred verdrehte die Augen.

Fienchen hatte den Ersatzrüden, Petras Joker, kurz abfällig beschnüffelt und saß jetzt gelangweilt auf dem Rasen und leckte sich die Pfoten.

»Ich glaube, heute ist kein guter Tag für Fienchen und mich«, erwiderte Petra resigniert. Sie warf einen Blick auf ihre Armbanduhr. Mittlerweile war es fünfzehn Uhr am Nachmittag, und ihr Magen signalisierte ihr mit lautem Knurren, dass er schnellstens etwas zu essen haben wollte. Leider rieselte der Sand weiter durch die biologische Sanduhr: Die Zeit verrann erbarmungslos. Außerdem war ihr kalt. Das Wochenende vor Rosenmontag zeigte sich in diesem Februar äußerst ungemütlich. »Eine Hoffnung habe ich noch.« Erneut holte sie ihr Smartphone hervor. »Von hier aus bin ich in zwei Stunden bei Peter in den Niederlanden. Vielleicht erliegt Fienchen ja Switzers Charme.« Erwartungsvoll wählte sie die Nummer ihres zweiten Jokers. Nachdem mehrmals die Mailbox angegangen war, hinterließ sie frustriert eine Nachricht.

»Komm mit ins Haus, ich mache dir einen Kaffee, und etwas Käsekuchen von gestern ist auch noch vorhanden«, bot Manfred ihr freundlich an.

In Gedanken ging Petra rasch durch, welche Lebensmittel sie heute zu sich genommen hatte, und wie viele der sogenannten Punkte diese besaßen. Auf ihren enormen Gewichtsverlust war sie sehr stolz, und sie hielt sich vehement an die Regeln ihrer Weight-Watchers-Gruppe, deren Treffen sie einmal wöchentlich besuchte.

»Danke, das ist lieb von dir«, antwortete sie schließlich und pfiff ihre Hündin zu sich. Manfred brachte seinen Deckrüden zurück in die gut gepflegte, weitläufige Zwingeranlage. Er hielt seine vielen Hündinnen draußen, auch die Welpen-Aufzucht fand dort statt.

Wenige Minuten später saßen sie am Küchentisch, und Petra schlürfte genüsslich den heißen Kaffee.

»Der Käsekuchen war köstlich«, stellte sie fest. »Hat Maria ihn gebacken?«

Maria war Manfreds Frau und bekannt für ihre sensationellen Kuchen, die sie den an ihren Berner Sennenhund-Welpen interessierten Gästen anbot.

»Wer sonst?« Manfred grinste. »Magst du Peter ein letztes Mal anrufen?«

Petra wischte sich mit der Serviette über den Mund und schüttelte den Kopf. »Wenn er nicht auf meine Nachricht reagiert, ist er nicht da.« Sie erhob sich, und Fienchen zu ihren Füßen tat es ihr gleich. »Setz dich, Fienchen. Frauchen macht sich erst frisch, bevor wir die Heimreise antreten.«

Sie betrachtete sich im Spiegel der Gästetoilette und entnahm ihrer Handtasche Lippen- und Kajalstift. Gründlich zog sie die schwarze Linie am Unterlid nach und frischte das verblasste Lippenrot auf. Anschließend fuhr sie sich mit den Fingern durch die hellbraun gefärbten, langen Haare. An ihre Haare durfte nur ein spezieller Hairstylist aus Wuppertal Elberfeld. Petra legte viel Wert auf ein gepflegtes Äußeres.

»So«, sie warf einen letzten, zufriedenen Blick in den Spiegel, »das war es wohl für dieses Frühjahr mit dem H-Wurf. Vielleicht klappt es im Herbst wieder.«

*

»Wir können unser Fienchen nicht zwingen, es soll dieses Frühjahr eben nicht sein«, sagte Petra niedergeschlagen. Sie und Fritz saßen sich am Wohnzimmertisch gegenüber, und vor ihnen auf dem Tisch lag die Platte mit den Resten des kalten Abendessens, das aus Brot und Aufschnitt bestanden hatte. Isolde, Amba und Fienchen hatten es sich vor der Balkontür bequem gemacht. Die drei sahen wie ein flauschiger, lebendiger Teppich aus.

Auf einmal klingelte Petras Smartphone.

»Vielleicht mein Herr Sohn?«, überlegte sie, derweil sie aufstand und zum Sofa eilte. Nach ihrer Rückkehr aus Aachen hatte sie sich erschöpft hingelegt und das Telefon achtlos neben sich fallen lassen. Petra hatte einen Sohn aus erster Ehe, der sie mit einem Jungen und einem Mädchen zur zweifachen Großmutter gemacht hatte. »Oder eins der Kinder?« Sie beugte sich vor und blickte auf das Display. »Peter, Fritz, es ist Peter«, rief sie überrascht aus. »Peter, du glaubst nicht, was ich heute erlebt habe.« Mit wenigen Worten schilderte sie dem Niederländer die Ereignisse des Tages. »Jetzt? Es ist bereits kurz vor einundzwanzig Uhr?« Aufgeregt ging sie zurück zu ihrem Mann. »Also ich fahre heute kein Auto mehr, ich bin total groggy.« Sie legte den Kopf schief und sah Fritz hoffnungsvoll an. »Wollen wir mit Fienchen einen letzten Versuch wagen? Fährst du uns zu Switzer? Er kann es kaum erwarten, Fienchen kennenzulernen!«

Fritz grinste und schnappte sich die Hundeleinen. »Meine Damen, jetzt drehen wir eine kurze Runde im Wäldchen, anschließend geht's ab in Richtung Grenze. Und die Ladys Amba und Isolde hüten das Haus.«

Familientreffen

Im vergangenen Jahr kam es zu ihrer großen Freude in letzter Sekunde doch zum Deckakt. Fienchen und Switzer verliebten sich auf den ersten Blick ineinander, und nur zehn Minuten nach der Zusammenführung fand die ersehnte Hundehochzeit statt.

In ihren Erinnerungen versunken, scrollt Petra auf die eigens für den H-Wurf eingerichtete Unterseite.

Über den bunten Zeichnungen von einem Klapperstorch, der einen Berner Sennenhund-Welpen in einem Körbchen durch die Lüfte trägt, und zwei vorwitzig aus einem Kinderwagen hervorlugenden Hundebabys springen ihr die Fotos der Welpen ins Auge: Helena, Hummel und Heidi und der einzige Rüde Hamlet-Jamie. Sie sieht ihre eigene Hand mit den weichen Fingern und den rot lackierten Nägeln, die jedes der winzigen Wesen einzeln vor die Kamera hält.

»Petra?«, reißt Fritz' Stimme sie aus ihren Gedanken.

»Es ist gleich halb sechs. Wir sind mit den Klevern und Martina zum Abendessen verabredet.«

»Geht es dir wieder besser?«, erkundigt sich Petra, während sie den Laptop herunterfährt.

»Ja, der Schlaf hat mir gutgetan«, gibt Fritz Auskunft, und sie betrachtet ihn eingehend. Etwas Farbe ist in seine Wangen zurückgekehrt, und er hat sich umgezogen. Trotz der dreißig Grad draußen trägt er eine leichte, rote Sommerjacke, und er ist glattrasiert. Er lässt sich in seinen Lieblingssessel fallen und schaltet mit der Fernbedienung den Fernseher an.

»Ich geh kurz ins Bad und mach mich frisch«, erklärt Petra und beobachtet aus dem Augenwinkel heraus Helena, die begeistert mit der Rute wedelt und anscheinend ganz aus dem Häuschen ist, weil Fritz aufgestanden ist. Sie lässt sich zu seinen Füßen nieder, während Fienchen hinter Petra hertrottet. Petra macht einen Umweg über das Schlafzimmer und nimmt ein weites, schwarz-weißes T-Shirt aus der Kommode neben dem Bett. Sie entledigt sich ihrer Jeans und ihres verschwitzten Tops und legt die Kleidungsstücke in den Wäschekorb. Anschließend schlüpft sie in eine schwarze, locker geschnittene Dreiviertelhose und zieht das Shirt über. Sie begutachtet sich im schmalen Wandspiegel, neben dem ihr blauer Reisekoffer das Ende des Urlaubs abwartet. Zufrieden mit ihrem Erscheinungsbild verlässt sie das Zimmer und geht zum Badezimmer. Als sie die Tür öffnet, versucht Fienchen, sich hinein zu schmuggeln. »Nein, Fienchen, du bleibst draußen. Dort drin ist es zu eng für uns beide.« Freundlich, aber bestimmt schließt Petra die Tür. Sie wäscht sich mit kaltem Wasser das Gesicht, trocknet es ab und trägt mit einem Pinsel die Grundierung auf. Durch den anhaltenden Sonnenschein und die Ostseeluft ist ihr Gesicht gebräunt, und sie nutzt Make-up in einer dunkleren Nuance als sonst. Routiniert schminkt sie Augen und Lippen, und nur wenige Minuten später verlassen Fritz und sie mit den Hündinnen das Appartementhaus. Auf der Wiese vor dem Haus werden sie bereits von einer gut gelaunten, kleinen Gesellschaft erwartet.

Anna und Thorsten aus Kleve halten ihre beiden Berner Sennen-Rüden Emil und Alf an der Leine, und Martina aus Essen streichelt ihrem Fido liebevoll über den Kopf. Die drei haben ebenfalls eine Ferienwohnung in dem Appartementhaus, das aus verschieden groß geschnittenen Eigentumswohnungen besteht, angemietet. Einige Eigentümer nutzen ihre Wohnung, um sie an Feriengäste zu vermieten, andere hingegen für den Eigenbedarf.

»Munteres Familientreffen«, ruft Fritz und führt Helena an die drei Rüden heran, damit sie sich beschnüffeln können. Auf eine Umarmung zur Begrüßung verzichtet er. Petra überlegt, ob die Menschen das Ritual wieder aufleben lassen werden, wenn es einen Impfstoff gegen Covid-19 gibt, oder ob die Angst sich dafür zu tief in die Seelen der Menschen gegraben hat. Sie ist glücklich über Fritz' gute Laune, und in diesem Moment, an diesem lauen Sommerabend und in der Gesellschaft von Freunden erscheint ihr die Zukunft weit weniger bedrohlich und die Möglichkeit, dass Fritz im Kampf gegen den Krebs als Sieger hervorgeht, wahrscheinlicher als noch einige Stunden zuvor.

»Wo gehen wir hin?«, möchte Martina wissen und fährt sich mit der freien Hand durch die halblangen, braunen Locken.

»Lassen wir unsere kleine Verwandtschaft über den Strand zum Restaurant *Zur Düne* laufen?«, schlägt Petra vor.

»Au ja«, erwidert Thorsten begeistert. »Ich habe Lust auf fangfrischen Fisch.« Er schiebt seine schwarze Baseballkappe zurecht und marschiert los.

Während sie über die Wiese hin zum Deich spazieren, leint Petra Fienchen ab, die augenblicklich zu ihrem Bruder Fido stürmt und ihn spielerisch ins Ohr beißt. Der Rüde ihres F-Wurfes hat sich ebenso prächtig entwickelt wie seine Schwester, und auch in ihm meint Petra ein Stück ihrer verstorbenen Seelenhündin Amba entdecken zu können.

Auch ihre Freunde beschließen, ihre Hunde ab jetzt frei laufen zu lassen, und die bunte Truppe steuert fröhlich den Hundestrand an.

Eine gute halbe Stunde später sitzen sie an einem Fünfertisch unter dem aufgespannten Sonnenschirm und genießen den Blick auf die See. Sie haben ihre Gesichtsmasken in den Taschen lassen dürfen, da sie das Restaurantinnere nicht betreten. Der Außenbereich des Restaurants ist gut besucht, und es herrscht eine herrlich entspannte, lockere Atmosphäre. Petra registriert, dass sich außer des Servicepersonals kaum ein Mensch mehr an die bestehenden Corona-Vorschriften hält. Die Leute klopfen sich auf die Schultern, umarmen und herzen sich. Über den Strand flanieren die Hundeführerinnen und -führer dicht an dicht. Petra kann verstehen, dass dieser traumhafte schöne Abend zur Sorglosigkeit verführt. Sie und Fritz suchen sich für gewöhnlich Zeiten zum Spaziergang aus, an denen der Strand weniger belebt ist.

»Hier findet das Leben statt, als hätte es Corona nie gegeben«, bemerkt sie, derweil sie vom Kellner, der vorschriftsmäßig einen Mund- und Nasenschutz trägt, die Speisekarte entgegennimmt.

»An der frischen Luft fürchte ich mich nicht«, erwidert Martina, bricht sich ein Stück Brot ab und bestreicht es mit Kräuterbutter. »Nein, Fido, Platz. Das Brot ist nicht für dich.« Streng blickt sie den Rüden an. Gehorsam legt er sich an Martinas Seite nieder, und alle müssen über seinen beleidigten Gesichtsausdruck lachen.

»Also ich, als absoluter Risikopatient, muss sagen, dass ich unendlich froh bin, mit euch hier sein zu dürfen. Es ist für mich ein Stück Lebensqualität«, wirft Fritz ein und schließt seine Speisekarte. »Petra und ich halten die Abstandsregeln ein, aber wer weiß schon, was die Zukunft bringt, ob es in Deutschland in zwei Monaten eine zweite Welle geben wird, wie dieser Virologe aus der Berliner Charité befürchtet, dieser …«, er bricht ab und runzelt kurz die Stirn. »Drosten, Christian Drosten«, fällt ihm der Name wieder ein. »Durch meine Erkrankung ist mir einmal mehr bewusst geworden, wie kostbar das Leben ist, dass jeder Tag zählt. Also werde ich diesen Abend in vollen Zügen auskosten.«

»Jedenfalls haben wir im März und April die Erfahrung gemacht, dass sich im Zuge des Kontaktverbotes und der Kurzarbeit viel mehr Menschen als sonst bei uns um einen Welpen beworben haben. Ich hätte gut fünfzig Hunde vermitteln können«, bemerkt Petra und lächelt den Kellner an, der frisch gezapftes Bier vom Fass bringt und die Bestellungen aufnehmen möchte. Sie entscheiden sich für eine große gemischte Fischplatte mit Pommes Frites und fünf Salattellern. Die Speisekarte im Restaurant *Zur Düne* wird täglich aktualisiert, denn hier werden regionale und saisonale Spezialitäten serviert, und das Fischangebot richtet sich nach dem Tagesfang.

»Ein Wurf zu Corona-Zeiten, wie ging das vonstatten?«, erkundigt sich Thorsten interessiert und nimmt einen großen Schluck Bier.

»Zunächst lief alles wie gewohnt, nur dass …«, sie wirft einen raschen Seitenblick auf ihren Mann, »nur dass Fritz mir weniger helfen konnte als früher. Aber …«, sie winkt rasch ab, »es hat ja wunderbar geklappt. Die ersten zwei Wochen habe ich in Blöcken geschlafen, natürlich auf dem Wohnzimmersofa. Wenn Fritz um sieben aufgestanden ist, habe ich mich für zwei Stunden im Schlafzimmer ins Bett gelegt.«

»Das meine ich nicht«, entgegnet Thorsten kopfschüttelnd. »Wie waren die Welpen-Besuche?« Er grinst übers ganze Gesicht, nimmt die Kappe ab und legt sie auf den Tisch. »Anna und ich wissen aus eigener Erfahrung, wie wichtig es dir ist, dass die zukünftigen Hundebesitzer *ihren* Welpen besuchen kommen, wenn möglich gleich mehrmals.«

Anna nickt zustimmend. »Das kann ich nur bestätigen.« Sie wirft einen zärtlichen Blick auf Emil, der neben ihrem Mann auf dem Boden liegt.

»Na ja, Fritz blieb im Hintergrund, und alle mussten Mund- und Nasenschutz tragen. Anfang Mai gab es zum Glück die ersten Lockerungsmaßnahmen, und ich habe zugesehen, dass sich immer nur ein Besucher mit mir in einem Raum aufgehalten hat. Wegen des phantastischen Wetters konnten wir zunächst auf den Balkon und später, als die Süßen etwas größer waren, auf den Garten ausweichen. Ah, das Essen kommt, Mensch, habe ich einen Hunger.« Sie greift nach der neben dem Teller liegenden Serviette und legt sie sich auf den Schoß.

»Heute gibt es frischen Lachs, Dorn, Hornhecht und Meerforelle«, informiert sie der Kellner, derweil er die verführerisch duftende Platte mit den Fischfilets auf den Tisch stellt. »Dazu reichen wir Kräuterbutter, Zitronen- und Senfsoße. Ich wünsche Ihnen einen guten Appetit.«

Begeistert langen sie ordentlich zu, und eine Zeit lang widmen sie sich schweigend der köstlichen Vielfalt aus der Ostsee.

»Beim diesjährigen I-Wurf ist Fritz und mir etwas geschehen, was bei allen Würfen zuvor noch nie passiert ist«, sagt Petra, als ihr erster Hunger gestillt ist, und alle blicken sie neugierig an. »Es gab ein Ehepaar, das an Inka interessiert war. Der Mann hatte sich bereits bei mir gemeldet, als ich die Ultraschallbilder auf meiner Webseite online gestellt hatte«, fährt sie fort und wischt sich mit der Serviette über den Mund. »Sie wollten unbedingt eine Hündin, und später war Inka der Welpe ihrer Wahl. Zunächst gefielen sie Fritz und mir gut, tolles Eigenheim mit viel Platz, Hundeerfahrung. Ich hatte die Verträge schon aufgesetzt und meinerseits bereits unterzeichnet, als mir auffiel, dass sie die bizarrsten Fragen stellten. Zum Beispiel, ob Boy auch wirklich den Rassestandards entspreche, wie die ersten Würfe von Fienchen gewesen seien und so weiter.«

»Außerdem haben sie Inka kein einziges Mal besucht«, wirft Fritz ein.

»Ich habe mich nicht wohl bei der Sache gefühlt und ihnen kurzfristig abgesagt«, berichtet Petra weiter. »Jetzt war ich froh, dass sie nicht bei uns zum Welpen-Besuch und zur Vertragsunterzeichnung gewesen waren.« Gedankenverloren greift sie nach ihrem Bierglas und trinkt den verbliebenen Rest mit einem Schluck. »Fritz hat ihnen am Telefon abgesagt und sich beschimpfen lassen.« Sie schaut ihren Mann liebevoll an. »Er hat stärkere Nerven als ich, was das betrifft. Plötzlich standen wir da, kurz vor dem Urlaub, und hatten einen Welpen noch nicht weg. Normalerweise hätte ich die Kleine behalten, wir hatten schließlich immer mindestens drei Hunde, aber …«, wieder bricht sie ab und senkt die Lider, »wegen der aktuellen Lage, also wegen Corona, ich meine, wir wissen ja nicht«, stottert sie verlegen, »es reichen uns zwei Hunde.« Bedächtig wischt sie sich den Bierschaum vom Mund. Aussprechen wird sie es nicht, aber die Corona-Krise hat sie nur vorgeschoben, der wahre Grund für ihre Entscheidung, nur noch zwei Hunde zu halten, ist Fritz' Krebserkrankung. Zu ihrer Erleichterung verhält sich Fritz gefasst und nickt bestätigend.

»Aber Inka hat einen Besitzer gefunden, wie habt ihr das auf die Schnelle geschafft?«, erkundigt sich Anna neugierig.

»Eine Bekannte erzählte mir von einem jungen Mann, der mit Berner Sennenhunden aufgewachsen ist und jetzt selbst einen erwerben wollte. In der Regel gebe ich keinen Welpen an sehr junge Menschen ab, das gehört mit zu meinen strengen Auswahlkriterien, aber als er uns besucht hat, um sich Inka anzuschauen, war mir sofort klar, dass er der Richtige ist«, berichtet Petra weiter. »Er kam fast täglich zu Besuch, zeigte Interesse an unserer Ernährungsphilosophie, kurzum, er war die beste Wahl, die wir hätten treffen können.«

»Hunde müssen nicht auf diese Weise ernährt werden, aber für uns ist es die artgerechteste Form«, erklärt Fritz. Petra freut sich über den Glanz in seinen Augen, darüber, dass er ganz in seinem Element ist.

»Ihr barft«, stellt Martina fest.

»Richtig«, fährt Fritz fort. »Barf bedeutet **b**iologisches, **a**rtgerechtes, **r**ohes **F**utter. Es gibt Frischfleisch - natürlich nicht vom Schwein -, Fisch, Geflügel, Gemüse, Obst, Kräuter, Öle, etwas Getreide und verschiedene Milchprodukte.«

»Hunde gehören zu den Caniden und sind Raubtiere und Fleischfresser«, wirft Petra ein.

»Hat es Ihnen geschmeckt?«, möchte der unbemerkt an den Tisch herangetretene Kellner wissen, und sie müssen laut lachen.

Der Kellner zieht irritiert die Augenbrauen hoch, und sie müssen noch mehr lachen.

»Alles in Ordnung«, sagt Fritz schließlich. »Es war sehr lecker.«

»Darf es sonst noch etwas sein?«, erkundigt sich der Kellner höflich.

Sie verneinen, und er verabschiedet sich mit den Worten, dass er gleich die getrennten Rechnungen bringen werde.

Sie möchten sich nach dem Essen etwas die Beine vertreten und schlendern den Strand entlang. Jetzt lassen sie die Hunde angeleint, um den anderen Strandbesuchern leichter ausweichen zu können. Dies gestaltet sich problemlos, denn dass sie die Abstandsregeln einhalten möchten, wird gut akzeptiert.

»Wir hätten Emil nicht bei dir gekauft, wenn wir nicht gewusst hätten, wie gut du dich vor dem Züchten hast ausbilden lassen«, stellt Anna fest.

»Das war für mich eine Selbstverständlichkeit und eine Herzensangelegenheit«, entgegnet Petra.

Nach einer Weile wendet sich das Gespräch in eine andere Richtung, und sie lässt sich mit Fienchen etwas zurückfallen. Die Unterhaltung hat sie nachdenklich gemacht und die Erinnerungen daran geweckt, wie alles angefangen hat …

A wie Anfang

»Es ist vollbracht«, stellte Petra zufrieden fest, nachdem sie ihrem Internetauftritt den letzten Schliff gegeben hatte. Es war ein Donnerstagabend im Januar 2009, und sie hatte es sich mit ihrem Laptop am Wohnzimmertisch gemütlich gemacht. »Wie findest du meine Auflistung der Seminare, an denen ich teilgenommen habe? Wirkt das professionell und authentisch oder eher angeberisch?« Sie warf einen fragenden Blick über ihre Schulter. Fritz stand hinter ihr und lugte auf den Monitor. »Jetzt setz dich endlich.« Energisch klopfte sie auf die Sitzfläche des Stuhls neben ihr. »Sieh dir unsere neue Webseite bitte in Ruhe an.« Es hatte sich ausgezahlt, dass sie schon lange Mitglied im Verein der Internationalen Rassehunde war.

So war es für sie ein Leichtes gewesen, die Seminare auszuwählen, die sie am besten auf das Züchten vorbereiten konnten. Sie wollte nicht unausgebildet sein, wenn Fritz und sie Mona zum ersten Mal decken lassen würden.

Fritz ließ sich auf den Stuhl fallen und sagte: »Es hat sich erstaunlich viel angesammelt.«

Die Liste der Seminare, an denen Petra in den letzten Jahren teilgenommen hatte, füllte einen großen Teil der Unterseite mit dem Titel: *Wir über uns.* Sie hatte sich mit den *Kritischen Momenten vor der Geburt* beschäftigt, mit der *Neugeborenen Medizin beim Welpen* und mit *Der Entwicklung im Mutterleib.* Zusätzlich hatte sie ein Zucht-Seminar bei Pet Profi über Erbkrankheiten und Inzucht, ein Barf-Seminar bei Swanie Simon und ein Problemhunde-Seminar bei Thomas Baumann belegt.

»Das sind tolle Referenzen«, bemerkte Fritz. »Das kannst du so lassen. Ich würde sogar hinzufügen, dass du an weiteren Fortbildungen teilnehmen wirst.«

»Die Unterseiten funktionieren prima.« Petra klickte auf *Ziele unserer Zucht.* Augenblicklich öffnete sich die Microsite, und sie las vor: »Zertifizierte Zuchtstätte für Berner Sennenhunde. Unser Ziel ist es, gesunde, langlebige, wesensfeste, schöne, den Rassestandards entsprechende Berner Sennenhunde zu züchten.«

»Gut, dann werden wir jetzt in die Tat umsetzen, was dort geschrieben steht«, erklärte Fritz bestimmt und drückte ihr einen Kuss auf die Wange. »Morgen geht es mit Mona in die Tierklinik.«

Im Jahr 2009 lebten drei Hündinnen in ihrem Haushalt: Die liebevolle und treue Dunja, ihre erste Berner Sennen-Hündin, durch die ihre Liebe zu dieser Rasse erweckt worden war, Mariechen, die keinen Drang dazu hatte, erwachsen zu werden, und die sie liebevoll *Riesenbaby* nannten, und Mona, eine ruhige, ausgeglichene Hündin, die durch ihren unglaublichen Charme jeden bestechen konnte. Fritz und sie hatten die Zweijährige nicht nur wegen ihres guten Charakters als ihre erste Zuchthündin ausgewählt, sondern auch, weil sie robuste Knochen hatte, vor Gesundheit nur so strotzte und in allen Dingen den Rassestandards entsprach: Sie besaß den charakteristischen breiten Schädel mit mäßig langem Fang, mandelförmige, braune Augen, kurze, dreieckige Ohren, die hingen und nicht zu hoch angesetzt waren, einen kurzen, kräftigen Hals und hatte dreifarbig langes sowie leicht gewellt weiches Fell.

»Feierabend für heute«, bestimmte Petra resolut. Sie reckte sich und gähnte. »Gut, dass ich morgen frei habe. Jetzt, wo ich zweiundfünfzig Jahre alt bin, wird mein Traum vom Züchten endlich Wirklichkeit.« Sie arbeitete in Teilzeit für ein Versicherungsbüro, teilweise auch von zu Hause aus, das war die beste Voraussetzung für ihre neue Herausforderung.

*

»Herr und Frau Herbst?« Eine der freundlichen Tierarzthelferinnen der Tierklinik in Essen winkte sie aus dem geräumigen Wartezimmer. Hand in Hand folgten sie ihr durch das weiß gestrichene, flache Gebäude in einen der Behandlungsräume. Mona lag auf einer Decke auf dem Boden und wedelte leicht mit ihrer Rute.

Der behandelnde Tierarzt kam auf sie zu und reichte

ihnen zur Begrüßung die Hand. »Mona ist noch etwas wackelig auf den Beinen nach der Sedierung, aber sie hat schon versucht aufzustehen. Ich gehe davon aus, dass Sie in fünfzehn Minuten mit ihr nach Hause fahren können.«

»Und?« Petra blickte den schlanken Mann mit den weißblonden, kurzen Locken erwartungsvoll an.

»Herzlichen Glückwunsch, Mona ist kerngesund.« Der Tierarzt strahlte sie an. »Die Röntgenuntersuchung der Hüfte auf Hüftdysplasie hat ergeben, dass ihre Hündin eine A-Hüfte hat. Besser geht es nicht. Die EB-Untersuchung der Ellbogen und die OCD-Untersuchung der Schulter haben beide das Ergebnis Null. Ich habe eine DNA-Probe entnommen, die Sie bei Ihrem Zuchtverband, dem IHV eV., hinterlegen können. Mona vom Burghauser Wäldchen ist somit offiziell zur Zucht zugelassen. Sie ist zwei Jahre alt und im besten Deckalter. Junge Hündinnen werfen leichter als ältere. Denken Sie immer daran. Hündinnen werden gerne Mutter, das liegt in ihrer Natur. Ich wünsche Ihnen von Herzen viel Erfolg. Auf dass wir uns noch oft zu Voruntersuchungen hier wiedersehen.«

Petra und Fritz waren außer sich vor Freude, als Mona sich aufrappelte und auf sie zukam. Petra verabschiedete sich von dem Tierarzt, und Fritz sagte zu der Hündin: »So, Mona, ab geht's nach Hause, Mariechen und Dunja warten schon auf dich.« Dabei streichelte er ihr zärtlich übers Fell. »Und weißt du was, eines deiner Kinder behalten wir, versprochen.«

»Wie bitte, darüber haben wir uns noch gar nicht unterhalten«, entgegnete Petra, derweil sie Mona durch das Klinikgebäude zum Ausgang führten.

»Unsere ersten Welpen, es wäre unverzeihlich, keinen zu behalten«, entgegnete Fritz fröhlich. »Wo für drei große Hunde Platz ist, ist auch Platz für vier.«

Die schönste Zeit eines Lebens

Petra ist noch müde, als sie um kurz vor acht erneut den Laptop hochfährt. Zwar ist sie Frühaufsteherin, doch gestern Abend ist es spät geworden. Fritz ist im Badezimmer, und sie möchte ein paar Fotos von dem gestrigen Hundefamilientreffen auf Facebook posten. Martinas Fido ist Fienchens Bruder aus dem F-Wurf, Emil von Anna und Thorsten Almas Sohn aus dem E-Wurf davor. Alf von der Dondart ist ein Enkel von Alma, denn sie hat viele Deckrüden zur Welt gebracht. Petra fährt mit der Maus über das blau-weiße Icon von Facebook, überlegt es sich jedoch spontan anders und klickt ihre Homepage und dort die Microsite für den A-Wurf an. Mit diesem hat die schönste Zeit in Petras und Fritz' Leben begonnen. Der Wurf war der Grundstein eines Stammbaums von Berner Sennenhunden, die langlebig sein und viele Erfolge auf Hundeausstellungen erzielen sollten. Sie liest und erinnert sich und wird ein wenig wehmütig. Elf Jahre Zucht liegen hinter ihr, hinter ihr – und Fritz.

Mona hatte ihnen drei Würfe beschert, wobei in den ersten beiden ein Rüde aus Emsdetten den Deckakt übernahm, beim C-Wurf war ein anderer Rüde der Vater. Mona, die wunderbare Mona, die 2015 ihren Gang über die Regenbogenbrücke antrat und der leider nur acht

Jahre vergönnt waren. Tränen steigen ihr in die Augen, als sie den Spruch neben ihrem Bild liest:

An mein Frauchen!

Ich bin nicht tot,
ich tausche
nur die Räume.
Ich lebe in dir
und geh durch deine Träume.
Wenn du
in den Himmel
schaust
und dabei
ein Sternchen klaust,
nimm es,
drück es,
denk an mich,
denn das Sternchen,
das bin
ich.

Unsere Mona lebt in ihren wunderbaren Kindern, Enkeln und Urenkeln weiter. Vergessen werden wir dich nicht. Petra und Fritz.

Die Tränen laufen ihr in Strömen über die Wangen, aus Trauer – und Glück. Sie trauert um Mona, um Mariechen und Dunja, um Amba und um all die anderen Hunde und Hündinnen zuvor, die Fritz und sie durch ihr gemeinsames Leben begleitet haben. Zugleich ist sie glücklich über die vielen tollen Hunde, die sie ins Leben holen durfte. Sie zieht ein Taschentuch aus der Hosentasche und trocknet ihre Augen. Ohne einen weiteren Gedanken an Facebook zu verschwenden, klappt sie den Laptop zu und greift nach den über der Stuhllehne hängenden Hundeleinen. »Helena, Fienchen, kommt, wir gehen an den Strand.«

Gemeinsam laufen sie über die Wiese, über die all die Pfoten aus ihrer Erinnerung gelaufen sind, erreichen sie den Deich und den Strand. Sie leint Fienchen und Helena ab, lässt sie ins Wasser laufen. In der Nacht hat es endlich geregnet, und der Sand ist feucht. Während sich ihre Hündinnen begeistert in die Ostsee stürzen, meint sie, sie alle in den Wellen spiegeln zu sehen: Dunja, Mariechen, Mona und Amba. Aber auch Eiko, den riesigen, liebevollen, schwarzen Neufundländer-Rüden, und Gauner, den winzigen Terrier, der sich gut im Rudel der Großen einfügte und alle auf Trab brachte. Sie sieht sie in jeder Welle, sieht sie in Helena und Fienchen. Petra senkt ihren Blick und betrachtet die Abdrücke der Pfoten, die Abdrücke ihrer Hunde, die Abdrücke zweier Seelen, denn jede Seele hinterlässt Spuren.

Danksagung der Autorin

Als Erstes gilt mein Dank der lieben Marianne Haarde, die mich dazu motiviert hat, ein Buch über die vielfältigen Probleme, die die Corona-Pandemie mit sich bringt, zu schreiben. Entstanden ist etwas gänzlich anderes, denn ich habe bei der Arbeit an »Spuren der Seelen« gemerkt, dass ich die Menschen als Ganzes betrachten muss, nicht als reines Produkt irgendeiner Krise.

An dieser Stelle möchte ich mich recht herzlich bei allen an diesem »Episodenroman« Beteiligten bedanken, deren Geschichten und deren individuelles Erleben der Corona-Krise ich erzählen durfte.

Danke dir, liebe Lupine, dass du mich mit auf deine grüne Terrasse genommen hast und mir Einblick in deine Erfahrungen mit deiner Covid-19-Infektion gewährt hast.

Danke dir, liebe Corinna, für deine bewegende Geschichte und deine Tapferkeit.

Danke euch, lieber Tim, lieber Markus, für den Bericht über den Zusammenhalt in eurer Großfamilie.

Danke dir, liebe Vittoria, für die Süße und Leichtigkeit deines Lebens.

Danke dir, lieber Bernd, für die vielen Spitzenschwimmer, die du in ihrer Kindheit entdeckt und gefördert hast.

Danke dir, liebe Petra, für die wunderbare Welt der Berner vom Burghauser Wäldchen.

Außerdem bedanke ich mich bei meiner wundervollen Mutter für das intensive Begleiten meiner Arbeit.

Auch meinem Lektor Dr. Norbert Brieden und Marise Moniac für ihr Korrektorat gilt mein innigster Dank.

Danke, liebe Jaqueline V. Droullier für deine schönen Tuschezeichnungen.

Bei meiner lieben Projektbegleiterin Melanie Engel und dem Team von BoD möchte ich mich ebenfalls recht herzlich für die tolle Zusammenarbeit bedanken.

Danke, liebe Kay Fretwurst, für das wunderschöne Cover.

Was wäre das Schreiben an einem Roman ohne das Gegenlesen lieber Freunde? Liebe Marianne, lieber Jürgen, herzlichen Dank.

Romane bei BoD

Das Lächeln der Teddybären,
BoD Norderstedt, ISBN: 978-3-7448-7795-4

Im Garten des Lebens,
BoD Norderstedt, ISBN: 978-3-7448-6564-7

Götterdämmerung,
BoD Norderstedt, ISBN: 978-3-7460-9070-2

Drohnenopfer,
BoD Norderstedt, ISBN: 978-3-7528-0751-6

Panik-Gen,
BoD Norderstedt, ISBN: 978-3-7481-6247-6

Mütterherzen,
BoD Norderstedt, ISBN: 978-3-7494-4285-0

Aralandia,
BoD Norderstedt, ISBN: 978-3-7504-7850-3